거미입니다만, 문제라도? 9

저자 **바바 오키나**

일러스트 키류 츠카사

contents

사신은 웃지 않는다 —————————————— 009

1 마족령에 도착 —————————————— 013

막간 고참 마족의 암투 —————————————— 033

裏鬼 1 선대 검제 레이가 —————————————— 047

2 마왕성에 도착 —————————————— 071

막간 노집사의 공포 체험 —————————————— 089

3 양아치가 도착 —————————————— 103

막간 마족 공작의 고뇌 —————————————— 119

裏鬼 2 관리자 규리에디스트디에스 —————————————— 129

4 천국에 도착 —————————————— 147

막간 흡혈 공주의 한밤중 레슨 —————————————— 167

5 엘로 대미궁에 도착 —————————————— 183

裏鬼 3 빙룡 니아 —————————————— 201

6 오니 군에게 도착 —————————————— 211

鬼 라스 —————————————— 257

7 일본에 도착 —————————————— 301

사신은 비웃지 않는다 —————————————— 311

엘프는 웃는다 —————————————— 339

후기 —————————————— 344

사신은 웃지 않는다

"무료함이 사람을 죽인다고 말하죠. 사실은 신에게도 높은 천적이에요."

평탄한 목소리.

감정이 드러나지 않는 목소리와 달리 화면에 비치는 대머리 아저씨 캐릭터는 발을 동동 구른다.

완숙한 멋이 있는 아저씨가 발을 동동 구르는 모습도, 무표정하게 화면을 바라보는 여자의 모습도, 양쪽 다 너무나 현실 같지 않아서 웃을 수 없었다.

그럼으로써 마음속의 짜증을 나타내려는 의도일 수는 있겠지만, 굳이 감상을 말하자면 섬뜩한 느낌이 더욱 강하게 전달되는데 어떡해야 할까.

"인간조차 못 버티잖아요. 그들보다 아득하도록 오랜 삶을 살아야 하는 신에게 무료함을 달래기 위한 심심풀이는 정말로 중요한 사안이랍니다."

그렇게 말한 뒤 컨트롤러를 조작해서 화면 속 대머리 아저씨를 움직였다.

화면 속 대머리 아저씨가 나타나는 몬스터를 차례차례 쓰러뜨린다.

너무나 간단해 보였다. 게다가 노 대미지로 전투를 척척 해치우니까 쉬운 게임이 아닐까 깜빡 착각할 뻔했다. 그러나 실제 게임 난이도는 유저들이 장난하냐는 말까지 쏟아부을 만큼 극악이었을 텐데.

얼마나 많이 반복 플레이를 한 걸까.

본인이 한 말처럼, 무료함을 달래기 위해 심심풀이 삼아서 같은 게임을 마구 반복 플레이했다는 것은 일목요연.

"그러나 보다시피 나는 스스로 무엇을 하면 대체로 뭐든 다 성공해버리거든요."

화면 속에서 대머리 아저씨가 보스 몬스터를 격파 중이었다.

한 대도 맞지 않고…….

"뭐든 다 성공해버려요. 마음먹으면 뭐든지 다."

저 말은 게임에 한정된 발언이 아니었다. 분명 진정한 의미에서 전부를 말한 것이다.

이 녀석은 일단 마음만 먹으면 정말로 뭐든 다 가능하다.

세계를 평온으로 이끌 수도, 반대로 파멸시킬 수도…….

"성공을 미리 알면 뭘 해도 재미없죠."

일단 제대로 힘을 발휘하면 그 시점에서 곧장 결판이 난다.

뭐든 다 가능한 탓에, 결과를 미리 알아버리는 탓에 재미가 없다.

"그러니까 나는 필요 최소한의 간섭밖에 하지 않아요. 너무 과하게 간섭하면 그 시점에서 결과는 뻔한 방향으로 흘러가버리니까요. 물론 간섭해야 더 재미있겠다는 생각이 들면 망설이지 않죠."

어디까지나 부외자이고 방관자.

스스로 움직이면 결과가 나타나버리는 탓에 영화를 감상하듯이 바라볼 뿐.

"요즘 들어서 오락거리가 줄어든 탓에 무료함을 주체 못 하는 처지였어요. 그러니까 당신에게는 많이 기대하고 있답니다? 힘껏 발버둥 쳐서 나에게 즐거움을 주세요."

그렇게 말한 뒤 나를 돌아보는 눈빛에는 스스로의 발언과 모순되게도 기대감 따위 없었고 즐거워하는 기색도 전무.

바닥 없는 어둠과 같은 칠흑빛 눈이 그저 가만히 나를 꿰뚫는다.

사신(邪神)을 자칭하는 저 녀석, D는 웃는 시늉조차 않으며 나를 바라보고 있었다.

1 마족령에 도착

지룡(地竜) 두 마리에 이끌려서 마차가 전진한다.

정비도 안 된 길은 울퉁불퉁하니까 당연히 승차감은 최악.

괜히 입을 벌렸다가는 혀를 깨물 테니까 아무도 말을 안 하고, 마차 안에는 덜커덕덜커덕 바퀴 굴러가는 소리만 울려 퍼졌다.

나?

비틀링 중입니다만, 문제라도?

열심히 비틀거리는 상태를 나타내는 말, 비틀링.

후, 후후후.

내가 들어도 참 멋진 표현을 지어 냈다고 자화자찬을 금할 수 없군.

나는 대단하다. 천재 납셨다~.

"시로 얼굴이 다 죽어 가는걸. 슬슬 휴식할까?"

마왕이 뭐라고 말을 하는데 나는 보다시피 비틀링을 할 만큼 상태가 좋거든. 푸핫~!

"시로야~? 여보세요~. 이거 안 되겠네. 반쯤 의식이 날아가버렸어."

홋, 마왕 녀석. 그게 웬 말이더냐.

이 몸께서 고작 마차가 요동친다고 의식을 잃어버린다는 게 어디 말이나 되겠는가.

"아리엘 님. 이제 곧 다음 예정지에 도착합니다만, 먼저 휴식을 취하시겠습니까?"

마차의 마부석에서 메라가 그렇게 말을 건넸다.

아마도 잠깐 견디면 곧 목적지에 도착할 텐데 그래도 휴식하겠냐는 물음이었다.

"그러면 시로가 기절한 동안 거기까지 얼른 가버리자."

"알겠습니다. 그럼 이대로 전진하겠습니다."

거참, 나는 절대로 기절하지 않았대도~.

마차는 그대로 멈추지 않고 목적지까지 달려 나아갔다.

우리가 마족령에서 처음으로 방문하게 될 도시로······.

"상상이랑 많이 다르네."

도시의 숙소에서 정신을 차린 내 귀에 들려온 말은 흡혈 양의 짤막한 푸념이었다.

앗?! 아니, 아니야. 절대 아니라고. 정신은 원래 멀쩡했다고. 그럼요.

나는 결단코 기절 따위를 하지 않았다.

안 했다면 안 한 줄 알아.

뭐, 그건 그렇다 치고. 대체 무엇이 마음에 안 드는지 궁금할 텐데 정말로 별거 아니었다.

"너무 평범해."

평범하다네.

그 말을 듣고 숙소의 설비라든가 쓱쓱 둘러봤더니 호화스럽기는 한데 인족령의 숙소와 별 차이는 없었다.

그러면 바깥 경치는 좀 색다른가? 바깥도 역시 창문 너머로 내려다보는 도시 풍경은 딱히 신기한 구석이 안 보였다.

응, 뭐, 푸념을 늘어놓고 싶은 흡혈 양의 마음도 어쩐지 이해가 되네.

마족령이라는 말을 들으면 말이야, 좀 더 오싹오싹한 광경을 상상하지 않겠어?

1년 내내 두꺼운 구름에 뒤덮여 있는 어두컴컴한 땅이라든가, 담쟁이덩굴로 온통 뒤덮여서 마녀의 저택을 방불케 하는 건물이라든가. 거기에 인간이 아닌 잡다한 종족이 넘쳐나는 등등 혼돈의 양상을 보이는 거지.

그런데 현실은 어떠한가?

찬란하게 내리비치는 햇살.

제길! 여기에서도 네 녀석이 맹위를 떨치다니! 잠깐이라도 좀 쉬면서 다녀라!

으흠.

아무튼 건물은 대단히 멀쩡하고, 번쩍번쩍하다고 말하기는 어려워도 깔끔하게 청소되어 있는 데다가 담쟁이덩굴 따위는 없었다.

길 가는 사람들도 뿔이나 날개가 달려 있는 게 아니라 대단히 멀쩡한 인간형.

머리카락 색깔이 컬러풀하다는 것만이 이곳이 지구가 아니구나~ 느낌을 전달해주는 요소가 되겠네.

저 머리카락의 색소만큼은 대관절 어떻게 된 거냐고 따져서 묻고 싶은 마음이지만, 인족령에서도 컬러풀한 녀석들이 여기저기에 있었던 터라 꼭 마족령만 이런 게 아니거든~ 이게 말이야.

즉, 마족령인데도 인족령과 전혀 다른 구석이 없음.

말을 안 해주면 여기가 마족령인 줄도 못 알아볼 만큼 인족령과 차이가 없어.

아니, 뭐, 인족령도 지역에 따라 다소의 변화는 나타나니까 아주 똑같다는 말은 못 하지만…….

굳이 말하자면 마족령의 이 도시는 인족령의 제국과 비슷하다는 느낌일까?

인족이라든가 마족이라든가 구별을 제외하고 보면 제국과 마족령은 이웃 나라 사이가 되는 거니까 서로 비슷해도 이상한 게 아니겠네.

납득, 납득.

……그게 안 되니까 흡혈 양은 얼굴에 불만이 차 있지만 말이야.

"놀랐어? 마족이라고 말들 하지만, 겉모습은 인족이랑 전혀 다르지 않거든~."

소파에 편히 앉은 마왕이 와인 잔을 흔들거리면서 한 번 골려줬다는 표정을 지은 채 말했다.

……마왕, 진짜로 깜짝 놀래주려고 여태 마족에 대해 아무것도 안 가르쳐줬던 거야?

이곳까지 오는 여행길 중에 흡혈 양을 포함하여 우리는 마족어를 대강 익혔다.

말을 못 하는 것은 사활 문제니까.

그런데 교육 중 마족의 외모, 문화 등등에 관한 내용은 부자연스러울 만큼 안 다뤘다는 사실을 지금 깨달았다.

정말 별것도 아닌 장난질 때문에 연 단위로 쓸데없는 노력을 기울인 거야?

역시 할마님. 괜히 오래 산 게 아니야. 아주 느긋하시다.

"시로야? 뭔가 지금 엄청나게 실례되는 생각을 하지 않았어?"

No~ No~. NA는 그런 생각 안 했습니DA~.

"겉모습이 똑같다고요? 그럼 인족과 마족은 뭐가 다른 거예요?"

흡혈 양이 당연한 질문을 꺼내 놓는다.

"이것저것 달라. 일단 가장 큰 차이점은 수명의 길이. 마족은 인족보다 긴 수명을 갖고 있어. 뭐, 엘프랑 비교하기에는 조금 모자라지만."

엘프라는 단어에 흡혈 양은 얼굴을 찡그렸다.

뭐랄까, 흡혈 양의 머릿속에서 엘프라는 존재는 아예 생리적 혐오감의 근원으로 발전했나 봐.

"그리고 능력치 성장이 인족보다 더 빨라. 인족과 마족이 같은 훈련을 하면 마족이 거의 이긴다고 볼 수 있겠네."

와~ 하는 느낌으로 마왕의 이야기를 듣고 있었지만 그 말을 듣고 흡혈 양이 고개를 갸웃거렸다.

"강점이 한가득이네요. 그럼 인족에게는 승산이 없는 것 아닌가요?"

수명이 길고 게다가 능력치도 높다.

저 말만 들으면 인족에 승산이 없지 않냐는 생각이 든다.

그래도 인족과 마족은 긴 역사 속에서 줄곧~ 일진일퇴의 분쟁을 이어왔거든.

그 대립 구조의 정체는 살짝 맥 빠질 만큼 간단했다.

"마족이 압도적으로 인구수가 적어서야."

한 사람 한 사람의 무력은 우위를 점할지라도 절대적인 숫자가 적다는 이유 때문에 머릿수에서 앞서는 인족을 이길 수가 없다.

마족은 개개인의 무력, 인족은 수많은 인구.

총합한 힘은 비등비등하기 때문에 분쟁이 끝나지 않는다는 설명이었다.

"수명이 긴 만큼 출생률이 낮고 인구가 늘어나지 않아. 인족의 상위 호환이나 다름없지만, 그게 마족의 약점이라면 약점이겠네."

아무리 개개인이 뛰어날지라도 거기에는 한계가 있다.

인구가 늘지 않으면 물론 노동력도 부족하다.

일손은 결코 무시할 수 없는 법.

뭔 일을 벌이든 간에 일손 없이는 진행이 안 되잖아.

단순하게 전선에서 싸우는 병사뿐 아니라 후방에서 식량을 생산하는 데도 일손이 필요하고…….

농업이든 축산이든 수렵이든 먹고사는 데 지장이 없는 체제부터 갖추어 놓지 않으면 전쟁을 벌일 처지도 못되는 거지.

"그리고 지금 마족은 꽤 심각한 수준까지 인구가 줄어들었거든~. 그러니까 전쟁이나 할 상황이 아니란 거지. 뭐, 그런 사정은 내가 알 바 아니지만."

마왕은 마지막 말만 묘하게 낮은 목소리로 내뱉더니 와인 잔의 내용물을 쭉 들이켰다.

"들어오지?"

느닷없이 마왕이 문 방향을 향해 살짝 큰 목소리로 말을 건넸다.

그 목소리에 깜짝 놀란 사람은 나 혼자였나 봐.

나 말고 모두들 아무렇지도 않은 표정을 짓고 문 쪽을 바라본다.

아마도 여기에 있는 모두는 문 너머에 누군가가 있다는 걸 이미 알아차린 눈치다.

쳇, 이렇다니까! 능력치 높고 스킬도 잔뜩 갖고 있다는 거지. 아주 잘났어.

나는 기척 따위 하나도 못 느꼈단 말야.

옛날이여~.

"······실례하겠습니다."

잠깐 뜸을 들였다가 문이 바깥쪽에서 열리더니 초로의 남성이 방에 들어왔다.

호화롭다는 말까지는 안 하겠지만 척 봐도 고급이라는 게 눈에 들어오는 의복을 잘 갖춰 입었다.

남성을 뒤따라서 수행원으로 짐작되는 사람들이 방에 들어온다.

응. 틀림없이 높은 분이네.

그리고 높은 분께서 마왕 앞쪽에 가까이 다가서더니 무릎 꿇었다.

무릎 꿇었다~?!

척 봐도 틀림없이 높은 분께서 불쑥 무릎을 꿇으셨다!

게다가 수행원으로 온 사람들까지 다 함께!

로리 판정이 떨어질 듯 말 듯한 앳된 외모의 여자애한테 험상궂은 남성이 무릎 꿇는 광경.

말로 표현하니까 엄청 끝내준다!

"돌아오시기를 저희 일동이 몹시 기다렸습니다."

"응. 다녀왔어~."

그게 전부야?!

높은 분께서 무릎 꿇고 정중하게 예의를 갖추는데 마왕도 참, 대답이 너무 얼렁뚱땅이야.

저기 봐, 높은 분은 반응을 안 했어도 수행원들이 몇 명인가 움찔거렸는걸~.

분위기가 엉망이잖아.

"아, 너희에게도 소개할게. 애는 아그너라고 마족령의 이 지역을 다스리는 영주. 여기 주변은 인족령이랑 딱 맞닿아 있으니까 변경백이라고 보면 되겠네. 마족 중에서 꽤 고참이고 오랫동안 인족의 침공을 억제해왔던 유능한 장수야."

저기, 마왕 씨?

칭찬하는 말이라지만 당사자를 완전히 무시한 채 우리에게 설명하는 건 조금 그렇지 않아?

사람을 애라고 부르지를 않나.

저기 봐, 수행원 중 한 명이 무릎 꿇은 채 주먹을 꽉 쥐고 부들부들 떨잖아.

"자, 일어나서 자기소개 하도록."

"넷!"

마왕이 분위기 따위 신경 안 쓰고 아그너 씨에게 명령한다.

그래도 아그너 씨는 싫은 내색 한 번 보이지 않고 엄숙하게 따랐다.

"말씀 들으신 대로 아그너 라이세프입니다. 아무쪼록 기억해주시기를."

짤막하게 자기소개를 마친 뒤 우리에게 살짝 머리 숙여서 인사하는 아그너 씨.

응. 빠릿빠릿한 동작은 그야말로 군인이라는 분위기네.

뭐랄까, 대령님이라고 부르고 싶어. 아그너 씨는 이제부터 대령님이라고 부르도록 하자.

대령은 뭐든 척척 해내는 남자의 이미지잖아. 소령은 속이 시커멓고 흑막이라는 느낌.

아그너 씨는 이미지뿐 아니라 실제로 능력 있는 남자일 거야.

인족과 마족의 경계를 수호하는 변경백, 그런 중요한 입장에 있는 사람이 우수하지 않다는 게 어디 말이나 될까.

그렇게 지위도 실력도 다 갖춘 인물을 무릎 꿇리고 있는 마왕.

응, 뭐, 마왕이니까.

마족 중 가장 높은 사람이잖아. 무릎 꿇는 게 당연하다면 당연한 거지.

그래도 마왕이잖아~.

겉모습만 보면 마왕 안 같잖아~.

성격도 가볍고.

응? 성격은 뜻하지 않게 융합된 전직 몸 담당의 영향이 크다고?

안 들리는데~.

"그래서? 무슨 용무야?"

"넷! 마왕님께서 이 땅에 돌아오셨다는 소식을 듣고 서둘러 인사를 올리고자 찾아뵈었을 따름입니다. 편히 쉬고 계시는 와중에 방해되는 짓을 저질러 면목 없습니다만, 충실한 신하로서 문안을 드리지 않는 것 또한 불경하다는 판단에 급히 달려왔습니다."

다시 마왕에게 방향을 바꿔 한쪽 무릎을 꿇고 설명하는 아그너 씨.

그러면 결국 뭐야.

이 아저씨, 단지 마왕에게 인사 좀 하려고 여기까지 온 거야?

변경백이라는 중요 직책을 맡은 사람이 업무를 내팽개치고…….

아니, 그렇게 해야 할 만큼 마족령에서 마왕의 영향력이 강하다는 뜻인가.

"응, 수고. 에이, 괜히 일 방해해서 미안하네."

전혀 겸연쩍어하지도 않고 소파에 몸을 푹 파묻는 마왕.

앗, 아무렇지도 않게 메라한테 또 와인 따라달라고 시킨다.

메라도 군이 안 따라줘도 되는데.

"뭐, 보는 바대로 지금은 휴식 중이라서 말이야. 너희도 인사는 잘 마쳤겠다, 업무로 돌아가도 좋아. 일단 우리는 이삼일 여기에서 머무르다가 그다음 중앙으로 이동할 거야. 그 전에 이야기 나눌 거리도 있으니까 내일 적당히 시간 비워 놔."

일 방해해서 미안하다고 사과해 놓고 내일 시간을 비워 놓으라며 막무가내 기질을 발휘하는 마왕, 진짜 마왕.

애고~ 상사가 제멋대로여서 참 힘들겠네!

변경백 같은 중요한 위치에 있는 대령님이 말 한마디에 일정을 휙휙 비울 수도 없을 텐데 말이야.

"분부 받들겠습니다. 그러면 내일 점심 식사를 마친 무렵은 어떠하신지요?"

비울 수 있는 거야?!

아니, 뭐, 대령님의 수행원이 뭔가 말하고 싶은 눈치로 힐끔힐끔 시선 던지는 모습을 보면 비워도 되는 시간은 아닌가 봐.

저 수행인은 머릿속으로 뜻밖의 사태 때문에 어그러진 스케줄을 어떻게 다시 바로잡아야 할까 골치깨나 썩이며 고민 중이지 않으려나.

"알았어~. 그때 보자."

마왕이 가볍게 승낙함으로써 내일 점심 식사 후 대령님과 미팅이 결정.

"그러면 이만 물러나겠습니다. 아무쪼록 편안한 시간 보내시기를."

"응. 가능하면 술 추가, 그리고 뭔가 안주 좀 갖다 줄래?"

"곧바로 준비시키겠습니다. 그 밖에 무엇인가 필요한 게 있으시다면 복도에 대기 중인 하인에게 분부를 내려주십시오."

이보다 더 뻔뻔할 수가 없는 마왕의 요청에도 싫은 내색 한 번 보이지 않고 즉답하는 대령님.

이 사람, 부하의 귀감이야.

대령님은 꾸벅 인사한 뒤 방에서 나갔고 수행인들도 뒤따라 줄줄이 떠나갔다.

대령님 일행이 나간 다음은 잠시 아무도 입을 열지 않았다.

"……권력과 폭력을 두루 갖춘 사람이 어떻게 되나 잘 알았어."

중얼중얼, 그러나 분명하게 들을 수 있는 목소리로 흡혈 양이 가자미눈을 뜬 채 말했다.

흡혈 양의 마음속에서 마왕 주식은 최저가를 갱신 중.

"후후후. 거기에 재력까지 더하면 이 세상에서 못 할 일이 거의 없다고 단언하겠어! 맨날 마음껏 놀러 다녀도 혼낼 사람이 없다는 말씀!"

흡혈 양의 가자미눈이 더욱더 악화.

흡혈 양의 마음속에서 마왕 주가는 하락이 안 멈추는군요!

그와 대조적으로 메라는 안색 하나 바뀌지 않고 마왕의 잔에 와인을 따르면서 계속 시중을 들어주고 있었다.

메라 씨, 메라 씨. 그 와인 말이에요. 그렇게 벌컥벌컥 마셔도 되는 녀석이 아닌 거 아니에요?

아까 깨어났을 땐 여기가 그냥 숙소인 줄 알았는데, 아무래도 대령님 소유의 성이라든가 저택의 손님방 같거든.

그런 데서 내주는 와인이 흔한 싸구려 술은 아닐 텐데요?

방금 전 상황만 떠올려도 대령님은 마왕을 정중하게 대접하는 분위기였잖아.

까딱하면 달랑 한 병으로 대저택을 건설할 수 있는 황당한 가격이라든가…….

아니, 이 세계에서 와인을 취급하는 기준이 지구와 같다는 보장은 없으니까 그렇게 비싼 와인이 있는지는 잘 모르겠지만 말이야.

뭐, 싸든 비싸든 평소 들통 단위로 술을 퍼마시는 마왕이 여기 와인을 같은 양으로 퍼마시면…….

대령님, 굳세게 살자.

"아가씨, 아리엘 님께서는 달리 뜻이 있는 까닭에 그러한 태도를 보이셨을 따름입니다."

와인의 가격과 대령님의 예산에 미칠 대미지를 상상하던 때에 더는 가만히 듣기 난감했는지 메라가 입을 열었다.

그렇겠죠~. 나도 알았어.

몰랐던 사람은 흡혈 양 혼자뿐, 메라의 말에 어리둥절한다.

"응? 그런 거예요?"

가자미눈이 아닌 순수한 호기심이 담긴 눈매로, 다시 마왕을 바라보는 흡혈 양.

그 시선을 받고 마왕은 씁쓸하게 웃었다.

"상상하는 만큼 고상한 이유는 아니지만 말이야. 굳이 집어서 말하자면 기분 문제이려나."

거기에서 마왕은 말을 멈췄다.

묘한 침묵이 이어져서 우리가 고개를 갸웃거리던 때에 문 두드리는 소리가 났다.

마왕이 입실을 허락하자 왜건을 밀며 심부름꾼 여성이 들어왔다.

그리고 은근히 무례하게 왜건에 싣고 가져왔던 와인과 안주를 내려놓더니 꾸벅 인사한 뒤 방에서 나갔다.

심부름꾼 여성이 떠나간 다음 잠시 시간을 두었다가 마왕은 그제야 다시 입을 열었다.

"방금 전 사람, 어떻게 생각해?"

"음, 적의라는 표현은 좀 과하겠습니다만, 내심 달가워하지 않고 있음은 확실하군요."

마왕의 추상적인 질문에 메라가 먼저 나서서 대답했다.

응. 흡혈 양은 애당초 질문의 의미도 못 알아차렸고 나는 웬만하면 입을 안 열잖아!

메라가 꺼낸 대답이 바로 정답이었다!

분위기 파악할 줄 아는 남자, 메라! 종자의 귀감!

"그야 연락도 안 한 사람이 느닷없이 쳐들어와서 방 내놔라 술 내놔라 요구하면 당연한 반응이잖아."

흡혈 양이 기막히다는 얼굴로 툴툴거린다. 누가요? 완전 악질 손님이네요.

앗, 우리 말이군요. 그렇군요.

어떻게 약속도 없이 변경백처럼 높은 사람의 성에 들어왔을까 의문이었는데, 막 억지로 밀고 들어왔었구나.

그야 성에서 근무하는 사람들한텐 엄청 민폐겠어.

"맞아, 맞아. 우리는 짜증 나는 손님이란 말이지~."

그 말을 자기 입으로 꺼내면 좀 서글프지 않아?

"그런데 말야, 민폐 좀 끼쳤다고 적의라든가 더 나아가서 살의를 품지는 않잖아?"

마왕이 거기까지 말했을 때 흡혈 양도 깜짝 놀라며 깨달았다.

"즉 일부러 괘씸한 짓을 저질러서 적을 색출한다는 뜻인가요?"

흡혈 양의 대답을 듣고 마왕이 씩 미소 지었다.

적의나 살의를 감출지라도 막상 상대가 대놓고 부채질을 하면 저절로 새어 나오는 자기 감정까지 억누르지는 못한다.

마왕은 일부러 방약무인하게 처신해서 그렇게 감정을 숨기고 있는 녀석들을 찾아내려고 했다는 그런 말이었다.

뭐, 어디까지나 표면상의 이유겠지만…….

"적어도 아까 인사를 왔던 패거리 중에서 몇 사람인가 그런 녀석들이 있었어."

주먹을 꽉 쥐고 부들부들하던 사람도 보였잖아.

"즉 아리엘 씨는 아까 전 만났던 아그너라는 사람은 신용 못 한다고 생각하는 거예요?"

"글쎄, 음. 그 판단을 내리기 위해서라도 살짝 도발해봤는데 역시나 고참 마족답게 빈틈을 안 내비치더라. 부하가 내게 안 좋은 감정을 갖고 있어도 본인이 어떤지는 모르는 거고 말이야~. 뭐, 부하가 괜한 감정을 뻔히 드러낸 시점에서 감독 소홀로 감점이지만~."

마왕의 발언은 이미 대령님이 마왕 본인한테 악감정을 갖고 있다고 폭로하는 말이나 마찬가지야.

그나저나 대령님이 고참 마족이었네.

맞아, 마족은 인족보다 수명이 길다고 했지. 생각보다 나이를 더 많이 먹었나 봐.

오래 살았음, 즉 너구리 영감.

뭐랄까, 오래 살았다는 말 하나만 듣고 뱃속에 속셈을 거하게 숨겨 놓았겠다는 생각이 드는 건 편견에 해당하려나?

뭐, 어쨌든 간에 방심하면 안 되는 상대겠다.

그런 까닭으로 마왕도 이 성에 있는 사람들에게 여기에서 나누는 대화가 안 들리도록 신경 쓰고 있잖아.

아까부터 누가 올 때마다 대화를 중단하는 데다 나는 잘 모르겠는데 도청 대책도 마련해 두지 않았을까?

문 바깥에 대기 중이라는 사람한테도 대화 내용이 안 들리도록 뭔가 손썼을 거야.

"그런고로 사양하지 말고 마음껏 먹고 마시자!"

신나게 외치며 새로 따른 와인을 쭉 들이마시더니 안주로 손을 뻗는 마왕.

"……결국 그게 가장 큰 목적이었던 거 아니에요?"

흡혈 양이 또 가자미눈을 뜨고 봐도 마왕은 아랑곳하지 않고 칠칠 맞지 못한 자세로 먹고 마셨다.

메라도 이번에는 감싸주는 대신 말없이 가만있었다.

메라는 혹시 눈치챘을까?

마왕의 진짜 목적, 아니, 심정을…….

방금 흡혈 양이 꺼냈던 말도 아주 틀리지는 않았을 거야.

그렇지만 적당히 붙인 구실이고 진짜는 아니었다.

아마 본인이 했던 말처럼 고상한 이유 따위가 아닌 기분 문제가 맞아.

마왕은 단지 마족들을 필요 이상으로 자신와 가까이 두고 싶지는 않은 게 아닐까?

마왕은 가까운 장래에 마족을 끌고 나가서 인족과 전쟁을 일으킨다.

그리고 마왕의 목적을 감안하자면 대단히 소모품에 가까운 감각으로 마족을 싸움터로 몰아넣을 거야.

마왕의 목적을 달성하려면 많은 사망자가 필요하니까.

달리 표현하자면 마왕이 직접 마족을 사지에 몰아넣는다는 말과 다를 바 없겠다.

그러니까 아예 처음부터 친분을 쌓지 않는다.

마족을 대할 때 밉살맞은 태도를 취한 까닭도 혹여나 마족이 마왕을 따르는 일이 없도록…….

마족에게 마왕은 자신들을 사지에 몰아넣는 불길한 존재니까.

마왕은 스스로를 그런 입장에 놓음으로써 마족의 온갖 원한을 한 몸에 짊어지려고 한다.

또한 무엇보다도 그렇게 마족에게 원망받게 되는 처지를 일종의 벌로 감수하려는 게 아니려나.

어디까지나 나 혼자의 짐작이고 마왕의 마음속을 들여다봐서 얻은 결론은 아니다.

하지만 아마도 틀리지는 않았을 거야.

후유. 사람이 너무 순박한 거 아니야?

결국 마족을 사지로 몰아넣는다는 데 변함은 없을 테니까 대책 없이 순박하다는 말은 못 하겠지만, 그럼에도 마왕을 자처하기에는 마음씨가 너무 곱단 말이지.

뭐, 마왕의 고운 마음씨에 도움을 받고 있는 내가 할 말은 아니지만.

그런 생각을 하며 은근슬쩍 마왕의 옆쪽에 앉아 안주를 슬쩍했다.

훗, 애당초 내게 사양이라는 개념 따위는 없다!

먹거리가 있다면 먹는다! 짜증 나는 손님으로 여기든 말든 아랑곳 않고 말이지!

아, 육포 비슷한 이 녀석은 소금 맛이 좀 진하네.

음료를 마시고 싶다.

슬금슬금, 옆쪽에 놓아둔 술병으로 뻗던 손을 도중에 덥석 붙잡히고 말았다.

"시로야? 술은 스무 살부터잖니?"

내 손을 붙잡은 채 생긋거리며 마왕이 주의를 준다.

끄응! 살짝 한 모금은 괜찮잖아!

도대체가 말이야, 그렇게 벌컥벌컥 맛있게 들이켜는 마왕이 잘못한 거야!

그런 식으로 눈앞에서 맛있게 마시면 어떤 맛이 날까 당연히 신경 쓰이고 마시고 싶어지잖아!

일본이라면 술은 스무 살부터지만 여기는 이세계니까 법률 적용 바깥이라고 주장하겠습니다!

"안 된다면 안 되는 거야. 지킬 건 지켜야죠."

쳇! 이런 데서 할머니 속성을 발휘하지 않아도 될 텐데.

언젠가 꼭 마왕의 눈을 피해서 마셔주겠어.

마지못해서 손을 빼내는 내게 메라가 무알코올 주스를 따라 건네준다.

메라, 역시 종자의 귀감!

"메라조피스, 나도 줘야지."

즉각 질투를 드러내는 흡혈 양.

응, 평소대로구나.

뭐랄까, 평화로워.

마족령 도착이라는 큰 목표를 하나 달성해서인지 나 스스로도 긴장이 풀린다는 느낌을 받았다.

이대로 마왕의 비호 아래에서 느긋~하게 지내는 것도 괜찮겠다는 생각이 들었다.

그래도 그렇게 되지는 않을 거란 말이지~.

바라건대 이 평화로운 분위기가 조금이라도 길게 이어지기를…….

무리임까?

그렇습까.

어휴, 옛날이여~.

Erguner Ricep
아그너

본명 아그너 라이세프. 마족령 변경백. 전전
대 마왕의 시절부터 인족령과 접한 마족령
변경 라이세프 영지를 다스렸던 영주. 그와
동시에 국방의 요체라 말할 수 있는 마왕군
제1군단을 지휘하는 군단장. 문무 양쪽 다
마족 중에서도 한 걸음은 앞선 뛰어난 인물
이고, 아리엘이라는 규격 외 존재가 아니었
다면 마왕으로 지명되었어도 놀랍지 않
았을 만큼 대단한 실력자. 마족 부흥에
엘프의 힘을 이용한다거나 아리엘에
게 고분고분한 자세를 보이면서도
은밀하게 따돌릴 방법을 모색
하는 등 마족의 이익을 위해
서라면 수단을 가리지
않는 과감함을 지니
고 있다.

막간 고참 마족의 암투

"아그너 님, 곧 나가실 시간입니다."

나는 마왕님과 회담에 나설 시각이 임박했다는 비서의 알림을 듣고 처리 중이던 서류에서 고개를 들어 올렸다. 굳이 비서의 말이 아니더라도 쭉 의식했던 사안.

그런 까닭에 허둥대지 않고 서류를 정리한 뒤 펜을 내려놓고 일어섰다.

"알겠네. 가세."

이미 준비는 갖춰 놓았다.

망설임 없이 걸음을 떼는 내 뒤쪽에 비서들이 따라나선다.

그네들의 분위기는 평소와 달리 약간 침착성을 잃은 듯 보였다.

어제, 행방을 알 수 없었던 마왕님이 갑자기 이 성에 나타나서 평소와는 다른 분위기가 감돈다.

선대 마왕은 행방불명된 채 우리가 알지 못하는 장소에서 거꾸러졌고, 그 이후 차대 마왕의 좌에 오른 분이 지금의 마왕님이다.

솔직히 말하자면 선대와 마찬가지로 쭉 행방을 감춘 채 나타나지 않기를 바랐다는 것은 부정하지 않겠다.

마족의 현 상황을 감안하면 마왕이라는 존재는 없는 게 오히려 좋다.

오랜 세월에 걸친 인족과의 전쟁.

그 폐해가 마족을 피폐하게 했고 거듭 쌓였던 상처는 이미 돌이킬 수 없을 지경까지 곪아버렸다.

토지는 황폐해졌고, 인구가 줄었고, 그럼으로써 노동력이 줄었기에 결국 백성은 굶주린다.

백성이 굶주리면 노동력이 줄고 식량 생산력이 떨어지게 된다.

거듭되는 악순환.

전쟁이나 벌일 상황이 아니었다.

따라서 선대 마왕이 행방불명이 된 사건은 마족에게 차라리 복음이었다.

마왕의 부재는 전쟁이 없음과 같다.

인족과의 전쟁은 일시 휴전한 뒤 내정에 힘을 실어서 국력을 되찾자는 방침.

타당한 정책 덕분에 마왕이 자리를 비운 동안은 백성들의 생활이 제법 안정되었다.

그러나 감소했던 인구만큼은 좀처럼 늘어나지 않는다.

출생률의 저하, 초기의 기근에 따른 유아의 아사, 또한 마물의 피해도 적지 않았다.

다소의 여유는 생겼을지언정 아직껏 섣불리 낙관할 수 없는 상황.

그런 상황에서…….

상념에 몰두하던 중 목적한 방까지 도착했다.

그대로 문을 열려 하다가 아슬아슬하게 손을 멈추고 노크했다.

"들어와~."

안쪽에서 입실을 허가하는 목소리가 울려 나왔고 이번에야말로 문을 연 뒤 입실했다.

"안녕. 수고가 많아."

마중 나온 인물은 허물없이 손을 들어 보이는 조그마한 소녀.

당대의 마왕님 본인이시다.

겉모습만 보자면 단지 아이일 뿐.

그러나 몸속에서 흘러넘치는 저 기운, 결코 억누를 수 없다고 주장하는 듯 거센 패기는 눈앞의 소녀가 여간내기가 아님을 나타내준다.

고도로 은폐되었음에도 불구하고 감춰 둔 힘의 편린이 엿보인다는 경우는, 내 삶을 쭉 거슬러 봐도 눈앞의 마왕님밖에 해당자가 없었다.

문 너머에 있을 때조차 저곳에 있음을 직감하게 될 만큼 압도적인 존재감.

"기다리시게 하여 면목이 없을 따름입니다."

"응? 아냐. 약속 시간 전에 왔잖아. 괜히 탓하지는 않아."

먼저 입실한 뒤 기다리고 있을 심산이었다만 도리어 마왕님을 기다리게 하고 말았다.

그런 실수를 마왕님은 미소로 받아넘겼다.

언뜻 관대함으로 해석할 수 있는 행동이지만 진짜 심중에는 과연 어떠한 뜻이 있을는지…….

"뭐, 계속 서 있지 말고 일단은 앉아."

"넷! 실례하겠습니다."

마왕님의 맞은편 소파에 자리를 잡고 앉았다.

비서들은 내 뒤쪽에 선 채.

반면에 마왕님은 한 분.

어제 인사차 찾아뵈었을 때는 몇 사람인가 일행을 데리고 계셨지만 그중 누구의 모습도 안 보이는군.

한 명을 제외하고 아녀자뿐이었는데 그 일행들 또한 겉모습처럼 가냘픈 인물은 아닌 듯싶었다.

그러나 일행과 함께하지 않을지라도 마왕님은 전혀 문제없었다.

애당초 호위 따위를 필요로 하지 않는 까닭에……

두렵다, 실로 두려운 분이시다.

"전날에도 아뢰었으나 먼저 무사 귀환에 기쁨을 표하는 바입니다."

"흐음. 기쁨이라, 진짜로?"

맨 처음 인사말로 귀환을 기뻐한다는 뜻을 전해도 정작 마왕님의 반응은 시큰둥할 뿐.

그분의 눈이 나를 휙 지나쳐서 내 뒤쪽에 서 있는 비서들에게 향한다.

"잠시만 기다려주십시오."

거기에서 나는 위험의 조짐을 감지하고 비서를 불러들인 뒤 몇몇 이름을 언급하며 바깥에 내보내도록 당부했다.

곧장 행동에 옮긴 비서에게 재촉을 받아, 마왕님의 시선을 받은 인물들이 물러나 퇴장한다.

"실례를 저질렀습니다. 저들에게는 추후 상응하는 처분을 내리겠습니다."

"응응. 역시나. 눈치가 빨라서 좋아."

아무래도 내 행동은 틀리지 않은 듯싶다.

마왕님은 만족하면서 기꺼이 고개를 끄덕였다.

"어설프게 반항해 봤자 쓸데없이 귀찮기만 하잖아~. 내가 원하는 건 순종하는 전력뿐이야. 제대로 싸워주고 제대로 죽어줄, 그런 전력 말이야."

무시무시한 발언을 태연하게 입에 담는 마왕님.

먼저 혈기 왕성한 인물들을 내보낸 것이 정답이었다.

이때 조금이라도 반항심을 내비쳤다면 본보기 삼아 죽였을지도 모른다.

"부하들이 잘 알아듣도록 차근차근 설명해 둬. 인족과 싸우는 게 좋을까. 혹은 나한테 죽는 게 좋을까. 내 추천은 전자야. 이유는 후자를 선택하면 만에 하나라도 살아남을 가능성이 아예 없어지니까."

이 발언은 마왕님 개인이 인족 전체보다도 강력하다는 선언이나 마찬가지였다.

마왕님이 아닌 누군가가 입에 담은 발언이었다면 웬 헛소리냐고 웃어넘길 수도 있겠다.

그러나 나는 방금 들은 발언을 부정하지 못했다.

"군비 증강을 서둘러주면 좋겠네."

말로는 부탁의 형식을 취했을지언정 명령과 다름없었다.

"삼가 받듭니다."

"응. 부탁할게."

나에게 거부의 뜻을 표할 권리는 없다.

그 후 추후의 예정 등 세세한 대화를 나눈 뒤 회담은 종료됐다.

"후유."

"많이 지치셨나 봅니다."

집무실로 돌아와서 무심코 한숨을 뱉은 나에게 비서가 위로의 말을 건넸다.

"맞네, 지쳤어. 이토록 지친 게 얼마 만이었던가."

푸념을 늘어놓을 수 있는 까닭은 이 방에는 나와 오랜 세월에 걸쳐 고락을 함께했던 비서밖에 없기 때문이다.

"그러나 지쳤다는 말 따위를 할 때가 아니지."

나는 책상 서랍을 열어 거기에 보관해 둔 물건을 손에 쥐었다.

한쪽 손으로 쥘 수 있는 크기의 휴대 전화라고 불리는 기계를⋯⋯.

휴대 전화에 부착돼 있는 단 하나뿐인 버튼을 누른다.

아득히 먼 고대 문명에서는 휴대 전화로 멀리 떨어진 곳의 온갖 사람들과 대화를 나눌 수 있었다고 한다.

그러나 내 수중에 있는 휴대 전화에는 별반 대단한 기능이 없다.

이 휴대 전화의 너머에 있는 자는 한 사람뿐.

휴대 전화를 귓가에 대자 발신음이 잠시간 이어졌고 얼마 뒤 통화가 연결되는 소리가 났다.

"나다. 아그너일세. 들리는가?"

『그래, 들리고말고.』

들리는 것은 감정을 내비치지 않는 남자의 목소리.

목소리의 주인, 이름은 포티머스 하이페너스.

엘프의 족장이자 현대에 옛 비법을 전파하는 이단자.

"네 녀석이 말했던 대로 마왕님께서 귀환하셨다."

며칠 전 나는 휴대 전화 통화로 포티머스에게서 마왕님이 조만간 이쪽으로 돌아온다는 정보를 이미 확보했었다.

따라서 문지기에게 마왕님의 특징을 전달한 뒤 만약 일치하는 인물이 나타날 경우 정중하게 성내로 안내하도록 분부를 내렸다.

부자연스럽게 여기지 않도록 마의 산맥에 임시 감시원을 파견한 뒤 그쪽 경유로 마왕님의 귀환을 파악했다고 꾸미면서…….

지금 이 영지에는 마의 산맥에 감시원을 상주시킬 만한 여유도 없었다.

하지만 앞으로는 이런 말도 못 하겠군.

『그래서? 겨우 도착 소식을 알리기 위해 전화를 걸지는 않았을 텐데.』

포티머스가 이쪽의 의도를 먼저 예측해서 되물었다.

"아무렴. 인족령 쪽 마의 산맥의 출구 상황을 알고 싶군. 지난 며칠 동안 이마에 뿔 달린 소년이 그쪽으로 진입한 적은 없는가?"

『흠.』

내 질문에 포티머스는 마음 속으로 생각하는 듯 잠시 침묵했다.

조금 전 회담에서 마왕님이 입에 담았던 어느 가능성.

아마 아니겠지만 그렇게 전제를 두고 말씀하셨던 내용은 마의 산맥을 지나서 앞에 언급했던 뿔 달린 소년이 넘어올지도 모른다는 것.

빙룡(氷龍)의 영역을 돌파할 수도 있다는 발언이었다.

혹여 정말로 뿔 달린 소년이 나타난다면 섣불리 자극하지 말고 곧바로 마왕님에게 연락하라는 당부까지.

그게 회담의 마지막에 언급한 내용이었다.

그 뿔 달린 소년이 마왕님과 어떤 관계인지 딱히 설명은 듣지 못

했다.

그러나 굳이 못을 박으면서 꺼낸 화제인 만큼 마왕님에게는 중요한 안건이라고 짐작할 수 있겠다.

무엇인가에 이용할 수는 없을까 하는 생각도 든다. 다만 마왕님이 아마도 아닐 것이라는 표현을 써서 말씀하셨던 만큼 이쪽으로 넘어오는 경우는 일단 배제하는 게 옳겠다.

작디작은 가능성, 게다가 이용 방법도 떠오르지 않는 사안을 물고 늘어질 여유는 없다.

『……이쪽에는 그러한 특징의 소년이 나타났다는 보고는 안 들어왔군. 다만 신중을 기하기 위하여 마의 산맥 입구를 감시하도록 하지.』

"고맙네."

대답하면서도 머릿속으로 계산을 한다.

방금 대답에서 마왕님뿐 아니라, 이 남자도 역시 뿔 달린 소년에게 관심을 갖고 있었음이 판명되었기에…….

아무렴 포티머스 하이페너스잖은가.

마왕님뿐 아니라 포티머스까지도 관심을 기울이는 대상인데 외면할 수는 없지 않겠나?

"그 소년에 대해 무엇인가 아는 건 없는가?"

『뿔 달린 소년은 알지 못한다. 그러나 이쪽 부근에서는 얼마 전까지 특이한 오거가 모험가에게 다대한 피해를 끼친 사건이 일어났었지. 언뜻 보기에도 무엇인가 관련이 있다 여겨지지 않나?』

"과연 그렇군."

특이한 오거인가.

오거도 분명 뿔 달린 인간형 마물이다.

또한 목격할 기회가 거의 없지만 오거는 진화를 거침에 따라 최종적으로 사람과 몹시 가까운 모습을 지닌 귀인(鬼人)에 도달한다고 알려졌다.

그 특이한 오거가 진화를 거듭하여 귀인에 다다랐다면 말의 앞뒤가 맞아떨어진다.

그러나 단지 그뿐이었다.

포티머스가 한 말은 조금만 조사하면 이쪽에서도 알아낼 수 있는 소식뿐.

귀인은 분명 희귀하지만 단지 그 이유 때문에 마왕님이나 포티머스가 흥미를 가질 리 없었다.

무엇인가, 말하지 않은 무엇인가가 있다.

그러나 더 캐물어 봤자 포티머스가 정보를 흘릴 일은 없을 것이다.

"정보 제공에 감사하네."

『뭘, 친구로서 당연한 도움을 줬을 뿐이다.』

친구라니. 놀이말을 잘못 말했을 테지.

"또 무슨 일이 있으면 연락하지."

『알겠다. 이쪽에서도 뭔가 부탁할 일이 생길지도 모른다. 그때는 잘 부탁하지.』

"그래."

통화를 끝낸다.

즉각 마왕님과 회담을 마쳤을 때와 마찬가지로 피로가 밀려들었다.

"후유."

"많이 지치셨나 봅니다."

이 방으로 돌아왔을 때와 완전히 같은 대화를 비서와 주고받았다.

"맞네, 진력이 나는군. 마왕님이든 포티머스든 상대를 하는 데 온 갖 신경을 다 기울여야 하니까 견딜 재간이 없어."

가능하면 연관되고 싶지 않다는 게 나의 본심이었다.

그러나 이루지 못할 바람일지니.

마왕님은 마족의 정점이고 기울어진 마족을 재건하는 데 있어 엘프가 다대한 영향을 끼쳤다.

식량 원조 및 기술 제공 등 엘프에게 받은 원조가 아니었다면 여기까지 마족을 다시 일으켜 세우기는 불가능했다.

그 이면에 포티머스의 속셈이 숨겨져 있음을 안다 하여도 손을 붙잡을 수밖에 없었다.

그리고 분명하게 진 빚이 있는 까닭에 함부로 대하지도 못한다.

……아마도 포티머스는 내심 그렇게 여길 테지.

"모두가 다 네놈의 의도대로 움직일 거라 생각하지 마라."

포티머스에게는 알리지 않은 말, 마왕님에게 전달받은 또 하나의 지령.

엘프를 마족령에서 몰아내라.

"마왕님도 나에게 정말 난해한 문제를 떠맡기시는군."

마족령은 엘프의 원조 덕분에 구제받았다.

마족이라면 누구든 다 아는 사실.

마족 대부분은 엘프에게 은혜를 느끼고 있다.

그런 엘프를 강경 수단으로 배제하라는 지시라니…….

백성들의 반발은 뻔한 수순이다.

마왕님의 지시를 따르면 내부에서 난리가 나고 장래에는 인족과 대규모 전쟁을 벌여야 한다.

그렇다고 마왕님의 지시를 거역하면 마왕님께서 직접 손을 쓸 뿐.

전진하든 물러나든 가시밭길이구나.

마족의 미래는 어찌 생각해도 어둡다.

그러나 포기할 수는 없는 노릇이다.

마족의 미래를 위해서라도 살아남을 길 또한 계속 모색해 나가야 한다.

이용 가능한 수단은 전부 이용하여 활로를 찾아내겠다.

설령 제아무리 좁다란 길일지라도, 기필코…….

다행히도 마왕님은 조만간 이곳을 떠난다.

그렇게 되면 나는 조금이나마 자유롭게 움직일 수 있다.

마왕님이 나아갈 곳은 마족령의 중심지, 피사로.

발트 피사로가 다스리는 지역, 역대 마왕이 본거지로 삼았던 땅.

발트는 유능한 사내이나 현실을 너무 쉬이 받아들인다.

유능한 탓에, 결과가 뻔히 보이는 까닭에 마왕님에게 거역하는 어리석은 짓을 저지르지 못한다.

조금 더 교활함을 습득하면 더욱 약진할 수 있을 터인데.

그럼에도 지금은 오히려 기뻤다.

마왕님에게 순종하여 모쪼록 신용을 얻어내기를 바란다.

그 대신 지저분한 부분은 내가 떠맡도록 하마.

마왕님의 명령에 따르는 시늉을 하며 엘프와 관계를 유지할 뿐 아니라 마족이 살아남을 길을 모색하겠다.

"마왕님도 엘프도 따돌려서 기어이 살아남아 보이겠다."

설령 어떠한 고난의 길일지라도, 기필코.

裏鬼 1 선대 검제 레이가

힘을 휘둘렀다.

나의 인생을 회고하면 절반 이상이 투쟁의 나날로 채색되어 있었다.

칼날의 먹색과 피의 적색으로……

자랑스러웠다.

인족의 방파제, 렝잔드 제국, 그 정점에 있는 검제.

나야말로 인족의 수호자이다.

꿈이 있었다.

언젠가 훗날, 마족을 완전히 물리쳐서 유구한 평화를 가져오는 것.

젊었던 시절에는 이룩할 수 있노라고 믿었다.

그러나 현실은 녹록하지 않았다.

죽음이 항상 지척에 있었다.

무수히 많은 적의 주검을 쌓아 올렸고, 그와 비슷하거나 더욱더 많은 전우를 신언(神言)의 신께서 계신 곳으로 떠나보냈다.

나 또한 죽음을 의식할 만한 위기를 몇 번이고 경험했다.

질려버렸다.

언제까지고 끝나지 않는 투쟁의 나날에……

너무나 많은 죽음이 지척에 있는 일상에……

의문을 품었다.

대체 왜 우리는 싸워야 하는가.

인족도 마족도 자기 몸을 갉아먹으면서 줄곧 싸우고 있다.

내내 피를 흘리고, 원한에 찬 외침을 부르짖고, 원통함을 끌어안은 채 죽는다.

거기에 희망 따위는 없다. 꿈을 꿀 여유도 없다. 그럼 무엇이 있는가, 오직 투쟁의 나날뿐.

긍지를 위해서, 꿈을 위해서 힘을 휘둘렀다.

그러나 여타의 관념이 어느 사이인가 색을 잃어버린다.

항상 죽음이 바로 이웃에 있고, 그 상황에 질려 어느덧 싸우는 의미에 의문을 갖게 되었다.

그럼에도 싸워 나가야만 한다.

나는 검제.

렝잔드 제국의 정점이자 검술 최강이라고 인정받은 남자.

마법 최강으로 인정받은 전우와 나란히, 인족을 승리의 길로 인도해야 하는 귀중한 전력.

승리를 위해 언제나 전장으로 나서야 하는 숙명을 짊어졌었다.

"무고한 백성을 지키기 위해 이렇듯 마도의 힘이 존재한다."

나와 나란히 마법 최강으로 인정받았던 전우 로난트는 그렇게 어떤 망설임도 없이 단언했다.

본인의 신념에 근거하여 제 힘을 휘두르기를 주저하지 않았다.

녀석의 우직한 자세를 보고 부러움을 느낀 적도 있었다.

자기 자신을 믿어 의심치 않는 강한 심성이…….

죽음에 둘러싸인 나날, 그럼에도 불구하고 색이 바래지지 않는 이상을 줄곧 내세울 수 있는 밝은 광채가…….

조금 엉뚱하고 괴짜와 같은 구석이 옥에 티였으나 로난트라는 남자는 틀림없이 영웅이었다.

　바로 그 때문에 로난트만 건재하다면 내가 사라져도 인족은 걱정 없다고 확신했다.

　본인에게 말하면「웬 얼빠진 소리를 지껄이는 게냐!」라고 쏘아붙일 것 같지만…….

　그 후 마왕의 죽음을 계기 삼아서 나는 세상을 등졌다.

　마침 마족도 한계를 맞이하였기에 양쪽 다 싸울 힘이 남아 있지 않았다는 전황도 내 결단을 수월케 했다.

　전투가 펼쳐지지 않는 시대에 내가 나설 자리는 없었다.

　나의 반생은 오직 전투를 위함이었고 검을 휘두르거나 전투 지휘에는 능숙할지라도 정치를 펼치는 데는 어울리지 않았다.

　전시였다면 무왕(武王)으로 활약할 수 있다.

　그러나 전투밖에 재주가 없는 왕이 평시를 맞아 정치에 나선들 좋은 결과로 이어질 것 같진 않았다.

　다행히도 내 아들은 아비를 닮지 않아서 정치에 뛰어났다.

　전투가 없는 시대에 필요한 자는 무왕이 아닌 나라를 안정시킬 수 있는 현왕(賢王).

　나는 재빨리 검제의 좌에서 물러난 뒤 아들을 후임으로 앉히고 은거했다.

　아마도 벌을 받게 되었나 보다.

　혹은 이때를 위해서 내가 여기에 있었을지도 모르겠군.

　지난 며칠간 산이 어지럽다는 것은 알아챘다.

그 원인이 이쪽으로 다가들고 있음도…….

마의 산맥에 살고 있는 용(龍)들이 저지하고자 나선 듯하나 건투가 허망하게도 그 누군가는 이쪽으로 순조롭게 전진하고 있는 상황이었다.

흉한 기세를 숨기려고도 하지 않는 그자가 이곳으로 당도하면 어떻게 될까, 용조차 미처 저지하지 못했다는 사실을 떠올리면 맞이하게 될 앞날은 명백하다.

벌어지는 것은 포학한 유린.

이 땅에는 대항 가능한 전력이 나를 제외하고 아무도 없었다.

또한 나마저도 노쇠한 데다가 전장을 벗어나서 이미 녹슬었던 까닭에 전성기의 힘은 없었다.

혹여 전성기의 힘을 다 발휘할 수 있다 하여도 용마저 저지하지 못한 상대에게 얼마나 오래 저항이 가능할지 심히 의문스럽다만…….

그럼에도 여기에서 들고일어나지 않는 선택은 없다.

검제의 좌에서 내려온 뒤 이제까지 이 땅에서 평온한 삶을 누렸던 은혜를 갚을 때가 왔기에…….

"후유."

한껏 숨을 뱉었다.

오랜 세월을 전장에서 벗어나 있었으니 몸속에 쌓인 녹을 뱉어 내자는 마음으로.

평온한 시간 속에서 가꾼 따스함을 떨쳐 버리며…….

이미 다른 주민들은 피난을 마쳤다.

마의 산맥 기슭에 있는 작은 마을인지라 인구도 적었던 게 다행이었다.

신속하게 피난이 이루어졌기에 전투의 여파로 마을 자체가 소실되는 최악의 사태가 발생해도 피해는 적을 터이다.

가능하면 맞이하고 싶지 않는 사태인 터라 마을에서 떨어져나와 기다리고 있었다.

요격에 나설 준비는 끝났다.

현역 시절에 사용했던 장비는 조국에 두고 나왔다.

그 장비들은 나 개인의 소유품이 아닌 제국과 나라의 재산.

검제의 좌를 내려놓은 나에게 쓸 자격은 없다.

지금 착용한 것은 내 개인 자산으로 제작한 예비 장비다.

두고 온 국보 장비에는 뒤떨어지지만 그럼에도 일급품에 해당하는 물건이었다.

희귀한 암룡(闇龍)을 소재로 만든 장비 세트.

암룡은 광룡(光龍)과 나란히 좀처럼 사람들의 앞에 모습을 드러내지 않는 용이다.

용 자체가 서식 지역에 불쑥 진입하지 않는 한 특별히 목격할 일이 없지만 암룡과 광룡은 서식지마저 분명하지 않았다.

나의 장비는 몇 대인가 이전의 용사가 우연히 토벌했던 암룡의 소재로 제작했다고 알려졌다.

나 개인의 장비 한 벌, 그리고 조국에도 또 한 벌을 남겨 두었다.

지닌 바 성질은 상대의 힘을 약체화하는 것.

용에게는 마법의 힘을 감쇠시키는 능력이 있고 그에 더하여 암룡은 저주 속성을 지니고 있다.

암룡을 소재로 써서 제작한 검으로 상대를 베면 단지 베인 것만으로도 능력이 저하된다.

마법도 마찬가지다.

이 검으로 베면 본래 갖춰져 있는 용의 마법력 감쇠 능력과 더불어서, 대부분의 마법을 베어 가를 수 있었다.

같은 소재로 제작한 갑옷도 역시 마법에 강한 저항력을 발휘한다.

근접 전투에 주안점을 두는 나와 상성이 좋은 장비.

격을 견준다면 현역 시절에 내가 사용했던 국보, 일찍이 용사 및 휘하 대군단이 몸소 희생하여 토벌한 퀸 타라텍트의 소재를 근간으로 제작한 장비 세트에는 뒤떨어지나, 그럼에도 이름을 떨치는 명장이 바라마지않을 일품이다.

그러나 이런 장비를 갖추고도 이번 상대에게는 불안감이 느껴졌다.

그야 진짜 용들마저 저지에 실패했잖은가.

절로 배어나는 불안을 애써 떨치고자 장비에 혹여 이상은 없는가 다시 한 번 점검했다.

괜찮다.

각종 회복약도 전부를 들고 나왔다.

빈사의 중상을 입은 상태에서도 순식간에 회복 가능한 최고급 회복약을 필두로 마력을 회복시키는 약은 물론이고 기력을 회복시키는 약, 상태 이상을 해제하는 약까지 전부 허리에 매달린 공간 수납이 부여된 주머니에 넣어 두었다.

각종 회복약에 귀중한 공간 수납 부여 주머니, 이것만으로도 큰 재산이 된다. 그러나 이제부터 죽으러 가는 나에게 물건을 아낄 이유는 없었다.

나는 아마도 죽는다.

용마저 저지하지 못한 상대에게 내가 승리할 수 없음은 극히 당연하다.

내게 허락된 것은 시간 벌이뿐.

다른 주민들이 도망치는 데 필요한 시간을 잠시나마 연장시키는 것.

여기에 의미가 있는지는 모르겠다.

이토록 강한 상대가 덮쳐드는데 거리를 다소 벌린들 어떤 의미가 있겠는가.

내가 지금 느끼는 불안감은 죽음에 대한 두려움이 아니라 시간을 버는 데 의미가 있겠느냐는 의문에서 비롯되었다.

나의 죽음에 과연 어떠한 의미가 있겠느냐는 의문.

그러나 안 하기보다는 낫지 않겠는가.

그저 늙어서 죽기를 기다리는 것보다는 싸우다 죽는 게 나답다.

이 손으로 거둔 목숨의 수를 떠올리면 편안한 침상에 누워 잠들듯 맞이하는 죽음 따위는 마치 꿈과 같을 뿐 내게는 어울리지 않는다는 뜻이 아니겠는가.

그러니 기꺼울 따름이다.

설령 무의미할지라도 애당초 싸우다 죽는 결말에는 대부분 별 의미가 없다.

전투에서 물러나 평온하게 사는 중 대답을 찾아 내린 결론이었다.

결국 싸움이라는 행위에 의미 따위는 없음이다.

대국을 보면 나라를 위해, 백성을 위한 행동은 되겠지만 개인의 입장에서 볼 경우는 의미 따위를 고민해 봤자 헛짓이다.

다만 납득할 수 있는가 아니한가, 중요한 것은 그 하나뿐이다.

그리고 지금 나는 스스로 납득하여 이곳에 섰다.

그러면 충분하다.

검신이라 칭송받았던 남자가 죽을 곳, 이 땅이라 정하였노라.

각오를 다지고 가만히 때가 오기를 기다렸다.

그렇게 잠시간의 기다림 끝에, 마침내 그자가 내 앞에 모습을 나타냈다.

"놀랍군."

무심코 중얼거렸다.

정녕코 흉한 기세였기에 어떤 이매망량의 부류일 거라 예상했는데, 나타난 녀석은 아직 소년이라고 불릴 만큼 어리고 인간의 형태를 띤 종족이었다.

그러나 어린 외모와 달리 두르고 있는 기세는 악귀 나찰과 다를 바 없을지니.

단지 대치하고 있을 뿐인데 갑옷 안쪽에서 식은땀이 배어 나왔다.

마치 이 세상의 모든 악덕한 측면을 한 몸에 짊어진 포학의 화신처럼 보인다.

"카아아아아아아아!"

악귀가 부르짖는다.

동시에 이제껏 악귀와 싸우고 있던 용이 절명했다.

음? 악귀의 몸이 일순간 빛난 듯 보였는데, 뭐지?

부상이 회복되는 건가?

용과 상상도 못할 격한 전투를 치렀을까. 용도 악귀도 깊은 상처가 박혀 있었지만 악귀의 부상은 빛과 함께 깔끔하게 사라져 갔다.

상당한 고위의 치료 마법이라도 터득하였는가.

내가 아는 한 치료 마법을 제아무리 갈고닦아도 저토록 뛰어난 효과를 발휘할 수는 없었다.

어쨌든 간에 용과 전투를 치러 축적된 부상이 사라진 지금, 내가 승리할 가능성은 아예 무너졌다고 말할 수 있겠군.

혹여나 기대하는 마음을 갖고 있었지만 역시 세상사는 뜻대로 되지 않는구나.

"어디 마음대로 되는 게 있더냐."

내 목소리에 반응했을까, 악귀가 고개를 돌렸다.

"카아아아아아아아!"

그리고 포효를 질러 대면서 한 걸음에 뛰어 덮쳐들었다.

대화는 불가능.

언뜻 인간의 형태를 갖고 있기에 조금이나마 대화로 해결할 수는 없는가, 하는 생각도 떠올렸지만 저 상태를 보건대 말을 알아듣는 듯 여겨지지 않으니 결국은 무리겠구나.

설령 의사가 통했다 해도 마족과의 전투와 마찬가지로 피하지 못할 싸움이란 있는 법이다.

오히려 말을 알아듣지 못하는 짐승 같은 상대이기에 차라리 어떤 거리낌도 없이 싸울 수 있지 않겠나.

"검신, 레이가 반 렝잔드. 간다."

55

이름을 알린들 상대가 들어줄 것 같지는 않았으나 그럼에도 나를 죽일 자에게 말해주고 싶었다.

이것도 역시 전투에 따른 납득인가.

아니나 다를까, 나의 인사말은 무시한 채 악귀가 검을 휘두른다.

한쪽을 피한 뒤 다른 한쪽을 흘려 넘겼다.

악귀가 휘두르는 무기는 한 손에 하나씩 쥐고 있는 쌍검.

공격의 수가 늘어날지언정 일격의 위력과 방어에 난섬이 있어 보통은 별로 사용하지 않는 전법이었다.

게다가 악귀가 지닌 검은 좁다란 폭의 칼날이 완만하게 굽어지는 낯선 형태를 띤 장검.

방어를 감안하여 제작한 구조로 여겨지는 않을뿐더러 쌍검을 쓰는 전법과 더불어서 공세에 비중을 두는 듯했다.

아니, 애당초 방어를 내버렸는가.

자기 자신이 입는 부상을 마다하지 않고 오직 공세만을 추구하는 모습은 과연 악귀다웠다.

오직 공격에 집중하는 놈의 검을 정면으로 맞받아치면 이쪽의 검이 부러져 나갈 터이다.

그토록 강한 기운이 담긴 일격.

아니, 모든 공격이 내 목숨을 위협하는 필살의 위력인가.

그 짐작을 증명해주듯, 앞서 흘려 넘겼던 악귀의 검은 지면을 세차게 내리쳐서 어떤 저항도 없이 베어 갈랐다.

처음에 마주했을 때부터 능력치에서 뒤짐을 직감하고 경계를 늦추지 않았건마는, 아마도 예측이 더욱 허술했나 보군.

"카아아앗!"

악귀가 부르짖는다.

단순한 포효가 소리 덩어리가 되어 들이닥친다.

귀에 통증이 치달리고 거하게 얻어맞은 듯한 충격이 몸을 꿰뚫었다.

어떤 스킬을 쓰지도 않은 포효에 이리되다니…….

악귀가 땅을 밟아 부수면서 검을 휘둘렀다.

나는 커다랗게 뒤로 물러나면서 호들갑스러울 만큼 옆으로 회피했다.

내가 전력으로 후퇴한 거리를 악귀는 한 걸음으로 밟고 다가와서 내가 방금 전까지 있었던 직선상을 포착했다.

휘둘러지는 칼끝의 연장선상으로 자전(紫電)이 피어올랐다.

역시 마검인가.

게다가 몹시 강력한 부류로군.

용을 베어 갈랐음에도 불구하고 저 좁다란 폭의 칼날에는 흠집이라고 할 만한 흠집이 없었다.

비록 얄팍할지언정 상당한 경도를 자랑한다고 봐야 하겠다.

그렇다면 방어에 적합하지 않다 여겼던 판단은 폐기하는 게 옳을 수도 있겠군.

지레짐작으로 대처하려고 들면 뜻밖의 낭패를 겪는 법이었다.

그리고 이 악귀, 행동거지는 완전히 폭주한 듯 보이는데도 단지 완력에 의존하는 막무가내 전법은 아니었다.

마검의 힘을 사용한다는 게 확실한 증거였다.

이성을 잃어버린 듯 보이나 그럼에도 불구하고 본능 수준으로 전투 기술을 구사하면서 닥쳐든다.

비록 놈의 검 솜씨는 서투를지언정 칼날을 예리하게 관리하는 등 기본 중의 기본은 충실하게 지키고 있었다.

이성을 지니지 못한 짐승이 이리하지는 못하는 법.

실로 까다로운 존재군.

완력만 믿고 날뛴다면 달리 대처법이 있었을 텐데.

경계를 늦추면 안 된다.

폭주하는 척 시늉만 하고 있을 가능성도 대비하고 온갖 불의의 사태를 상정하여 전투에 임해야 한다.

애당초 능력치에서 우위에 있는 상대.

아무리 경계한들 과하지 않다.

악귀가 검을 휘둘렀다.

떼쓰는 어린아이를 연상케 하는 신출내기처럼 서투른 검법.

그러나 한 번 한 번의 공격은 직격했을 때 내 목숨을 단숨에 빼앗으리라.

또한 아무리 움직임이 초심자와 같다 하여도 휘두르는 검의 속도는 보통 사람이라면 제대로 알아볼 수도 없을 만큼 신속하다.

검술 최강으로 인정받았던 나조차 눈으로 좇기는 버거웠다.

악귀의 몸놀림을 보고 검의 궤도를 읽어 내서야 간신히 흘려 넘길 수 있었다.

단 한 순간이라도 긴장을 늦춘다면 즉각 내 목숨이 끊어져버릴 테지…….

"카아아아아아아아!"

악귀가 안달 난 기색으로 부르짖더니 오른손의 검을 휘둘렀다.

그 검에서 불꽃이 뿜어져 나와 악귀의 몸을 뒤덮는다.

왼손의 벼락 마검뿐 아니라 오른손의 검도 마검이었는가.

불꽃을 두른 채 악귀가 검을 쳐들며 돌진했다.

그러나 지향성을 지닌 방사라면 또 모를까, 본인의 몸을 태우지 않는 정도의 상시 방출이라면 암룡제 장비의 먹잇감일지니!

내 마검의 칼끝이 닿았을 때 암룡의 저주가 힘을 발휘하여 불꽃의 기세를 죽였고, 곧이어 용의 마법 감쇄 효과가 수그러드는 불꽃을 지워 없앴다.

거기에 놀라 기세를 잃은 악귀의 검로를 치고 들어가서 놈의 몸에 한칼을 넣었다.

얕았다.

그런 데다가 단단하다.

손에 전해지는 것은 살점을 베어 가르는 감촉이 아닌 단단한 물체에 칼날이 막히는 감촉.

살점은커녕 거죽조차 못 베었구나.

그러나 암룡의 힘은 확실하게 놈의 신체에 영향을 줬다.

눈에 띄는 차이는 안 보이나 암룡의 저주가 힘을 발휘하면서 악귀의 능력치는 분명 떨어졌다.

설령 보잘것없고 미미한 변화일지라도 이렇게 쭉 베어 나가면 놈의 피부에 상처가 나는 만큼 약화시킬 수도 있었다. 어쩌면, 혹여…….

그게 얼마나 막막하고 힘든 전망인가 나 자신도 잘 알고 있었다.

애당초 약체화시킴으로써 정말 상처를 입힐 수 있는가 확신이 서지 않는다.

암룡의 저주는 분명 강력한 힘이지만 떨어뜨릴 수 있는 능력치에는 한계가 있다.

과연 하한까지 떨어뜨린들 칼날이 박힐 만큼 약해지겠는가?

그리고 설령 칼날이 박힐 만큼 약해진들 더 나아가서 악귀의 HP를 바닥낼 때까지 거듭 베고 또 베어야 한다.

나에게 승산은, 없겠군.

몇백, 몇천의 공격을 적중시켜야 하는 나와 달리 악귀는 단 한 번의 칼부림을 내게 들어맞히면 족하기에…….

한 순간도 긴장을 늦출 수 없는 전투에서 장기전을 완수하지 못하는 한 승리의 기회가 없다.

그 기회마저도 정말로 있는가 불명확한 상황.

이토록 험한 고난, 검제로서 내내 싸웠던 시절에도 겪지 못했다.

그러나 이미 다 아는 사실이 아니었던가.

오히려 승리의 기회가 일말이나마 보인 것만으로 요행이라고 해야 할 테지.

당초의 목적대로 시간은 벌 수 있겠다.

용처럼 인간이 아닌 거체로 들이닥쳤다면 필시 약간의 시간마저 벌지 못하였을 테니까.

상대가 인간형이고 게다가 기량도 미숙하다.

능력치에서는 크게 뒤떨어질지언정 그럼에도 내가 시간을 벌 수 있는 최선의 상대라고 말할 수 있겠군.

그렇다면 일말의 승기에 의지하면서 가능한 한 시간을 벌도록 하자.

검술 최강, 검신으로 칭송받았던 나의 기량 전부를 걸고…….

얼마나 긴 시간이 지나갔는가.

삼시간 같다고도, 영원 같다고도 느껴졌다.

악귀는 내가 겨뤘던 상대 중 최후이자 최강의 존재였다.

그리고 아마 전투의 길이도 역시 최장이었을 테지.

몇 번을 해가 떠오르고 가라앉았던가.

도중에 불필요한 사고를 내다 버렸던 까닭에 시간 경과는 신경 쓰
지도 못했었다.

집중하면 할수록 마치 의식이 사라져 가는 상태에 처했었다.

의식을 놓아버리고 여타의 힘을 전투를 위한 집중력으로 전환했다.

나라는 존재, 개인을 지운 뒤 오로지 전투 행위만을 위한 육신이
된다.

설마 이 나이를 먹고 더욱더 높은 검의 경지에 도달할 줄은 상상
하지 못했다.

벼락을 가른 경험은 가능하면 제자에게도 전해주고 싶었다.

물론 제자가 따라 하지는 못할 터이나…….

아아, 그러나 이제 끝이 보이는구나.

이렇게 사고하고 있다는 게 증거.

극한까지 높아져 사고마저 내던진 채 전투에 임하게 했던 집중력
이 이제는 바닥나려고 한다.

원인은 체력의 한계.

악귀가 펼친 공격은 전부 막아 내 보였다.

전부를 절단할 듯 거센 검도, 사나운 불꽃의 소용돌이도, 용솟음 치는 자전의 일섬도, 전부 다.

직격은 전부 피했다.

그러나, 그럼에도 피해를 아주 안 받을 수는 없었다.

검을 빗겨 보내기만 해도 팔뼈가 삐걱거리고, 그슬리는 불꽃은 피부를 태우고, 자전의 빛과 굉음에 오감이 뒤틀어진다.

몇 번이고 나를 지켜주었던 암룡 갑옷은 긴 전투 시간 중 어느 틈인가 원형을 잃어버렸기에 더 이상은 힘이 남아 있지 않았다.

다행인 것은 그렇게 갑옷을 희생하여 악귀의 마력을 소비시키는 데 성공했다는 것.

갑옷이 부서지기 조금 전부터 마검의 힘을 발휘하는 공격이 사라졌다.

마력이 바닥나서 마검의 능력을 구사하기가 불가능해졌다고 추측할 수 있겠다.

갑옷을 희생하였기에 입게 된 상처는 악귀의 근소한 틈을 찔러 회복약을 들이켬으로써 치료.

마력, 기력도 마찬가지였다.

공간 수납이 부여된 주머니 안쪽에는 담을 수 있는 만큼 회복약을 최대한 가득 담았다.

사흘 밤낮으로 내내 전투를 수행할 수 있을 만큼 다수의 회복약을 들고 나왔다.

만전의 상태에서 전투에 임하여 전력의 힘을 다 발휘했다고 자부한다.

오히려 전성기보다 더욱 발전된 힘을 발휘한 것이 아닌가 하는 감회마저 들었다.

오래도록 전장을 떠나 녹슬었던 검의 예리함이 한 차례 휘두를 때마다 본래대로 돌아가는 감각.

일찍이 경험한 적이 없도록 날카롭게 벼려질 수 있었던 까닭은 전적으로 상대를 당해 내고자 하는 절박함 때문이었으리라.

그러나, 그럼에도 여전히 감당할 수 없었다.

움직일 때마다 근육이 찢겨 나가고 뼈가 갈라지는 감촉이 들었다.

호흡을 할 때마다 입속에는 피 맛이 퍼졌고 눈이 침침해져서 절반도 안 보였다.

아직껏 쓰러지지 않은 게 기적.

그 기적도 이제는 다하려는가 보다.

갑옷은 부서져 흩어졌고, 그토록 많았던 회복약은 전부 바닥이 났다.

상태 이상 해제약도 갈증과 공복을 달래기 위해 들이켜고 말았다.

이제 한 걸음도 움직이지 못한다.

그럼에도 치켜든 검을 내려뜨리지 않았다.

설령 이리저리 갈라진 검이 앞으로 한 번의 공격도 받아 낼 수 없다 하여도…….

내 최후의 고집이다.

전력, 그야말로 지닌 바 모든 힘을 쥐어짜 냈다.

사력을 다한다는 게 이런 경우임을 실감했다.

수많은 전장에서 죽을 뻔했던 경험은 몇 번이고 겪었다.

그러나 이토록 심신을 두루 한계까지 쥐어짠 것은 태어나서 처음으로 겪는 일이다.

훈련으로 지쳐 못 일어난 적은 있었다.

부상당하여 정신을 잃어버렸던 적도 있었다.

그러나 그 무엇도 지금과 비할 수 있는 피로, 부상은 아니었다.

만신창이란 이를 두고 하는 말이군.

그러나 마음은 신기하게도 후련했다.

나와 악귀, 일대일 전투이기에 여타의 요소가 전부 배제되었기 때문일 수도 있겠다.

꿈도 긍지도 어떠한 가치도 관계없이 다만 순수하게 검의 힘만을 겨루었다.

죽음에 대한 공포며 짊어져야 하는 책임도 관계없이 다만 스스로 지닌 바 전부를 끌어내자는 목적만 갖고 한 자루 검을 휘두를 수 있었다.

역시 내가 죽을 장소는 침상 위가 아니었고 이러한 싸움터야말로 더욱 잘 어울렸다는 셈이다.

전장에서 물러났음에도 검을 전력으로 휘두를 수 있었음을 기뻐하는 마음이 솟고 있었으니까.

결국 나는 검에 살고 검에 죽는 그러한 삶을 살 수밖에 없었다는 뜻이다.

그리고 거기에 납득하며 죽을 수 있음이니 이 무슨 행운이란 말인가.

전투에 몸을 둔 사람들 대부분이 납득도 하지 못한 채 의미도 없이 스러져버리건마는…….

이 생애에 의미가 있었는가 확신은 없다.

그러나 이 생애에 납득하자.

그래서인가. 나의 전심전력을 다 발휘하고도 끝내 감당하지 못한 채 완전한 패배를 맞이했지만 나쁜 기분이 들지는 않는 까닭은…….

오히려 상쾌함마저 느껴진다.

이미 한 걸음도 움직일 수 없는 나에게 악귀는 덤벼들지 않았다.

그토록 격한 공방을 벌였던 지난 시간이 거짓말인 양 서로 미동도 하지 않고 대치한다.

기묘한 정적이 감도는 와중에 악귀는 느릿느릿 자세를 풀고 머리를 숙였다.

제정신이 돌아왔는가? 아니, 그렇지는 않겠군.

아직 악귀의 몸은 흉포한 기세에 감싸여 있었다.

저 악귀가 어디에서 왔고 과거에 어떤 경험을 했는가, 녀석의 사정을 나는 전혀 알지 못한다.

그러나 검을 주고받으면서 느낄 수는 있었다.

어지간히도 비참한 꼴을 당했을 테지. 내지르는 통곡은 말소리조차 되지 못했고, 놈의 검에는 미처 억제하지 못한 분노와 슬픔이 깃들어 있었다.

제정신을 잃어버렸음에도 불구하고 전투를 추구하는 놈의 마음은 스스로의 무력함을 후회하는 듯 보였다.

녀석의 갈망은 전투 중 내 검을 자기 것으로 습득하려고 했던 자세에서 나타났다.

나와 치르는 전투를 통해 악귀의 검은 막 부딪쳤을 때와는 비교도 되지 않을 지경으로 다듬어졌다.

제정신을 잃어버렸음에도 불구하고 전투 중 실력이 향상된다는 게 어디 보통 일이겠는가.

참격은 한 번 휘두를 때마다 점점 예리해졌고, 몸놀림에서 군더더기가 사라졌고, 시간이 흐름에 따라 서서히 최적화가 이루어졌다.

마지막에 다다랐을 무렵에는 나 또한 받아넘기는 게 고작이었고 미처 공세로 전환할 엄두도 내지 못했다.

받아넘기는 것도 버거웠더랬지.

이 짧은 시간에 기량을 높일 수 있는 천재.

그래서 더욱 아쉽다는 기분이 든다.

제정신이었다면, 내가 제대로 지도한다면 검의 극치에 도달할 수 있는 인재였건만…….

곧 나를 죽일 적에게 그런 아쉬움을 느낀다는 게 얼마 전이었다면 상상도 못 할 일이었을 테지.

"검술 최강의 증거, 검신의 칭호. 자네에게 맡기겠네."

그렇게 나는 머리를 숙이고 악귀에게 선언했다.

악귀가 머리를 들고 또다시 검을 다잡았다.

직후, 내 검이 부서지며 몸의 힘이 빠져나갔다.

성대하게 흩날리는 피를 보면서 자기 자신이 베였다는 사실을 처음으로 깨달았다.

"훌륭하다."

달리 할 말이 없었다.

내가 한 생애에 걸쳐 갈고닦았던 기술 전부를 이어받기는 불가능하다.

그러나 전투 속에서 목격했던 나의 영향은 제법 많았다.

그것들이 조금이라도 남는다면 족하다.

나는 검에 살다가 검에 죽을 수 있었다.

전투의 의의에 줄곧 의문을 품었던 삶 중에 마지막으로 납득할 만한 대답을 찾았다.

로난트여. 전우여.

네 녀석이라면 나의 죽음을 두고 「이리도 무책임할 수가!」라며 질책할 것 같기는 하군.

그러나 나는 만족스럽다.

무책임한 말일 수 있겠으나 제국을, 인간들의 세상을 부탁한다.

☆

"에, 에취!"

"엑?! 스승님, 더럽습니다! 이쪽으로 침이 다 튀잖습니까?!"

"끙, 미안, 미안하다. 분명히 누가 내 이야기를 숙덕거렸던 게지."

"아, 틀림없이 흉봤습니다."

"아니, 그럴 리가 있겠느냐! 귀를 기울이면 지천에서 나를 칭송하는 말이 들려오거늘."

"아~ 네에네에. 어라, 스승님. 왜 울고 계심까?"

"음? 으응? 아까 재채기를 하다가 눈에 먼지라도 들어갔나?"

"스승님을 울리다니 참 위대한 먼지임다."

"게 시끄럽구나. 자, 추가 과제나 받거라."

"꺅~?! 못됐슴다! 차라리 스승님을 확 해치워버리고 이 지옥에서 탈출하겠슴다!"

"푸하하하하! 마도의 극의에 다다를 때까지는 쉴 짬도 없느니라! 그 전에는 마음 놓고 죽지도 못하지, 암!"

2 마왕성에 도착

대령님의 성에서 며칠 머무른 다음 우리는 곧 출발했다.

마족령으로 가자는 목적은 달성한 셈이지만 마족령도 넓은 곳이라서 제대로 자리 잡고 살 장소까지 다시 이동을 해야 되거든.

대령님의 성은 인족과 경계가 닿아 있는 변경이고 말이야.

마왕은 왕인데 왕이 머무를 장소는 아니잖아?

이제부터 또 한동안 흔들거리는 마차를 타고 여행인가~. 그렇게 울적한 기분도 들었는데 내 예상은 깨끗하게 배반당했다.

왜냐하면 목적지가 변경에서 엄청나게 가까운 곳이었는걸.

인족령을 여행할 때는 연 단위로 시간이 걸렸으니까 비슷하게 걸리는 거 아니냐고 예상하겠지?

그런데 마차로 1주일, 즉 7일 만에 도착. 게다가 제법 느긋하게 이동해서…….

아니~ 응, 뭐. 마차로 7일도 꽤 멀기는 한데, 그래도 연 단위의 긴 여행을 각오했던 처지였잖아. 뭐랄까, 맥이 빠진달까.

"마왕은 평범한 왕이 아니니까~. 전선에 서서 싸워야 하거든. 그러니까 평소에 사는 성도 전선과 가까워야 해. 뭐, 다른 이유도 있기는 한데."

이상은 마왕의 설명.

그러고 보니 이 세계의 마왕은 RPG의 라스트 보스처럼 마왕성 안쪽에서 가만히 기다리는 게 아니었구나.

그야 눈앞에 있는 요 마왕 녀석도 마왕성에서 뛰쳐나와 마구 쏘다녔고!

마왕성을 뛰쳐나와서 직접 공세를 펼치는 마왕이라. 뭐야, 그거 망겜이라는 생각이 들지.

마왕은 마왕성에 있으란 말야!

마왕이 없으면 사기 마왕성이잖아!

게다가 마왕성 뛰쳐나온 이유가 용사를 쓰러뜨리기 위한 게 아니라 나를 쓰러뜨리기 위해서라니 어쩌자는 건데!

그렇게 생각하니까 불쑥 짜증이 나서 마왕의 머리를 때려주려고 했는데 쓱 피해버렸다.

에잇! 힘! 힘만 있다면 저 얄미운 머리를 세게 때려줄 텐데!

힘을! 나에게 힘을!

"대체 뭐하는 거야?"

힘을 갈망하는 나를 흡혈 양이 싸늘한 눈초리로 쳐다봤다.

안 돼! 그런 눈으로 보지 마!

미소녀가 그런 눈으로 쳐다보면 새로운 문이 열려버려!

아니, 안 열 거지만…….

아무튼 괜히 바보짓이나 하는 사이에 도착했습니다, 마왕성.

마왕성이라는 이름이 무색하게도 엄청나게 아름다운 성이었습니다.

뭐랄까, 지구에 지어 놓으면 세계 유산으로 인정받겠다는 느낌이 드는 장엄하고 미려한 성채.

장엄은 그렇다 치고 미려한 건 뭐야…….

보통 마왕성이라면 좀 음산한 분위기라든가 특유의 멋이 있지 않나요?

"마왕성이 뭐 이래."

거봐, 흡혈 양도 은근히 불만스럽다는 반응이잖아.

한마디 덧붙이면 성 아래로 뻗어 나가는 마을도 아름다웠다.

가장 바깥의 외곽부는 이 세계의 표준 설비, 성벽으로 둘러싸여서 제법 위엄이 있었지만 말이야.

벽이랄까, 차라리 요새?

어쩔 수 없겠지.

이 세계는 마물이라든가 왕창 나오는걸.

벽이 없으면 마물이 난입해서 골치 아프고, 무엇보다도 마왕이 사는 곳이니까 최악의 경우 인족이 불쑥 쳐들어올지도 모르고.

여러 방위 문제 때문에라도 제대로 된 방벽은 필수랍니다.

그래서 방벽의 안쪽, 성 아래에 마을이 쭉 자리를 잡고 있는데 솔직히 말하자면 이 세계에서 가장 넓었다.

이 세계의 사람들이 사는 도시는 비교적 좁다.

그야 벽 안쪽에 전부 들어가야 하니까.

일단은 벽을 쌓아야 하고 그다음에 도시를 지어야 한다.

그러려면 어쩔 수 없이 도시의 크기는 벽의 크기에 제한이 된다.

벽을 증축해서 넓히는 방법에도 한계가 있기 때문에 이 세계의 도시는 규모가 커질 수 없었다.

그런 관점으로 말하면 여기 마왕성의 주변 거주 지역은 살짝 어안이 벙벙할 만큼 넓었다.

내가 이 세계에서 본 도시 중 가장 넓었던 곳은 사리엘라 국의 수도다.

역시 대국의 수도답게 상당한 넓이였다.

다만 여기 마왕성의 거주 지역과 비교하면 뒤처지는 면이 있거든.

양측의 정확한 규모를 모르니까 체감으로 느낀 수치이기는 한데 적어도 곱절은 넘지 않을까?

바깥 둘레를 감싼 벽에서 곧장 성이 있는 위치까지 온 감각으로도 이 정도니까 어쩌면 더욱 넓을지도 모르고……

이런 때 만리안으로 전체도를 한눈에 보지 못하는 게 너무너무 불편하다.

만리안이 있던 때에는 감지 계열 스킬과 더해서 딱히 의식하지 않아도 주위 수 킬로미터에 달하는 정보를 손바닥 들여다보듯 알 수 있었는데 말이지~.

그런데 지금은 열심히 눈에 힘줘도 내다보이는 범위가 장해물 때문에 시야를 뚝 차단당하는 범위까지.

폐쇄감이 장난 아니야.

어쩔 수 없다는 거야 나도 잘 알지만 그럼에도 이전까지는 가능했던 게 이제는 불가능하니까 자꾸 안달이 난다.

빨리 힘의 사용법을 마스터해서 원래 능력을 되찾고 싶은 심정이야.

앗, 이래저래 딴생각하는 틈에 마차가 목적지에 도착.

마왕성, 은 아니고 바로 근처에 있는 훌륭한 저택이다.

마왕성만큼은 아니지만 이곳도 문화유산으로 지정될 것 같다는 느낌이 들 만큼 아름답고 큰 궁전 같은 저택이었다.

여기를 봤을 때는 마왕성이 뭐 이러냐고 괜히 불퉁거리던 흡혈 양도 곧 호기심에 차서 관심을 기울였다.

반짝반짝하는 눈으로 저택을 바라보는구나.

흡혈 양은 있잖아, 이런 쪽은 제대로 된 소녀 취미라고 할까, 여자아이다운 반응을 보여준단 말이지~. 평소는 전투광이고 애용하는 대검을 히죽히죽하면서 손질한다거나 하는 주제에…….

나? 나는, 음, 금강산도 식후경이라고 말들 하잖아?

그리고 지금 현재 우리는 응접실에 안내를 받아 들어왔습니다.

아마 곧바로 숙박 가능한 방이니까 응접실이랄까, 객실인가?

어째서 객실로 안내를 받았냐면, 저택 주인이 부재중이고 언제 돌아올지 모르는 상황이래.

기약도 없이 기다리도록 손님을 응접실에 앉혀 두기는 죄송스럽다고 저택 관리를 담당하는 집사장이 재빨리 우리들 각자에게 객실을 준비해줬다.

이 집사장, 일 잘한다!

메라랑 어느 쪽이 더 우수할까?

뭐, 집사장의 외모는 대령님과 비슷비슷한 초로의 남성이고, 마족인데 나이 지긋한 외모인 만큼 상당히 오래 살았을 거야.

연륜의 차이 때문에 집사장에게 손을 들어줘야겠네.

"자, 그러면 여기 주인이 돌아올 때까지 추후 예정을 확인해 둘까?"

각각 객실을 배정받은 다음 우리는 또 잠시 마왕의 방에 모여서 추후의 활동 방향에 대해 이야기하는 시간을 갖기로 했다.

그래 봤자 이동 중 어느 정도는 의논을 마쳤고 어디까지나 확인하려고 나누는 대화다.

"일단 나는 이 집의 주인과 만난 다음에 마왕성으로 옮길 거야. 아엘이랑 메라조피스는 나와 함께 마왕성으로 가자."

마왕은 마왕성에 간다.

이 저택의 주인이 현재 마왕 대리로 마왕성, 아니, 아예 마족 전체를 관리 중이라던가. 그래서 면회를 마친 다음은 관련 업무를 넘겨받겠지.

그건 괜찮다. 왜냐하면 마왕은 마왕이니까.

다만 문제는 문제아들을 관리하는 아엘까지 마왕성으로 따라가서 우리와 개별 행동을 하게 된다는 점이었다.

과연 나머지 인형 거미 세 자매를 아엘과 떼어 놓아도 정말 괜찮을까?

불안하다.

거기에 또 불안은 아니고, 불만 묻어나는 표정의 흡혈 양.

그야 그럴 수밖에, 메라가 마왕성으로 가면 흡혈 양과 따로따로 떨어져버리니까.

본래 메라는 흡혈 양의 종자 신분이니까 대기조로 같이 남는 게 자연스럽다.

그렇지만 마왕은 흡혈 양의 평소 태도를 보고 메라를 떼어 놓는 게 좋겠다는 판단을 내린 듯싶었다.

그야, 뭐. 매해마다 얀데레 기질이 점점 더 심해지는걸.

이쯤에서 잠시 냉각기간을 가지고 정서 교육을 처음부터 다시 진행하는 게 좋겠다는 마왕의 판단은 틀리지 않았다고 봐.

응, 상식적인 판단이기는 하지.

근데 얀데레는 상식이 통용되지 않는 법이거든~. 앞으로 어찌 되려나.

"나머지는 여기에 맡겨서 신세 질 예정이야. 소피아는 가정 교사를 붙여주고 입학 가능한 나이가 되면 학교에 보낼 거야."

흡혈 양은 마왕의 선언을 듣고 불만에 찬 얼굴이 더욱 뾰로통해졌다.

여기 마족령에도 학교 종류의 기관이 존재하고 거기에 귀족 계급의 자녀가 다닌다고 한다.

흡혈 양은 장래에 학교를 다녀야 하니까 미리 가정 교사를 붙여서 교육한다는 말이네.

뭐, 전생자이고 여행 도중에 대강 학습은 마쳐 놓았으니까 학력은 문제없을 거야.

흡혈 양을 학교에 보내는 목적은 학력 때문이 아니라 교우 관계를 넓혀서 얀데레를 고쳐주는 데 있다!

가능하려나~? 무리이려나~?

이미 절반쯤 체념한 나와 달리 마왕은 제법 진심으로 흡혈 양 갱생 계획을 구상하는 분위기였다.

응. 힘내라~. 마왕, 자네라면 해낼 수 있다네.

"자, 거기 시치미 떼고 있는 분! 시로야, 너도 제대로~ 일거리를 배당해줄 테니까 빠릿빠릿 업무에 임하도록!"

뭐…… 뭣이라……?!

정녕 나더러 일을 하라는 말씀인가?!

괜히 마음속에서 호들갑스럽게 놀라움을 표시해본다. 그나저나 진지하게 하는 말인데 진짜 나에게 일거리를 줄 거야?

지금의 나는 뭐랄까, 내가 말하기도 좀 뭣한데 아무 쓸모가 없는 고물인뎁쇼?

어라? 이상하네? 눈에서 짠물이 흘러나온다?

"일하지 않는 자, 먹지도 말라! 시로야, 너는 몸으로 대가를 치러주셔야겠어."

마왕이 징글맞은 미소를 띠고 다가왔다.

어라? 대사도 그렇고 분위기도 그렇고, 혹시 내가 팔려 나가는 패턴?

저속한 가게에서 요런 짓이나 고런 짓을 당하는 거야?!

마왕의 마수에서 도망치고자 몸을 휙 돌려봐도 연약한 나와 마왕은 속도에서 너무나 차이가 났다.

단숨에 내 등을 붙잡아 꽉 부둥켜안더니 조물조물 가슴을 주물러댔다.

"좋지 아니한가~. 좋지 아니한가~."

꺅~! 그만두셔요, 만지지 마셔요! 저는 그런 여자가 아니란 말이에요!

"그만 좀 하세요."

"어흑!"

마왕의 팔이 풀어졌다.

해방된 내가 뒤쪽을 돌아보니까 마왕의 머리, 음, 머리카락을 덥석 붙잡아 뒤로 잡아당기는 흡혈 양이 보이는구나.

도와준 건 고맙지만 그거 좀 심하지 않니?

마왕의 모근에 심각한 대미지가 들어갔을 것 같은데.

뭐, 분명 도움받았으니까 지금처럼 엄청 불쾌해 보이는 흡혈 양에게 괜한 소리를 늘어놓고 싶진 않지만…….

나는 분위기를 파악할 줄 아는 착한 아이랍니다.

"아야야야. 뭐, 농담은 이쯤 하고. 시로야, 너에게 실 생산을 꼭 부탁하고 싶어. 최대한 많이, 잔뜩. 그리고 그 실을 써서 방어구가 될 만한 옷을 만들 수 있다면 더할 나위가 없겠네."

머리와 목을 매만지면서 마왕이 본론을 입에 담았다.

……댁은 통각 무효를 갖고 있어서 안 아프잖아.

그나저나 실이라.

마의 산맥에서 겪은 사건으로 나는 실을 뽑아낼 수 있게 되었다.

궁지에 빠짐으로써 맞이했던 각성, 내가 봐도 참 뻔한 전개를 거쳐 쓸 수 있게 된 능력.

아무튼 위기일발의 잠재력 같은 느낌으로 실을 뽑아냈고, 그 후 이래저래 검증하면서 문제없이 자유롭게 뽑아낼 수 있다는 것은 확인을 마쳤다.

하지만 유감스럽게도 실 말고 다른 능력은 아직껏 아무것도 안 돌아왔고, 실 또한 뽑아내는 게 전부였다.

간단한 조작쯤은 가능하지만 예전처럼 실로 상대를 절단한다든가 순식간에 구속한다든가 그런 재주는 못 부린다.

일단 점성의 유무는 내 뜻대로 선택할 수 있는데 자유자재로 조작 가능한 옛 스킬 보유 상태와 비교하면 실전 응용력은 확 떨어진다.

그렇게 한정적인 나의 실 능력을 어째서 마왕이 필요로 하는 걸까?

"이게 시로가 뽑은 실이거든? 잠깐 봐봐."

천천히 한 가닥의 실을 꺼내는 마왕.

"끙차!"

그리고 두 손을 써서 있는 힘껏 좌우로 잡아당겼다.

마왕의 능력치로 저런 짓을 한다면 실은 속절없이 끊어…… 안 끊어지네.

"끄, 끄응! 푸핫. 애고, 뭐. 똑똑히 봤지?"

잠시 얼굴을 붉히면서 실을 잡아당기다가 마왕이 포기하고 숨을 뱉었다.

나는 그 광경을 멍하니 보고 있었다.

"시로의 실은 내가 전력을 다 쏟아도 끊어지지 않아. 게다가 감정 결과는 『감정 불가능』. 이게 나타내는 사실은 시로의 실이 시스템 바깥쪽에 있는 물질이라는 거야. 시스템의 혜택도 없이 이렇게 튼튼하다는 뜻이지. 게다가 시스템의 영향을 안 받는다는 것은 어느 정도는 시스템 내 작용에 대해 내성이 있다는 뜻이기도 해. 어디까지 내성이 발휘되는지 검증은 필요하겠지만, 적어도 힘에 견디는 성질은 무척 높지. 내가 스킬로 만든 실보다 더욱 말이야."

뭣이라!

이 몸의 실이 마왕의 신직사(神織絲)를 넘어선다는 말인가.

정말 예상 밖이야.

나는 검증 과정에서 실 자체보다도 실을 어떻게 다룰 수 있는가, 거기에 중점을 두고 조사했었다.

마왕은 나와 다른 관점으로 실 자체에 주의를 기울였던 거네.

못 쓰게 된 기능이 많아 간과했지만 실 자체의 품질은 예전보다 향상됐나 봐.

방어구용 소재로 파격적일 만큼…….

"시로는 일단 여기에 있는 멤버의 몫만큼 실을 뽑아줘. 옷 만들기는 서포트로 리엘이랑 피엘을 남길 테니까 두 녀석에게 전부 맡겨도 될 거야. 그리고 검증용으로 쓸 여분도 조금 필요한데. 아무튼 시로야, 너는 한동안 실 생산에 주력하며 지내달라는 것이 내 바람이야."

오호, 알겠네~. 그래서 몸으로 대가를 치르라는 말이었구나.

뭐, 문제없겠다.

솔직히 나도 아직은 검증이 모자란 상황이니까 실은 잔뜩 늘어날 테고…….

아무래도 이동 중 여행길에서는 가능한 작업이 제한되니까 말이야.

자리를 잡고 차근차근 검증한다면 또 뭔가 새로운 발견을 할 수도 있겠지.

예전에도 신규 스킬을 얻었을 때는 여러모로 검증을 거쳤었잖아.

게다가 이번에 내 실은 스킬이라는 범주에 들어맞지 않는 진짜 미지의 힘이다.

스킬과 달리 획일화된 기능이 아닌 만큼 무엇이 가능하고 무엇은 불가능하다는 관념 자체가 잘못됐을지도…….

스킬은 명확하게 가능, 불가능한 기능이 정해져 있지만 지금의 나는 그 한계와 제약을 걷어치운 처지인걸.

지금은 불가능해도 언젠가는 가능해질 수 있는 게 아닐까?

그 가능성은 나 자신의 노력과 신선한 발상에 달려 있었다.

가능성은 무한대.

그렇게 생각하니까 살짝 두근두근하다.

게다가 실 뽑아내는 행위를 반복한다면 그 밖의 능력과 관련되는 단서를 붙잡을 수도 있겠네.

실을 만드는 것은 인체에는 없는 기능이다.

즉 마술을 써서 이루어지는 결과다.

의식하지 않을지라도 거기에는 신기한 파워가 사용되었다는 뜻.

요 신기한 파워의 감각만 붙잡는다면 다른 능력을 재현하는 데 성공할 수 있지 않을까? 어쩌면 말야.

막상 실을 뽑아낼 때는 몸을 움직일 때랑 비슷하게 저절로 해치워 버리니까 그 감각이 뭔지 포착하려면 꽤 힘들 테지만…….

인간도 평소에 손발을 어떻게 움직이는가 굳이 의식하지는 않는데다가 의식해 봤자 잘 모르는걸.

그래도 어렵다고 막 포기하면 그 순간에 시합 종료잖아요!

그런고로 나는 이제부터 마구 실 뽑아내는 머신이 될 테다!

"사엘은 소피아의 호위를 맡아."

내가 긍정적으로 고개를 끄덕거려 답하자 마왕은 나머지 한 명에게 말을 건넸다.

사엘은 지시하는 대로 따를 줄밖에 모르니까 꼭 누군가랑 세트로 움직여야 한다.

긴급 상황을 제외하고 지시가 필요하지 않은 호위 임무는 사엘의 천직이니까 타당한 역할 분담이야.

사엘을 떠맡게 된 흡혈 양은 살짝 질색하는 표정이었지만…….

어라? 그런데, 잠깐 기다려봐?

아까 전 대화의 흐름에서 내가 나머지 두 문제아를 떠안게 되지 않았나?

그 사실을 퍼뜩 깨닫고 두 사람, 리엘과 피엘을 봤다.

해맑은 수수께끼 소녀 리엘과 기운찬 폭주 소녀 피엘.

지금도 리엘은 무슨 생각을 하는지 읽을 수 없는 미소를 머금고 있고, 반대로 피엘은 아무것도 생각하지 않는 그런 미소를 짓고 있었다.

이 두 사람과 함께라고?

나는 제대로 작업을 진행할 수 있을까?

……불안하다.

저택의 주인이 돌아온 때는 한밤중이었다.

젊은 남자다.

그래도 마족은 인족과 달리 수명이 길어서 실제 연령을 겉모습으로 알 수는 없었다.

젊은 외모인 데 반해 꽤 침착한 분위기니까 의외로 나이를 많이 먹었을지도…….

"오랜만입니다. 마왕님."

그 남자가 마왕에게 무릎 꿇는다.

표정을 단속하고 있지만 정작 내심은 꽤 겁에 질린 듯 보였다.

"수고가 많아. 업무가 많이 바쁘지 않았어?"

"예. 그러나 마왕님께서 드디어 귀환하신 만큼 문안을 우선해야 하기에 속히 달려왔습니다."

생긋 웃는 남자에게 위로의 말을 건네는 마왕.

화들짝 놀라 의문에 찬 기색을 내보이는 남자.

앗, 맞다. 이 남자가 아는 마왕은 몸 담당과 섞이기 이전의 마왕이겠네.

그렇게 되기 전의 마왕과는 나도 대화다운 대화를 나눈 적이 없었지만 분위기가 확 달랐지.

예전 마왕과 면식이 있었다면 그 차이가 더욱 두드러지게 느껴질 수도 있겠네.

그런데도 전혀 내색도 하지 않았던 대령님은 역시 너구리가 아니었을까 생각이 드는 오늘 이 순간.

그나저나 위로의 말을 한마디 건넸다고 이렇게 덜컥 놀라다니 예전에는 도대체 어떤 태도로 접했던 거야?

"그럼 모르는 아이들도 있으니까 자기소개를 해줄래?"

마왕이 남자에게 요구했다.

지시를 따라 남자가 일어서서 머리 숙인 뒤 자기소개의 말을 꺼낸다.

"처음 뵙겠습니다. 저는 이곳 피사로 영지의 관리를 담당하고 있는 발트 피사로라고 합니다. 아무쪼록 기억해주시기를."

"발트는 실질적으로 마족의 지도자 노릇을 하는 대공작이니까 무슨 일 있을 때는 이 녀석을 찾아가면 될 거야~."

흐음~.

즉 마왕을 제외하면 실질적으로 마족의 톱이라는 거네.

대령님이 변경 무력의 상징이라면 발트는 정치의 상징이라는 느낌일까?

발트는 척 봐도 문관이라는 느낌이고.

인사를 마친 다음은 추후의 이야기를 나눴다.

마왕을 비롯하여 마왕성에 가는 멤버는 문제없이 이동 가능하다고 한다.

다만 메라와 아엘은 당장 소속을 마왕 직할로 둘 수는 없다고 했다.

현재는 마왕 직할의 부서가 존재하지 않는 탓에 다시 편성하려면 시간이 걸리기 때문이라나.

뭐, 마왕은 이제까지 몇 년이 넘게 부재중이었으니까 어쩔 수 없겠네.

그 때문에 아엘은 보좌로 마왕의 근처에서 대기, 메라는 일시적으로 제4군단에 배속되었다.

군대는 메라 본인이 지원해서 들어가는 모양새였다.

마왕의 곁에 머무르기보다는 그러는 편이 더 자기 발전에 도움이 된다고 판단했나 보다.

마의 산맥에서 겪은 사건 때 오니 군을 맞상대하지 못했던 것이 가슴에 박혔나 봐.

제4군단은 발트가 직접 지휘를 맡고 있었고 주로 이곳 피사로 영지를 방위하는 임무를 수행한다.

수도 방어 군단인데도 제1군단이 아닌 이유는 제1군단이 항상 인족령과 맞닿은 경계선에 배치되기 때문이라던가.

즉 대령님 휘하에 있는 군대가 바로 제1군단이라는 말이지.

그리고 나머지 잔류조도 이 저택에서 생활할 수 있도록 무사히 허가가 떨어졌다.

각자가 지금 사용하는 방을 그대로 써서 살아도 된다고 했다.

흡혈 양의 가정교사도 빠른 시일에 손을 써준다나.

아주 극진하고 빈틈이 없다.

과연 마왕의 권력.

폭력과 권력을 두루 갖춰서 최강으로 보인다.

이렇게 우리의 여행은 끝을 맞이했다.

이제부터는 각각의 목적을 위해 활동하게 된다.

마왕은 마족을 휘어잡아서 인족과 전쟁을 일으키기 위해.

흡혈 양은 건전한, 응, 건전하게 성장하기 위해.

나는 잃어버린 힘을 되찾기 위해.

각자가 움직인다.

우리들의 싸움은 이제부터다!

Balto Phthalo
발트

본명 발트 피사로. 마족령 피사로 공작. 마왕성이 건설돼 있는 마족령의 중심지, 피사로 영지를 다스리는 영주. 동시에 수도 방위를 주 임무로 하는 마왕군 제4군단의 군단장. 다만 군단장의 지위는 명목뿐이고 실무는 동생 브로우에게 거의 맡겨 놓았다. 마왕 부재중 대리를 수행했고

행방불명이었던 선대 마왕의 시대부터 마족의 정치를 책임져왔다. 아리엘 귀환 후에도 실질적으로 마족을 지도하는 자는 발트이기에 쉴 틈도 없이 내내 일하고 있다. 곤궁에 처한 마족을 위해 밤낮으로 잘 시간도 아까워하며 나귀처럼 일하고 있던 상황에 아리엘이라는 폭군까지 나타난 터라 날마다 위가 쿡쿡 쑤시는 고생 많은 사람.

막간 노집사의 공포 체험

저는 피사로 공작가를 섬기는 집사장입니다.

스스로 말하기는 조금 그렇습니다만, 오래도록 공작가를 섬기면서 집사장의 자리를 허락받았고 거기에 부끄럽지 않을 만큼 우수한 일솜씨를 발휘했다고 자부하는 바입니다.

집사의 공적 업무도, 공작가를 지키기 위한 은밀한 업무도…….

예, 마왕성이 위치한 이 땅을 관리하고 있는 피사로 공작가에는 적이 꽤 많습니다.

같은 마족이어도 정적은 있는 법이지요. 또한 인족이 잠입하는 사건도 종종 발생합니다.

인족은 신언교의 이단 심문관이라는 전문 요원들이 인족령에 잠입하는 마족을 색출하여 손을 쓴다고 들었습니다만, 곤란하게도 마족에는 별다른 전문 기관이 존재하지 않습니다.

각 지역마다 스스로 노력하여 배제할 수밖에 없는 게지요.

따라서 가문을 지켜야 하는 저희 집사들에게도 그에 상응하는 능력이 필요한 상황입니다.

때로는 주인을 목숨 다 바쳐 지키거나 도적과 싸울 때도 있었습니다.

저도 선대 때부터 몇 번이고 도적을 물리친 경험을 갖고 있지요.

동기 동료 및 선배, 혹은 후배들마저 순직하는 와중에 저는 이 나이를 먹을 때까지 목숨을 부지하여 공작가를 섬길 수 있었습니다.

정적이 보낸 자객이든 인족의 자객이든 마족령의 중심이라고도 말할 수 있는 이 땅에 잠입할 만한 인물이라면 상당한 숙련자뿐이온지라 언제나 간담이 서늘해지곤 합니다만…….

그러나 저 같은 노구에게도 마침내 끝을 맞이할 때가 다가들었는지도 모르겠습니다.

저는 피사로 공작가를 섬기는 집사장입니다.

마족이 마왕님에게 복종하는 것은 당연한 의무입니다만 그럼에도 저의 우선순위는 피사로 공작가입니다.

그러하다면 현재 공작가에 머무르고 계시는 분들의 신원을 조사하지 않을 수는 없는 노릇입니다.

그분들이 설령 마왕님의 측근일지라도 말입니다.

그러나, 아아, 그럼에도.

우수하다고 자부하는 저일지라도 죽음을 각오할 수밖에 없겠습니다.

그런 각오가 필요할 만큼 이질적인 분들이셨습니다.

밤.

평범한 사람들이라면 모두 잠들어 고요함이 옳은 시간대입니다만, 저는 잠자리에 들지 않습니다.

훈련의 끝에 수면 무효 스킬을 습득한 이후부터 밤은 귀중한 활동 시간으로 바뀌었습니다.

수면 내성 스킬을 보유했다면 어느 정도는 잠들지 않고 활동이 가능합니다만, 수면 무효까지 경지가 올라가면 아예 잠들지 않는다

해도 문제없이 생활이 가능합니다.

제가 마지막으로 잠들었던 날은, 흠, 도대체 언제였을까요?

떠올리지 못할 만큼 먼 옛날이군요.

이토록 유용한 게 수면 무효 스킬입니다. 물론 여기까지 다다르기 위하여 갖은 고생을 겪었습니다.

들이닥치는 수마를 일심으로 견디며 잠들지 않게 의식을 보전해야 하는 훈련은 어지간히도 괴로운 경험이었습니다.

특별히 훈련을 받지 않았는데도 불구하고 그 젊은 나이에 수면 무효 스킬을 터득하고야 말았던 발트 님이 딱해서 견딜 수가 없습니다.

잠들 시간도 아까워하며 격무를 수행하는 자세에서는 가슴을 울리는 무엇인가가 느껴집니다.

그런 발트 님을 위해서라도 저희 공작 저택에 묵고 계시는 분들께서 무해한가, 아닌가 몸소 확인할 필요가 있겠습니다.

저는 등불도 들지 않고 구석구석 모르는 곳이 없는 공작 저택 내부의 순찰에 나섰습니다.

밤눈 스킬을 보유한 제게 등불은 필요 없습니다.

그게 아니더라도 모든 배치를 파악하고 있는 공작 저택의 내부라면 눈을 감는다 해도 훤히 내다볼 수 있지요.

암흑 속에서 이상은 없나 점검을 진행합니다.

그러다가 객실이 있는 구획에 당도했습니다.

긴장 때문에 마른 목을 적시고자 침을 삼켜서 흘려 넣습니다.

발걸음을 결코 멈추지 않고, 평소와 다를 바 없이 순찰 중이라는 자세를 고수하면서……

먼저 세 개의 객실을 쓱 지나쳐서 통과합니다.

현재 공작 저택에 숙박하는 손님은 다섯 분입니다만, 그중 세 분은 내어드렸던 객실에 계시지 않고 언제나 나머지 다른 두 분의 곁에서 지냅니다.

그 때문에 세 개의 객실은 사용하는 인물도 없이 방치되는 상황입니다.

일단 주간에 청소를 시키는 등 관리는 하고 있으나 그 객실이 사용되는 경우는 적은 듯합니다.

자, 세 군데 공실이 된 객실을 지나치면 제대로 손님께서 계시는 객실에 도착합니다.

기척 감지 스킬을 구사하니 실내에 두 개의 기척이 있음이 느껴졌습니다.

한쪽은 방구석 바닥에 앉은 채 미동도 하지 않습니다.

그리고 다른 한쪽은 방 중앙의 의자에 앉아 있었습니다.

늦은 심야인데도 아직껏 잠자리에 들지 않았습니다.

두 기척을 확인한 뒤 저는 역시 오늘도인가, 그렇게 낙담할 수밖에 없었습니다.

예, 오늘도, 변함없군요.

저 소녀는 저희 공작 저택에 온 이후 한숨도 자지 않았습니다.

거의 확실하게 저와 마찬가지로 수면 무효 스킬을 보유하고 있을 테지요.

저 어린 나이에 뭘 어떻게 해야 수면 무효 스킬을 획득할 수 있는지 저는 이해가 되지 않습니다.

깨어나 있는 상태라면 몰래 방으로 침입하여 수하물을 검사할 수도 없습니다.

결코 저속한 이유로 그런 짓을 하는 게 아니랍니다?

위험물을 반입하지는 않았는가, 또한 소지품 중 신원의 단서를 얻을 수는 없는가 조사하기 위함입니다.

다만 두 까닭 중 위험물 반입을 두고 말하자면 당당하게 큼지막한 대검을 갖고 들어오신지라 뭐라고 할 말도 없습니다.

어허, 참. 공작가에 적을 두고 일하는 중에 질 좋은 무기를 목격할 기회는 여러 번 있었습니다만, 그 소녀가 갖고 들어온 대검은 제가 봐왔던 무구 중에서도 위쪽에서 헤아리는 게 빠를 만큼 명품이었습니다.

뒷거래에도 정통한 제 감식안은 물건을 잘못 보지 않습니다.

까딱하면 저 한 자루 검만 내놓아도 저희 공작 저택과 동등한 가치가 있는 게 아닐는지요?

뛰어난 무구는 상상을 넘는 파격적인 가격이 매겨지는 법이니까요.

그런 무구를 숨기지도 않고 놓아두는 데야 저로서는 여러 가지 의미에서 애간장이 타는 심정입니다.

평소였다면 객실의 주인이 깨어 있음을 확인한 뒤 가만히 지나쳐 가고 말았을 터이나, 이대로는 전혀 정보를 얻을 수 없다는 급박함에 살짝 모험에 나서야겠다고 마음먹었습니다.

객실 문 앞까지 가서 가볍게 노크합니다.

"어머? 들어와요."

방 안에서 의아해하는 목소리가 들린 뒤 곧바로 입실 허락의 대답을 받을 수 있었습니다.

"실례하겠습니다."

소리를 내지 않도록 조용하게 문을 열자 방 안은 불빛도 없이 어두웠으나, 앞서 감지했던 기척의 숫자대로 방 중앙에 놓인 탁자 자리에 앉아 계시는 소피아 님과 방구석의 바닥에 쪼그린 자세로 앉아 계시는 사엘 님이 보였습니다.

"항상 쓱 지나치더니 오늘 밤에는 웬일이래요?"

아무렇지도 않게 건네는 말에 놀라는 대신 차라리 납득하는 자신을 느낍니다.

역시 알아차렸던 게지요.

기척을 지우기는 했을지언정 그럼에도 소피아 님은 제 행동을 훤히 파악하고 계셨나 봅니다.

외모는 아직껏 앳된 분입니다만 소피아 님의 실제 연령은 더 많을지도 모르겠습니다.

그게 아니라면 수면 무효는 물론이거니와 제 행동을 감지하는 능력에 납득이 되는 설명을 할 수 없습니다.

외모처럼 어린 나이라면 어떻게 갖가지 고급 스킬을 획득할 수 있었겠습니까.

그렇게 잠정 판단은 내려도, 이 소녀가 어떠한 존재인지는 도무지 짐작도 되지 않습니다.

저희 마족은 인족보다 오랜 수명을 누립니다만 성장 속도 자체는 인족과 다를 바 없는 까닭에 어린아이의 연령은 외모와 일치합니다.

따라서 마족일 가능성은 없겠지요.

엘프이거나 혹은 핏줄을 이어받았다면 반드시 귀에 엘프의 특징이 나타납니다. 그러나 소피아 님의 귀는 평범하므로 이쪽도 역시 가능성은 없음이군요.

그렇다면 소피아 님은 외모처럼 어린 연령이든가, 혹은 전승에 등장할 법한 환상종이든가 둘 중 하나라는 말이 됩니다.

흡혈귀 및 용인 등등의 환상종은 단순히 옛날이야기 속의 가상이라고 여겼으나 마왕님이 몸소 존재를 증명해주고 계십니다.

마왕님은 태고의 신수로, 신화에서 일컬어지는 당사자.

아득한 옛 시대부터 삶을 누렸던 환상종이십니다.

들은 이야기에 따르면 거미에서 유래된 환상종이라던가요.

그런 마왕님께서 직접 데려온 분들이시기에 소피아 님 또한 환상종일 가능성은 충분히 고려할 수 있겠습니다.

그러나 현실적으로 생각하면 전설 속에서 일컬어지는 희귀한 환상종이 몇 사람이나 휙휙 나타날 가능성은 희박하다는 것 또한 사실이죠.

평범하게 판단하자면 외모와 같은 연령이라는 결론에 도달합니다.

그렇다면 결국은 본인의 어린 외모와 어울리지 않는 뛰어난 능력을 문제 삼을 수밖에 없습니다.

진상은 모르겠습니다.

그 의혹을 조사하는 것이 제 역할입니다만, 움직임을 완전히 파악당하고 있는 이상 섣부른 짓은 자제하고 찬찬히 정보를 끌어내는 길밖에 없을 테지요.

그 때문에 이렇듯 방에 발걸음을 들여놓았으니까요.

"제가 실례를 저질렀습니다. 순찰을 도는 늦은 시간에 소피아 님과 일행분께서 항상 깨어나 계신 듯하여 신경이 쓰였던지라."

"네, 뭐. 자고 싶다는 기분이 들 때는 자는데 요즘은 별로 그런 기분이 안 들어서요."

으음?

아무래도 잠들고 싶을 때는 잠드는가 봅니다.

그러나 지금 안이하게 기뻐해서는 안 됩니다.

설령 소피아 님이 무방비하게 잠들어 계실지라도 다른 한 사람은 아마 잠들지 않을 테니까요.

힐끔 방 한쪽으로 시선을 보냅니다.

거기에는 미동도 않고 이쪽을 가만히 바라보고 있는 사엘 님이 계셨습니다.

인간미가 느껴지지 않은 인형과 같은 분입니다.

아뇨, 인형 같은 게 아니라 진짜 꾸밈도 없는 인형이셨죠.

소피아 님과 다른 한 분, 시로 님의 신원은 여전히 알지 못합니다. 그러나 다른 세 분의 신원은 지난 며칠의 조사로 알아냈습니다.

알아냈달까요, 저쪽에서 여봐란듯이 과시했다는 표현이 옳겠습니다만…….

소녀 셋의 정체는 퍼펫 타라텍트라고 불리는 마물입니다.

육신은 단순한 인형일 뿐, 진짜 모습은 작은 거미 마물.

그 거미 마물이 사람과 분간이 안 될 만큼 정교한 인형을 내부에서 조작함으로써 움직이는 구조입니다.

마왕님의 권속인지라 거미 마물이라는 것은 충분히 납득이 갑니다.

정체를 알아낸 만큼 소피아 님과 시로 님보다 다소나마 상대하기 수월하다는 느낌을 받습니다.

······정체를 알았기에 더욱 두렵다는 느낌 또한 받습니다만.

실제로 저는 지금 사엘 님의 시선을 받으며 살짝 공포를 느끼고 있습니다.

"미안해요. 이 아이가 일단 나를 호위하는 게 임무라서요. 집사장처럼 신용할 수 없는 사람을 앞에 두고는 경계를 풀지 않아요."

"저야말로 면목이 없을 따름입니다. 이런 밤중에 숙녀가 계신 방으로 들어온다는 게 상식적인 행동은 아니지요."

신용할 수 없다고 잘라 말하며 대놓고 경계심을 표시합니다.

어쩔 수 없는 반응입니다.

기척을 지운 채 매일 밤마다 저택 내부를 순회하는 인물인데 경계하지 말라는 게 더욱 어렵습니다.

경비 문제상 부득이한 조치일지언정 저의 이동을 늘 감지했다면 신경도 쓰였을 테고요.

"저는 저택의 경비를 위해 이 시간대에 순찰을 돌고 있습니다. 앞으로도 이 시간대에 지나치게 될 터이나 아무쪼록 신경 쓰시지 않으시기를 부탁드립니다."

"네, 뭐. 집사장이 묘한 행동만 안 한다면 별문제 없죠."

더 이상은 쓸데없이 경계심만 불러일으키겠군요.

일단 섣부른 행동은 역효과임을 알고 움직일 수 있는 것만도 수확으로 생각합시다.

"주제넘은 말씀을 잠시 드리자면 건강과 성장을 위해서라도 밤에는 가급적 수면을 취하시는 게 이로울 듯싶습니다. 그러면 저는 이만, 편히 쉬십시오."

뭐, 이 정도 충언은 허용될 테지요.

어린 시절의 수면 부족은 성장에 지장을 준다는 말이 있기에 틀린 말씀을 드리지는 않았습니다.

소피아 님이 밤중에 무엇을 하는가 알지 못합니다만 만약 외모와 같은 연령이시라면 성장을 위해서라도 수면을 취하는 게 마땅하겠지요.

어느 쪽이든 사엘 님이 곁을 지키는 한 소피아 님이 잠들어 있든 깨어 있든 섣부른 행동은 어림없겠습니다.

소피아 님과 다른 분들이 공작가를 적대한다면 그때는 저도 각오를 다져야합니다. 하지만 그리되지 않는 한 적으로 인식되지 않는 범위에서 조사를 수행해야겠군요.

소피아 님의 객실에서 나온 뒤 다음 방으로 향했습니다.

그러나 이쪽도 기척을 탐색하니 깨어나 있는 인영이 느껴졌습니다.

시로 님은 아마 잠들어 계십니다만, 바로 옆쪽에 잠들지 않고 불침번을 서는 기척이 하나.

하나?

"흡?!"

비명을 지르지 않은 자신을 칭찬하고 싶은 마음입니다.

느닷없이 제 앞쪽에 검은 무엇인가가 내려왔습니다.

그러고는 저의 눈 앞쪽 공중에서 정지합니다.

그것은 한 마리의 거미였습니다.

대략 손바닥만 한 크기의 거미입니다.

거미가 제 시야를 점령하고 있었습니다.

까딱하면 코와 맞닿을 만큼 가까운 위치에 있습니다.

저도 모르게 반사적으로 한 걸음 물러나며 거미에게서 거리를 벌렸습니다.

제 움직임에 반응하여 거미가 스륵스륵 천장을 향해 올라갑니다.

제 눈에는 보이지 않을 만큼 가느다란 실로 천장에 매달려 있었나 봅니다.

그리고 위쪽 천장에는 이쪽을 공허한 눈으로 바라보는 리엘 님의 모습이 있었습니다.

입을 크게 벌린 상태에서 천장에 달라붙었습니다.

아니요, 천장에 달라붙은 것은 리엘 님의 인형일 뿐 그리로 이동하고 있는 거미야말로 리엘 님의 본체입니다.

거미가 커다랗게 벌어져 있는 입으로 쑥 들어갑니다.

입이 닫히고 목이 꿀꺽 움직인 뒤에 고개가 빙그르르 회전했습니다.

사람의 목은 절대로 돌아가지 않는 정반대 쪽으로…….

저것은 인형. 저것은 인형!

그렇게 뇌까리지 않으면 섬뜩해서 견딜 수가 없는 광경입니다.

인형임을 이미 알고 있는데도 생리적인 공포가 덮쳐들고야 맙니다.

어안이 벙벙하여 가만히 있는 저를 곁눈질한 뒤 리엘 님의 목이 또 빙그르르 돌아서 본래의 정상적인 위치로 돌아왔습니다. 한 바퀴를 휙 돌았습니다만…….

리엘 님은 목이 한 바퀴 돌아간 상태에서 곧장 천장을 기고 벽을 기어 바닥에 착지했습니다.

그리고 목의 위치는 제자리에 두고 몸을 한 바퀴 돌립니다.

그럼으로써 간신히 목이 정상적인 원래 자리를 찾았습니다.

그리고 리엘 님은 아무 일도 없었던 것처럼 객실 문을 열더니 안쪽으로 들어갔습니다.

저는 가만히 뒷모습을 지켜보다가 주저앉고 싶은 충동을 겨우 견디며 걸음을 떼어 놓았습니다.

리엘 님이 무엇을 하고 싶었는가 의미를 알 수 없습니다.

그러나 밤중에 이 장소를 지나갈 때마다 매번 리엘 님이 나타나고는 합니다.

오늘 밤과 마찬가지로 의미를 알 수 없는 행동과 함께 말이죠.

그 덕분에 리엘 님의 정체가 퍼펫 타라텍트라는 게 판명됐고, 사엘 님과 피엘 님도 같은 종족이라는 사실은 알았습니다. 그러나 제 입장에서는 매일 밤마다 덜컥 놀라느라 심장이 못 버텨줍니다.

애당초 제 감지에 전혀 걸리지도 않고 매번 접근을 해서 나타난다는 말입니다.

혹시 경고일까요?

너무나도 행동이 의미 불명이기에 진정한 의도를 알 수 없습니다.

그 덕분에 저는 이 시간, 이 순간, 매일 밤마다 넋이 달아나는 기분입니다.

어느 날인가 변덕을 부려 죽이려고 들 수도 있잖습니까.

후유.

아무튼 오늘 밤은 목숨을 부지했습니다.

발트 님께는 있는 그대로 오늘 밤 겪었던 이야기를 보고드리도록 합시다.

"이봐, 할아범."

"무슨 일이신지요? 발트 님."

"할아범이 쓴 보고서 말인데, 내가 읽은 바 공포 소설이라는 감상 밖에 안 드는군?"

"별일이군요. 저도 쓰면서 같은 기분이었습니다."

"……그런가."

"아무튼 제 의견을 말씀드리자면 마왕님을 거역하지 않는 게 현명하다는 한마디만 간신히 올릴 수 있겠군요."

"……그런가."

솔직하게 보고드리자 발트 님은 지친 기색으로 깊게 한숨을 내쉬었습니다.

제 나름 제법 진지하게 생명의 위기를 느꼈던 터라 이 반응은 다소 섭섭하군요.

3 양아치가 도착

공작 저택에서 생활을 시작하고 며칠이 지났다.

감상을 한마디로 말하자면 완전 쾌적함!

뭐, 그야 그럴 수밖에.

그동안 겪은 생활은 계속 이동하는 여행이기도 했고, 기본적으로 야숙이나 여관에 들러 1박 2일이 고작이었잖아.

그때랑 훌륭한 공작 저택의 생활을 비교하면 안 된다.

그러면 공작 저택에서 보내는 나의 우아한 생활을 중계해드리죠.

먼저 깨어납니다.

깨어나는 시간대는 그때그때 다르다.

마음껏 실컷 늦잠을 즐긴다든가 밤새 딴짓도 하니까 어쩔 수 없이 생활 사이클이 자꾸 어긋나거든.

당연하지, 뭐!

아무튼 다음에는 리엘과 피엘이 나를 옷 갈아입히기 인형으로 가지고 논다.

인형 거미한테 옷 갈아입히기 인형 취급을 받는다는 게 도대체 뭐람?

뭐, 상관없지만 말이야.

옷이랑 머리카락이랑 만지작거리게 놔두다가 겸사겸사 화장도 좀 받은 다음에 아침 식사.

이때 식사는 리엘과 피엘이 나를 만지작거리는 시간에 만들어달

103

라고 한다.

응. 내가 깨어나는 시간은 랜덤이니까.

매번 만들어달라고 부탁할 수밖에 없어.

요리사분들에게는 민폐를 좀 끼치지만 내가 나태한 생활을 보내는 데 필요한 희생이라고 여기면서 포기해주세요.

방 안에서 리엘이랑 피엘과 함께 식사를 한다.

역시나 공작 저택이기 때문인지 대접해주는 요리의 감상은 모두 맛있다는 한 마디면 족하다.

뭔가 좀 남은 재료라는 느낌이 드는데, 뭐, 어쩔 수 없지.

분명 요리사도 하루 온종일 최고 완성도의 요리를 대접하기에는 어려운 부분이 있을 테니까.

그렇다고 치고 넘어가자.

요리사분들이 나를 거북하게 여긴다든가 그런 건 아니라고 믿는다.

아침 식사를 먹은 다음은 일하는 시간.

그래 봤자 실 뽑아내는 게 전부이지만…….

이때만큼은 나도 진지하게 몰두한다.

솔직히 실을 막 뽑아내는 건 간단해.

마의 산맥에서 겪은 사건으로 실을 뽑아낼 수 있게 된 이후 어째서 이제까지 못 뽑아낸 걸까, 라며 반대로 이상하게 여겨질 만큼 자연스럽게 뽑을 수 있었다.

게다가 실을 뽑아내는 데 쓰는 에너지도 적었다.

아무리 많이 뽑아내도 지친 적이 없었고 나의 내부에 있는 에너지가 줄어드는 감각도 안 느껴졌다.

요컨대 실을 마냥 뽑아내는 작업은 간단하니까 얼마든지 양산할 순 있단 말이야?

그래도 막연하게 실만 뽑아내면 앞쪽으로 나아갈 수가 없잖아.

내 목적은 예전과 같거나 더욱 강력한 힘을 되찾는 것이니까.

이제는 스킬을 갖고 있었던 시절처럼 쓰는 만큼 경험치와 레벨이 저절로 올라가지는 않는다.

반복 연습이라는 의미로 보면 무의미하지는 않겠지만, 힘의 사용법을 마스터하자는 의미에서는 실뽑기가 단순 작업이 되면 안 돼.

주의를 기울여야 한다. 실을 뽑아낼 때 어떤 힘이 어떻게 작용하는가 꼼꼼하게 의식하면서 신경을 쏟아야 한다.

그 감각을 단서 삼아서 어떻게든 다른 힘의 사용법에 응용할 수 있는 방도를 연구해야지.

……그렇기는 한데 지금은 아직 성과가 제로.

실 뽑아내는 것이 너무 자연스럽게 이루어지니까 반대로 감각을 포착하기 어려웠다.

뜻하는 대로 실을 뽑아낼 수 있다는 것은, 의식하지 않아도 해치울 수 있다는 뜻이 되니까 말이지.

의식하지 않는 부분을 의식한다는 게 제법 어려웠다.

천재가 다른 사람에게 공부를 가르쳐줄 때 어째서 못 알아듣는지 이해 못하는 경우와 비슷한 느낌이려나.

이것저것 시험하면서 실을 뽑아냈지만 실이 뽑아져 나왔다는 결과밖에 남지 않았다.

다른 스킬을 재현하는 날은 아직도 먼 훗날이 될 것 같았다.

105

뭐, 어쨌든 내가 뽑아낸 실은 리엘이랑 피엘이 부지런히 모아서 옷을 짓거나 실뭉치를 만들어 마왕에게 보내주니까 아주 헛고생은 아니다.

배고플 무렵에는 실 뽑아내기 작업을 중단하고 점심 식사를 먹는다.

좀 남는 재료 같은 느낌이 들긴 하는데, 응, 어쩔 수 없어!

가끔 정식 식사 시간과 겹칠 때는 호화로움으로 한눈에 알 수 있다.

대충 만들어준 게 아니야!

단지 내 시간 개념이 느슨한 게 잘못인 거야!

요리사 여러분은 그런 내게도 꼬박꼬박 밥을 대접해준단 말이야!

그렇게 생각하도록 하자.

점심 식사를 다 먹은 다음은 자유 시간이다.

이 시간은 그날그날에 따라 하는 일이 바뀐다.

즉 내 기분에 따라서 하고 싶은 대로 하는 게 전부라는 말이지.

공작 저택에 있는 책을 읽거나 점심 전 뽑아낸 실로 뜨개질을 하거나 멋진 자세를 잡고 마술 연습을 하거나.

응? 마지막은 또 뭐냐고?

몰라요. 그런 거 나는 몰라요.

리엘이랑 피엘이 안쓰러움 담긴 시선으로 나를 쳐다본 기억 따위는 없다.

없다면 없는 줄 알아.

아무튼 자유롭게 지내다가 저녁밥.

이때 조심해야 하는 게 뭐냐면 심야라든가 비상식적인 시간대에 부탁하면 식사의 질이 확 떨어진다는 점이다.

그야, 뭐. 아무리 공작가의 요리사라고 해도 제때 저녁밥을 만들면 그 시점에서 업무는 종료잖아?

그 후에 밥 달라고 말해 봤자 당연히 직접 만들라고 투덜대겠지.

게다가 우리는 주방 출입을 못 하니까 메이드가 따로 준비해주는데, 메이드도 딱히 요리를 하는 사람이 아니니까 가져다주는 음식은 빵이라든가 훈제 고기 토막이라든가.

요리는 아니겠네, 곧장 먹을 수 있는 식자재야.

응. 맛은 있거든?

역시 공작가, 좋은 재료를 쓰는구나.

어쨌든 재료를 고대로 갖다 주면 좀, 뭐랄까.

서글퍼라~.

그런고로 되도록 정식 저녁 시간 전후에 먹어야 한다.

어떤 의미로 실 생산보다 중요한 임무였다.

그리고 저녁밥을 먹은 다음은 잠시 뒹굴거리다가 취침.

보통은 이런 일정으로 지낸다.

응? 빈둥거리거나 먹거나 잠자거나 그게 전부 아니냐고?

그렇게 말할 수도 있겠네.

딱 하나 필수 작업은 마왕이 시킨 실 생산이지만 별로 부담은 안 되니까.

매일매일 나태한 생활을 보낼 수 있다.

여기가 천국인가!

"이건 또 뭐야?!"

그런 나의 나태 생활을 찢어 놓는 걸걸한 고함 소리.

실 구슬로 공기놀이를 하고 있었던 리엘과 피엘이 순식간에 전투 태세를 취했다.

목소리가 들릴 뿐이고 상대의 모습은 안 보였다.

왜냐하면 실 벽으로 막혀 있었으니까.

나에게 배정된 방을 온통 다 실로 덮어 놓았다.

응, 이렇게 해야 마음이 차분해지거든~. 모름지기 거미의 본능이 외다~. 게다가 창문으로 비쳐 들어오는 햇살을 가만히 두면 피부에 나쁘거든~.

뭐, 그런 까닭으로 방 안을 before & after가 무슨 일이 있었던 걸까요~ 상태로 만들어 놨다.

덕분에 리엘과 피엘을 제외하고 아무도 방 안에 들어오지 못한다.

리엘과 피엘은 같은 거미여서인지 실을 밀어 헤치고 들어올 수 있으니까.

같은 이론으로 말하면 마왕이랑 아엘이랑 사엘도 들어올 수는 있을 거야.

메이드는 물론 못 들어오니까 식사 등등은 방 바깥에 놓고 가달라고 말해 놓았다.

그래서 말이야, 현재 관계자 외 강제 출입 금지 상태의 이 방에 누군지 모르는 침입자가 나타난 거지.

목소리를 들으면 남자.

어째서 침입자라는 말을 쓰냐고? 왜냐하면 저 녀석이 노크도 안 하고 소녀의 방문을 느닷없이 열어젖혔잖아.

예의도 모르는 놈은 침입자 소리 들어도 싸다.

"이봐! 이게 뭐냐니까?!"

"그게, 여기 방을 쓰고 계시는 손님께서 한 일이온지라. 저희도 알지 못합니다."

실 벽을 사이에 두고 침입자와 메이드가 대화를 나눈다.

극구 본인을 낮추는 메이드 언니의 태도를 봐서 침입자는 아마도 신분이 높은 녀석인가 봐.

뭐, 진짜 침입자였다면 이곳 공작 저택의 경비 체계는 대체 뭐냐고 놀랐겠지.

여기까지 제대로 안내를 받아 온 사람일 거야.

그렇다면 혹시 마왕이 우리를 부르려고 심부름꾼을 보냈다든가?

"도련님. 이곳은 형님분께서 정식 손님으로 맞아들여 체류 중이신 분들의 방입니다. 아무리 가주님의 동생 되시는 도련님일지라도 예의도 갖추지 않고 발을 들여놓아서는 안 되십니다."

어라?

집사장님의 등장이다.

침입자를 야단치면서 달래고 있다.

"도련님 소리는 집어치우라고 말했을 텐데!"

"저 또한 도련님이 진정 어른스러운 모습을 보이신다면 다르게 불러 드리겠다고 항상 말씀드렸을 텐데요."

"쳇!"

아무래도 침입자는 집사장님한테 반항을 못 하는 분위기.

아니, 지금 대화를 들어보니까 아무래도 침입자는 이 저택의 가주, 발트의 남동생인가 봐.

요컨대 이 집의 관계자일 뿐 마왕의 심부름꾼이라든가 그런 건 아니구나.

뭐, 마왕이 저렇게 막 행동하는 녀석을 심부름꾼으로 보낼 리 없으니까 잠깐만 생각하면 알 만한 일이었네.

"그런 건 아무래도 좋다! 이게 도대체 뭐야?!"

이런, 침입자가 도련님 호칭 이야기를 늘어놓다가 자기가 불리하다는 걸 깨달았는지 다시 원래 화제를 꺼냈다.

그냥 짐작이기는 한데 방 바깥에서 실 벽을 손가락질하는 모습이 떠올랐다.

뭐랄까, 공작가의 인물인데도 불구하고 언동이 전부 양아치다.

침입자가 아니라 양아치라고 부르는 게 좋겠어.

"방금 전 이 메이드가 설명드렸던 대로 손님께서 설치한 물건입니다."

"그거야 나도 들었으니까 알지! 어째서 저것들한테 저택의 방을 제멋대로 쓰게 내줬냐고 물어본 거다!"

아~. 양아치가 역정을 내는 이유는 아무래도 나한테 있었나 봐.

"게다가 이야기를 듣자 하니까 방에 틀어박혀서 허구한 날 뭔가 수상쩍은 짓거리나 한다잖냐! 정체도 모를 수상한 녀석들을 형은 어째서 여기에 놔두는 거야! 젠장!"

"전부 가주님께서 허락한 사안입니다. 도련님께 불평할 권한은 없으십니다."

"그러니까 그게 납득이 안 된다는 말이잖냐?!"

형제끼리 사이가 안 좋은가?

내 행동을 이 저택 직원들이 달갑게 받아들이지 않는다는 것은 방금 전 대사로 알겠는데, 그 이상으로 양아치는 형이 우리의 행동에 전면적으로 허가를 내렸다는 사실이 마음에 안 드는 눈치였다.

"아무튼! 여기는 엄연히 공작가의 저택이다! 이런 걸 제멋대로 방에 설치하면 안 된다! 이봐! 안쪽에 있는 녀석! 다 들었을 테지!"

"도련님!"

"시끄러워! 할아범은 입 다물어!"

픕! 하, 할아범! 집사장님, 양아치한테 할아범 소리를 듣는 사람이었어!

양아치 같은 언동으로 할아범 소리라니!

갭이 엄청나다.

"케케케케케케케케케케케케케!"

느닷없이 옆에서 기성이 들려왔다.

무슨 일인가 싶어서 고개 돌렸더니 리엘이 위아래로 어깨를 흔들며 기이한 소리를 내고 있었다.

응? 얘가 뭐하는 거야?

혹시 웃는다고 낸 소리야? 웃음보따리가 터졌어?

리엘을 비롯한 인형 거미들은 일단 시제품 음성 장치가 부착되어 있지만, 어디까지나 시제품인 까닭에 거의 목소리다운 목소리가 안 나오는 터라 인형 거미들도 평소는 무리해서 말하려고 들지 않는다.

그런데도 굳이 시제품까지 써서 웃음 비슷한 소리를 낸다는 건, 어지간히도 웃음을 자극할 요소가 있었다는 말이겠지만 솔직히 소름 끼치니까 그만두면 안 될까?

"뭘 웃는 거냐, 이 자식아!"

게다가 양아치가 막 성질내잖아!

대체 무슨 카오스 상황이래?

"도련님! 멈추십시오!"

"방해하지 말라니까!"

실 벽에 충격이 치달렸다.

아무래도 양아치가 분을 못 이겨서 후려갈겼나 보다.

"이게 뭐야?! 왜 달라붙어?!"

거미줄이니까 당연하지.

함부로 건드리면 달라붙을 수밖에…….

"제기랄!"

욕설을 내뱉고 양아치가 다음으로 취한 행동은, 부우우우우울?!

실 벽이 타오른다!

실내에서 불을 질렀다? 바보 아니야?!

내 실은 신화한 다음에도 예전의 성질을 계승했다.

즉 불에 약하다.

어느 정도는 견뎌주는데 바보 양아치가 감정을 못 이겨서 최대 화력을 쏟아부었는지 격한 불꽃이 실의 내성을 콱 뚫어버리고 번져나갔다.

아마도 불 공격 계열의 스킬을 썼겠지만 스킬 레벨도 제법 높은가 봐. 핫핫하.

으으, 웃어넘길 상황이 아니잖아!

불이야! 어서 불을 안 끄면 불길에 휩쓸려서 죽어버린다!

이 방은 실 벽으로 사방을 덮어 놓았으니까 그게 다 타버리면 도망칠 데가 없단 말이야!

아직 불타는 곳은 문 부근뿐이지만 꾸물꾸물하다가는 방 전체에 불이 금방 옮겨붙는다.

내가 마음속으로 몹시 당황하는 동안에 움직이려고 한 인물이 세 명.

그중 두 명, 리엘과 피엘의 목덜미를 곧장 붙잡아서 멈췄다.

위험해라!

무슨 짓을 할 작정이었는지 잘은 모르겠지만 아무튼 뭔가 기막힌 짓을 할 작정이었다는 것만큼은 알겠다!

리엘은 뭔가 마법을 쓰려고 하는 느낌이었고 피엘은 뭔가 물리적으로 돌진을 감행하려는 느낌이었다.

너희가 그런 짓을 저지르면 불을 끄기는커녕 이 저택이 아예 부서져서 사라져버리잖아!

그렇게까지 되지 않아도, 적어도 불 가까이에 있는 집사장이랑 메이드는 여파에 휩쓸려 죽는다.

원인이 된 양아치는 백 보 양보해서 죽어도 괜찮다고 치자. 그런데 집사장이랑 메이드는 완전한 날벼락이니까 참아드리도록 하자꾸나.

그리고 소화 활동이 아닌 파괴 활동을 저지르려고 했던 유녀 두 명과 별개로 행동에 나선 또 한 사람, 집사장이 사용한 물 마법으로 불길은 무사히 잡혔다.

역시 일 잘하는 남자, 집사장.

"도련님."

113

그런데 집사장이 이마에 핏대를 세운 채 양아치를 노려보고 있었다.

어떻게 알았냐고?

실 벽이 싹 타버려서 가로막는 게 없어져버렸거든.

집사장의 매서운 시선, 이쯤 되자 양아치도 잘못됐다는 생각이 들었는지 민망해하면서 시선을 돌렸다.

그리고 나와 딱 눈을 마주쳤다.

"헉?!"

어째서인지 양아치가 숨을 멈추며 굳었다.

그러지 마세요, 방구석 외톨이는 남과 눈을 마주치는 게 거북하다고요.

게다가 지금 내 눈은 눈동자가 잔뜩 들어 있고 사람의 눈이 아니니까 별로 보이고 싶지 않았다.

부끄러움이라든가 그런 게 아니라 귀찮다는 이유 때문에…….

곧바로 눈을 꾹 감고 다음은 얼굴을 돌렸다.

저택 주인의 동생에게 실례되는 태도일 수는 있겠지만, 그 부분을 짚어 말하자면 소녀의 방을 물리적으로 치고 들어왔을 뿐 아니라 방화까지 저지른 양아치가 훨씬 더 실례했으니까 문제없겠다.

한마디 더 하자면 감히 실에다가 불을 붙였잖아, 마이 홈을 방화에 잃어버렸던 경험이 있는 내 트라우마를 자극하는 못된 놈에게 뭔 예의를 갖추라는 거야!

아, 이렇게 생각하니까 부글부글 끓는다.

냉큼 퇴장을 부탁드리고 싶은 오늘의 이 순간.

그런 내 감정을 감지해서일까, 목덜미를 잡아 놓았던 리엘과 피엘이 한 걸음 앞쪽으로 나섰다.

동시에 그 작은 몸에서는 상상도 할 수 없는 강한 위압감이 흘러나왔다.

"으음! 도련님! 이 이상은 정말 농담으로 넘어갈 수가 없단 말입니다!"

집사장이 조바심 내며 양아치의 어깨를 붙잡았다가 억지로 방 바깥까지 끌어냈다.

고용된 처지에 섬겨야 하는 가문의 일원한테 저래도 되는 거야?

잠깐 의문은 들었지만 집사장님이 행동에 안 나섰다면 양아치는 리엘과 피엘에게 갈가리 찢겨 나갔을 분위기였으니까 올바른 판단이었다.

"그, 그래."

방금 전 괄괄했던 위세는 어쨌는지 양아치는 맥 빠진 목소리로 답했다.

뭐랄까, 눈을 감고 있었으니까 확신은 못 하겠는데 양아치의 시선이 내게 꽂혀 들어오는 것처럼 느껴졌던 것은 착각일까?

"도련님을 모셔라."

"네, 넷. 브로우 님, 이리 오세요."

집사장님에게 지시를 받은 메이드 언니가 양아치를 데리고 떠나간다.

이때 비로소 양아치의 이름이 판명.

아마도 브로우인가 봐.

그래서 뭐 어쩌라는 느낌이지만…….

저런 놈은 양아치면 충분한걸.

분명히 내가 저 녀석의 이름을 제대로 부를 일은 평생토록 없을 거야, 흥.

"도련님이 실례를 저질렀습니다. 가주님 대신 사죄드립니다. 변명의 여지도 없군요, 정말 죄송합니다."

집사장님의 사죄 말.

살짝 눈을 뜨고 확인했더니 집사장님이 깊숙이 머리를 숙이고 있었다.

가주 대신 사죄한다니 귀족이란 쉽사리 사죄라는 말을 안 하는 게 맞지 않아요?

제멋대로 가주의 이름을 써서 사죄해도 되는 걸까?

그만큼 집사장님이 가주 발트에게 신뢰받는 인물이라는 뜻일까, 혹은 마왕의 위광 덕분일까. 어느 쪽도 아니라면 집사장님의 독단이 되는 셈인데.

그 경우는 집사장님의 입장이 위태롭지 않아?

으음. 뭐, 내가 걱정할 일은 아니지만 말이야.

잘못한 쪽은 명백하게 양아치 놈이고…….

"나중에 가주님께서 정식으로 사죄를 위해 방문하실 줄 압니다. 도련님이 여러분들에게 접근하지 않도록 저희 쪽에서 진력할 테니 아무쪼록 노여움을 가라앉혀주시면 좋겠습니다."

머리 숙인 채 또다시 절절하게 말을 꺼내는 집사장님.

집사장님은 양아치의 뒤치다꺼리를 할 뿐이니까 이 이상 머리 숙이게 놔두기도 미안스럽다.

리엘과 피엘의 목덜미를 놓아준 뒤 어깨를 살짝 두드렸다.

내 뜻을 짐작한 두 사람이 아까부터 방출하고 있었던 위압감을 거둬들였다.

"느닷없이 소동을 일으켜서 정말 죄송했습니다. 이제라도 편안한 시간 보내십시오."

머리를 든 집사장님이 천천히 문을 닫았다.

그야 재난이었지만 양아치가 두 번 다시 우리 앞에 얼굴을 안 내비치게 단속해주면, 뭐, 괜찮겠지.

그렇게 넘겼건만 훗날 양아치는 뻔뻔스럽게도 우리를 만나러 왔다.

콱 죽여버릴걸, 잠깐 후회했던 건 비밀이다.

Blow Phthalo
브로우

본명 브로우 피사로.
피사로 공작 발트의 동생.
마왕군 제4군단의 부군단장.
군단장 발트가 정무에 전념하는
처지인 터라 실질적으로 제4군단을
지휘하고 있다. 마족을 위해 몸이 가루
가 되도록 일하는 형 발트의 등을 보면서
자란 까닭에 형을 받쳐주고자 노력하고 있다.
거친 언동이 도드라짐에도 근본은 성실
하다. 형을 첫 번째로 생각하는 브라
콤이기 때문에 연애는 거들떠보지
도 않고 업무에 힘써왔지만 본가
의 공작 저택에 얹혀사는 수수
한 여자를 보고 첫눈에
반했다. 은근슬쩍 어필
해봤으나 이제껏 여성
과 사귄 경험이 없기
때문에 무엇을 하면
상대가 기뻐하는지
를 알지 못하고
헛발질 중.

막간 마족 공작의 고뇌

"형님. 그 여자는 누구야?"

오랜만에 얼굴을 마주하게 된 동생이 처음 꺼내는 말이 이거다.

"브로우. 먼저 잘 다녀왔다고 인사부터 해야지?"

기가 막혀서 나무라자 적당히 「다녀왔어」라고 인사하기에 「어서 와라」라고 짧게 대답했다.

브로우는 한동안 북쪽 지역에 원정을 나갔던 터라 이렇게 얼굴을 마주하는 것은 오랜만이었다.

물론 편지는 주고받았으나 브로우가 귀환을 위해 이동했던 요 며칠 동안에는 소식도 전하지 못했다.

그런데 오자마자 한다는 말이 도대체…….

"브로우, 그 여자란 어떤 여자를 가리켜서 하는 말이지?"

아무리 사이좋은 형제여도 불쑥 여자라는 말 한마디 꺼낸다고 뜻이 통할 리 없었다.

여성의 이야기를 꺼낸 적이 거의 없었던 브로우가 굳이 이렇게 입에 담는다는 것은 가깝게 알고 지내는 사나트리아인가, 혹은 마왕 님을 두고 하는 말인가…….

그러나 둘 모두 브로우가 잘 아는 얼굴인지라 누구냐고 묻는 것은 이상하다.

브로우가 알지 못하고 내가 아는 여성이라?

거기까지 생각하다가 한 명의 여성이 뇌리를 스쳤다.

"브로우, 너 설마 이곳으로 오기 전에 공작 저택에 들렀나?"

"맞아. 거기에 있는 여자 말이야."

거침없이 말하는 브로우의 대답에 나는 머리를 싸쥐고 싶어졌다.

"너, 어째서 곧바로 여기에 오지 않았지?"

"엉? 자기 집으로 돌아가는 게 뭐가 나쁜데?"

맞는 말이다. 분명 맞는 말이지만! 타이밍이 너무 나빴다.

지금은 마왕님께서 귀환함으로써 여러모로 상황이 바뀌고 있는 시기이니까.

브로우의 나쁜 타이밍에는 마가 끼었다.

하필 마왕님이 귀환한 시기에 딱 맞춰 연락이 불가능한 행군 중.

갑작스런 귀환이었다는 까닭도 있어 정신없이 움직이는 처지였던 지라 긴급 연락 요원을 보내어 알리지도 못했다.

따라서 브로우는 마왕님이 귀환했음을 알지 못했다.

평소였다면 한 차례 공작 저택에 들렀다가 그다음 이쪽으로 왔어도 문제가 없을 터인데, 한시라도 빨리 마왕님이 귀환했다는 사실을 알려야 했던 이번만큼은 곧장 이리로 와주기를 바랐던 것이 본심이다.

공작 저택에 현재 마왕님의 관계자가 다수 머무른다는 것도 직접 이쪽으로 와주기를 바란 이유 중 하나였다.

아무것도 알지 못하는 상태에서 그분들과 맞부딪친다면 불필요한 소동을 일으킬 수도 있었다.

그렇게 염려했었건마는 지금 반응을 보니 그야말로 걱정이 적중해버렸나.

"너, 평소에는 여기에 먼저 오지 않았나."

"오늘은 그냥 그러고 싶은 기분이어서."

기죽지도 않고 시원스럽게 답하는 브로우 때문에 살짝 두통이 났다.

평소였다면 브로우는 먼저 보고차 이곳 마왕성을 방문했다.

공작 저택에 돌아가는 것은 그다음이었다.

그러니까 나 또한 방심했던 셈인데, 왜 하필 이번에는 먼저 공작 저택에 가버렸는가.

정말이지 타이밍이 너무 나빴다.

"뭐, 되었다. 지나간 일을 왈가왈부한들 소용없지. 브로우 네가 말하는 여자란 아마도 하얀 머리카락의 여성일 테지?"

마왕님이 데리고 온 일행은 대부분이 여성이지만 그중 브로우가 말하는 여자에 해당될 만한 사람은 한 명밖에 없었다.

다른 누군가였다면 아마도 꼬맹이라고 표현했을 테니까.

"그 녀석이 맞아! 대체 누구야?"

몸을 내밀면서 따져 묻는 브로우.

별일이다.

브로우가 이토록 여성에 대해 흥미를 보인 경우는 그야말로 마왕 님 이후 처음이 아닌가?

물론 마왕님에 대한 흥미는 나쁜 의미에서, 안 좋은 방향의 감정 이었다만……

브로우의 표정을 보고 판단하자면 이번에는 그렇지 않은 듯하군.

그건 그것대로 불길한 예감이 드는데……

"브로우. 어째서 그렇게까지 신경 쓰지?"

"도, 도대체 누가 신경을 쓴다는 거야! 다만, 뭐냐, 맞다! 내가 모르는 사이에 공작 저택에 눌러앉았으니까 흥미를 가지는 건 당연한 반응이잖아? 안 그래?"

약간 빠른 말투로 열을 올리는 브로우.

수상하군.

희미하게 얼굴을 붉힌 것도 수상함에 박차를 가한다.

"설마 반했나?"

"그그그럴 리 없잖아! 형님도 참 별난 소리를 다 하는군!"

희미하게 붉었던 얼굴이 확 새빨개졌다.

심히 난감하군.

왜 하필이면, 도대체 왜.

이번에야말로 정말 머리를 싸쥐고 깊이, 거하게 한숨을 쉬었다.

브로우에게 좋아하는 여성이 생겼다.

그 사실 자체는 기뻐해야 할 일인지도 모르겠다.

이 녀석은 내가 결혼할 때까지 누구와도 사귈 마음은 없다고 말하며 이제까지 여성을 거들떠보지도 않았다.

놀이 삼아서 여성과 교제하지도 않을 정도였다.

평소의 언동 때문에 곧잘 오해받는데 브로우는 지나치게 성실한 녀석이다.

직무든 여성 관계든 고풍스럽다고 말할 만큼 청렴결백을 관철한다.

그런 브로우가 처음으로 여성을 의식했다.

그래, 상대가 마왕님의 관계자만 아니었다면 쌍수를 들고 기뻐했으련만······.

"브로우, 그 여성은 마왕님의 관계자다."

얼굴을 붉힌 채 거동 수상자처럼 굴던 브로우가 뚝 굳었다.

"마왕? 그 여자가, 기어이 돌아왔다는 말인가?"

방금 전까지 들떠 보이던 기색이 거짓말이었던 것처럼 브로우의 몸에 위압감이 감돌았다.

그 모습에 또 한숨이 나왔다.

브로우가 품은 마왕님에 대한 악감정은 전혀 쇠하지 않은 듯싶었다.

"맞다. 브로우 너는 행군 중이었던 까닭에 알지 못했겠지만, 얼마 전 마왕님이 돌아오셨다."

내 말에 브로우는 한 차례 짜증스럽게 혀를 차더니 다음 설명을 재촉하면서 가만히 나를 응시했다.

"마왕님이 귀환하심으로써 이제껏 내가 대행했던 마족의 최종 의사 결정권을 반환했지."

이제까지 나는 이곳 마왕성을 중심으로 마족 전체의 정치를 책임 져왔다.

그러나 나는 어디까지나 마왕님이 안 계신 동안의 대역에 불과했다.

마왕님께서 돌아오신 지금은 내가 대행했었던 모든 권한은 마왕 님에게 반환되어야 한다.

그렇다 해도 느닷없이 그 전부를 마왕님께 내던질 수는 없었다.

여러모로 인수인계가 꼭 필요한 사안은 산더미처럼 많았다.

"형님은 정말 괜찮은 거야?"

브로우가 불만스럽게 질문을 했다.

"안 괜찮으면 어쩔 테냐. 마왕님께서 몸소 결정하신다면 나는 가만히 따를 뿐이다."

마족은 마왕에게 절대복종.

마왕이라는 존재는 마족에게 있어 그만한 의미를 발휘한다.

그러나 이번 대의 마왕님에 한정 지어 말하자면, 단지 그런 이유 때문은 아니었다.

"아무리 부조리한 처사를 당하더라도 마왕님께 기역할 수는 없구나. 격이, 너무나도 다르다."

그게 전부였다.

부조리하든 어쩌든 간에 복종하지 않으면 더욱 부조리한 꼴을 당한다.

"그렇다 해도 말이야! 지금 마족에게 전쟁을 벌일 여력 따위는 없잖아!"

"그럼에도 한다. 마왕님께서 실행하라고 말씀하시면 우리는 거기에 필히 따라야 한다."

마왕님의 기본 방침에 인족과의 대규모 전쟁이 있었다.

아니, 정확하게는 달리 목표가 없다고 말해야겠군.

그리고 그것이야말로 마왕님이 많은 마족에게 받아들여지지 못하는 이유이기도 했다.

현재 마족은 오랜 세월에 걸쳐 인족과 전쟁을 치른 폐해 때문에 곤궁한 처지에 있었다.

전쟁 따위를 벌일 여유가 없다는 브로우의 말은 진실이었다.

그런데도 무리를 하여 강행하려고 드는 마왕님에게 반발심을 느끼는 자가 나오는 것은 어쩔 수 없는 현실이다.

그렇다 해도 순순히 복종할 수밖에 없는 이유는 마왕님의 힘이 파격적이기 때문이다.

"브로우. 설령 마족 전체가 일치단결하여 마왕님께 반기를 든다고 한들 기다리는 것은 확실한 파멸뿐이다. 마왕님께서 마음먹고 힘을 발휘한다면 단독으로 마족 전체를 멸할 수도 있겠지. 그러나 인족과 벌일 전쟁은 그렇지 않아. 큰 타격을 받을 테지만, 그럼에도 살아남을 길이 있어. 전멸이 불가피함에도 마왕님을 거역할 텐가. 혹은 인족과 벌일 전쟁에서 희망을 찾아낼 텐가. 나는 조금이라도 희망이 있는 선택을 했을 뿐이다. 납득하라는 말은 안 하마. 그러나 현실을 인식해다오."

내 진지한 호소에 브로우는 불쾌한 듯 콧소리를 내고는 얼굴을 돌렸다.

브로우 또한 잘 아는 사실이었다.

다만 이성을 감정이 따라가지 못하고 있을 뿐.

나 또한 전부를 다 받아들이고 수긍한 게 아니니까.

"후유. 그나저나, 도대체 반한 상대가 왜 하필이면 마왕님의 관계자란 말인가."

"뭣?! 반하다니?! 아, 아니라니까!"

내가 무심코 중얼거리자 브로우는 뻔히 알아볼 만큼 동요했다.

방금 전까지 답답했던 분위기가 한순간에 흐트러졌다.

저런 태도로 숨길 수 있다고 생각하는 걸까?

그건 그렇고 정말 까다로운 상대에게 반해버렸군.

"일단 충고해 두겠는데 그 여성은 그만두는 게 좋다고 본다."

"거참, 뭔 소리인가 모르겠네!"

호들갑스럽게 큰 소리로 부정하는 동생의 장래가 점점 더 불안해진다.

브로우가 반한 시로 님은 마왕님의 관계자이다.

여기에서 이미 머리가 아픈데 그 이상으로 시로 님 본인이 정체를 알 수 없는 인물인지라, 솔직히 말해 동생의 교제 상대로 추천하기에는 난점이 많았다.

마왕님께서 데리고 온 분들은 모두 상식의 범주를 뛰어넘는다.

그중에서도 가장 이질적인 존재가 시로 님이다.

다른 면면들은 상식의 범주를 뛰어넘었다지만 어디까지나 뛰어넘은 게 전부다.

상식을 뛰어넘었을지언정 이해는 가능하다.

그러나 시로 님에게 한하여 말하자면 이해가 불가능하다.

언뜻 보기에는 평범한 사람으로 보인다.

아니, 용모를 두고 말하자면 브로우가 첫눈에 반하는 것도 어쩔 수 없다고 여겨질 만큼 특이했다.

그러나 평소 생활 태도를 본 바로 전투력이 높다고 여겨지지는 않는다는 보고를 할아범에게서 받은 적이 있었다.

내가 시로 님과 얼굴을 마주했던 것은 첫날뿐.

그때도 마왕님의 일행 중 유일하게 강자의 기척, 그런 분위기를 못 느꼈었다.

나는 입장상 다양한 인물과 만나는 터라 감정을 하지 않아도 그런 부분은 감각으로 안다.

그 감각을 따르자면 시로 님은 일반인과 다르지 않았다.

그러나 그와 별개의 무엇인가가 소리 높여서 외친다.

강자가 아니라는 게 이상하다고.

감각으로는 강자가 아니라고 판단했지만 그 판단이 잘못됐다고 무엇인가가 강렬하게 알린다.

이런 경험은 태어나서 처음 겪는 일이기에 그만큼 시로 님은 그 일행들 중 가장 이질적이라고 느꼈다.

어쩌면 혹시 마왕님보다도…….

"어쨌든 충고는 유념해 둬라. 그럼에도 어떻게 해보겠다면 나는 아무 말도 않으마."

"거참, 그런 거 아니래도!"

도무지 당혹감을 수습 못 하는 브로우의 태도에 깊은 한숨이 나왔다.

충고는 했으나 동생의 늦은 첫사랑에 형이 더 이상 이러쿵저러쿵 말을 늘어놓는 것도 민망한 짓이다.

애당초 브로우가 시로 님의 관심을 끌 수는 있을까.

지금 단계에서 이래저래 말한들 소용없겠지.

"아무튼 미움받지 않도록 잘 처신해라."

"무, 물론."

내가 건성건성 조언을 건네자 어째서인지 눈을 못 마주치는 브로우.

나중에 나는 할아범에게 저택에서 있었던 사건의 전말을 듣고 동생의 연애는 앞날이 어두움을 알게 되었다.

첫 만남의 인상이 중요하다고 말하지만 아무리 그래도 방에 불을 지르는 남자에게 좋은 인상을 받지는 않을 테지.

대체 무슨 말도 안되는 짓을 저질렀나!

후유.

마왕님이 떠맡긴 난해한 문제 때문에 나는 분주하다.

나는 멍청한 동생의 첫사랑을 잊어버리기로 마음먹었다.

裏鬼 2 관리자 규리에디스트디에스

스스로의 선택에 무엇 하나도 후회하지 않은 인생을 걸어갈 수 있는 인간 따위가 과연 존재하겠는가?

우리들 신의 입장에서 보면 인간의 일생쯤이야 눈 깜짝할 사이에 흘러간다.

그러나 그 짧은 일순간에서도 인간은 크든 작든 스스로의 선택을 후회하면서 살아간다.

그때 이러하였다면, 그때 다른 선택을 했었더라면…….

그렇게 만약의 이야기를 하고, 다른 선택을 했었다면 더 나은 미래를 잡을 수 있지 않았겠느냐고 몽상한다.

그러나 결국 만약의 이야기.

아무리 아쉬워한들 과거는 바꿀 수 없다.

그럼에도 아쉬워하고야 만다.

본인의 선택이 옳았는가, 아니었는가.

인간의 짧은 일생에서도 그런 법이었다.

그보다 아득하게 긴 시간을 살아가는 우리가, 비슷하게 과거의 선택으로 말미암아 고뇌한들 놀랄 거리는 아닐 터이다.

제아무리 고뇌해서 과거를 바꿀 수 없다는 것을 사무치게 알아도…….

이제 와서는 어쩔 도리가 없음을 뻔히 알면서도 아쉬워하고야 만다.

과거를 후회할 시간이 있거든 지금 가능한 일을 최대한 수행하는 것이 최선임은 잘 알고 있었다.

그럼에도 불구하고 때때로 허망함을 느끼게 된다.

나의 선택이 과연 옳았겠느냐고…….

대답은 안 나온다.

지난 선택이 옳았는가, 그 여부는 해당 순간에는 알 도리가 없었다.

대답을 얻게 될 날은 언제든 한참 나중이 돼서야 찾아든다.

과거로서 돌아다봤을 때뿐…….

그러니까 우리는 돌아다본다.

과거의 선택이 옳았는가, 아니었는가.

현재를 살아가는 우리에게는 지금 선택의 올바름 가부를 판단할 수 없으니까.

그것이 올바른가, 아니한가. 혹시 안다면 가르쳐다오.

아무도 가르쳐줄 수 없음을 알면서도, 그럼에도 더욱더 바라게 된다.

나는 과연 올바른 길을 찾아서 선택했는가?

[괜찮겠소이까?]

빙룡 니아가 내게 물었다.

그 물음의 대답을 나는 갖고 있지 못했다.

언제나 나는 내 선택이 올바른지 확신을 갖지 못했으니까.

"우리가 개입한들 결국 레이가의 긍지를 더럽힐 뿐이다."

그러니까 그럴싸한 소리를 하며 확답은 회피했다.

[맞는 말씀이오. 검술 최강이라 칭송받았던 남자의 죽음에 부끄럽

지 않은, 훌륭한 최후이니 말이오.]

내 말이 상황에서 썩 엇나가지는 않았나 보다.

우리의 시선 저편에서 선대 검제 레이가 쓰러지는 모습이 보였다.

이제 두 번 다시 일어날 수 없는 남자의 모습이……

검제의 좌에서 내려오기를 결의한 저 남자를 이곳으로 데려온 게 나였다.

항상 전선에서 마족과 끊임없이 싸웠던 레이가 이 장소를 보고 어떻게 여길 것인가, 그 광경을 보고 싶었다.

거기에 후회는 없다.

그러나 전쟁터에서 떠나 있었던 레이가 결국 전투 끝에 죽도록 만들었다는 데 여러 감정을 느낀다.

의문스럽다, 과연 레이가를 이곳으로 불러들였던 것은 올바른 선택이었던가.

물론 당시의 내가 이러한 결말을 맞이할 줄은 몰랐으니 고민한들 소용없는 일이기는 하지만……

신이라 하여도 미래를 내다볼 수는 없는 노릇이다.

D만 한 거물쯤 되면 혹여나 가능할 수도 있을 터이나 여하튼 나는 불가능했다.

그것이 가능했다면 나는 자신의 선택에 이리도 고뇌할 일이 없었을 테지.

어쩌면 반대로 어떤 미래가 나은가 하며 더 고뇌했을지도 모르겠다.

만약 레이가에게 제안의 말을 건넸을 때, 이 미래가 보였다고 가정한다면 나는 어떻게 행동했을까?

……모르겠다.

결국 미래가 보이든 보이지 않든 자신의 선택이 올바른지 아니한지, 불안에 차서 선택할 수밖에 없단 말인가.

그리고 나의 선택이 레이가를 죽였다.

그 전생자에게 도전하는 선택을 한 자는 레이가 본인이었고, 죽을 때까지 버텨 싸웠던 자도 레이가 본인이다.

거기에 나의 의사는 개입되지 않았다.

그러나 이리 생각할 수도 있잖은가.

레이가를 이곳에 데리고 오지 않았다면 이리되지는 않았노라고…….

오만하군.

전부가 다 나의 선택에 따라 결정된다는 생각은, 즉 이 선택을 했던 레이가의 의사를 무시하는 것.

그러한 사고방식은 오만이 아닌 아무것도 아니다.

그렇게 생각하면 생각할수록 나는 점점 더 선택을 하지 못하게 된다.

상황에 휩쓸려서 선택하는 행위를 방치하고 지켜보기만 하는 존재로 전락했다.

이제까지는 그래도 괜찮았다.

그러나 D가 슬슬 활동에 나서고 있는 지금은 나도 모종의 선택을 해야 할 때가 왔다고 봐야 하겠지.

정작 D가 내 선택지를 좁혀 놓았을지라도…….

[움직이려는가 보오.]

니아가 시선 저편으로 전생자를 쳐다보며 중얼거렸다.

레이가를 분쇄한 귀인 전생자는 마을의 방향으로 걸음을 떼어 놓았다.

레이가와 전투 중 소모되었던 힘은 D가 전생자들에게 준 특별한 스킬의 효과에 따라 이미 회복됐다.

n%I=W라는 그 스킬에는 몇 가지 특수한 효과가 포함되어 있었다.

어느 효과든 전생자를 이 세계에 살려 두기 위한 조치였다. 그중에서도 레벨 업이 이루어지는 순간, 시스템에 축적된 에너지에서 보급을 받아 부상 회복 및 MP, SP 등을 회복시키는 기능은 D가 얼마나 전생자들을 우대하는가 잘 나타내준다.

에너지를 모으기 위해 존재하고 있는 시스템에서 에너지를 뽑아낸다?

시스템의 존재 이유를 부정하는 효과다.

설령 얼마나 미미하든 간에 에너지를 모으기 위해 분주해왔던 입장으로서는 허탈한 심정을 감출 수 없었다.

그게 아니더라도 전생자들은 이 세계에 있어 이색분자.

그들이 일으키는 사태는 좋든 나쁘든 이 세계에 큰 영향을 미친다.

고작 한 명에 불과한 전생자가 나를 포함하여 아리엘 및 더스틴 등등, 이 세계의 이면을 알고 있는 인물들이 휘말려 들기에 족한 업적을 이미 세우지 않았던가.

그 범인인 시로 이외의 전생자들은 아직 어린 까닭에 큰 사건은 일으키지 않았고, 또한 대부분이 포티머스의 손에 떨어진 터라 지금 시점에서는 영향이 적다.

그러나 조금씩 시로 이외의 전생자도 영향을 끼치고 있는 상황이다.

그중 가장 두드러지는 사례가 바로 저곳에 있는 귀인 전생자.

"자, 어떻게 해야 하는가…….".

귀인 전생자의 발걸음에는 분명하게 힘이 담겨 있었다.

다만 의식도 분명한가 묻는다면 그것은 또 다른 문제다.

저자는 분노 스킬의 영향으로 이미 제정신을 잃어버렸다.

분노 스킬.

시스템에 한정적으로 액세스할 수 있는 열쇠가 되는 지배자 스킬의 하나.

어디까지나 열쇠일 뿐이라서 열쇠 구멍의 장소 및 그 문을 여는 방법을 알지 못하면 시스템에 액세스할 수는 없다.

그러나 관리자 신분도 아닌 이 세계의 주민들이 시스템에 한정적이나마 접근할 수 있는 유일한 수단이기도 했다.

D가 어째서 그러한 스킬을 만들었는가, 의도는 알지 못한다.

그러나 수단이 있음은 모종의 의도 또한 존재한다는 뜻.

그렇다 해도 분노만은 열쇠의 의미가 거의 없다고 말할 수 있겠다.

분노는 발동시키면 능력치를 대폭 강화해주는 반면에 노여움이 이성을 상실케 한다.

최종적으로는 지금의 귀인 전생자처럼 오로지 눈에 보이는 생물을 다짜고짜 죽이며 돌아다니는 것이 전부인 존재로 전락한다.

그렇게 되면 문을 열고 자시고 할 상황가 아니었다.

지성 없는 짐승이 열쇠의 사용법을 어찌 알아낼 텐가.

그러나 관찰한 바로 저 귀인 전생자는 이제껏 봤던 분노 소지자와 약간 달랐다.

이제껏 역대 분노 소지자는 초대를 제외하면 짐승과 다를 바 없는 처지로 전락했었다.

무기조차 사용을 못 하고 오로지 완력만 휘두르는 것이 전부였다.

분노의 효과로 보다 상승된 능력치라면 단지 그뿐일지라도 큰 위협이 됐다.

그러나 자기 의사도 없이 폭주를 벌여서는 본인이 지닌 스킬의 힘을 완전하게 발휘하기란 불가능한 법.

오히려 분노를 쓰지 않았을 때가 더욱 까다로웠던 사례마저 있었다.

그에 비하여 저 귀인 전생자는 검을 사용하고, 게다가 전투 중 레이가의 기술을 흡수하는 유연함을 보였다.

이성이 남아 있는 것처럼 보이지는 않지만, 그렇다고 해서 자기 의사가 완전하게 소실된 사람처럼 보이지도 않는다.

그렇다 해도 무엇인가 달라진다는 이야기는 아니다.

이대로 방치하면 저자는 새 사냥감을 찾아 이 땅의 깊숙한 곳까지 전진하게 될 테지.

그것을 막기 위해 니아를 필두로 하여 마의 산맥에 있는 빙룡들에게 이곳에 다다르지 못하도록 유도해달라 지시했을 터인데.

"결국 방해는 성공을 못 거두는가 보군."

[면목 없소이다.]

니아가 사죄했지만 이번만큼은 어쩔 수 없는 일이었다.

"사과할 필요는 없다. 저자는 똑바로 이곳을 목표로 전진했지. 니아 네게서 도망칠 작정이었거나, 혹은 인기척을 느끼고 이곳을 노려 찾아왔는가. 그것은 알 수 없지만 죽이지 않고 놈의 진로를 방해하기란 애당초 무리한 요구였다. 오히려 이 같은 터무니없는 지시를 내린 나야말로 사죄해야 할 테지. 저렇게 희생도 발생했으니까 말이다."

뒤쪽을 돌아다보면 니아의 부하 용(龍)과 용(竜)의 주검이 나뒹굴고 있었다.

니아에게서 이변을 전해 들은 뒤 내가 죽이지 말고 저지하라는 명령을 내린 결과였다.

단지 죽이는 것뿐이라면 이러한 피해가 발생할 일은 없었다.

죽이면 안 된다고 주의를 준 결과, 용(龍)마저 희생자가 나오고 말았다.

[그것이야말로 주상께서 신경 쓸 일은 아니외다. 우리는 주상의 도구. 주상의 명령이 떨어진 이상 혹사 끝에 망가지는 처지일지라도 마다하지 아니할 테니.]

어떤 감개도 없이 쏟아지는 니아의 말.

시초의 용들은 충성심이 높다.

평소 언동이 다소 불손하게 들리는 니아나 휴번마저도 자신에게 부과된 사명을 충실하게 수행하고 있었다.

그들의 충성에 보답할 만한 활동을 과연 내가 해내왔던가?

나는 오로지 진정한 용이라는 그 하나의 이유로 충성을 받고 있는 게 아닌가?

긴 시간 동안 충성을 바쳐왔던 이들에게 불쑥 의문을 품는 태도는 그들의 충성심을 우롱하는 짓과 다름없음을 안다.

그러나 아무리 돌이켜봐도 나는 자신감을 가질 수 없었다.

목숨마저 내던지는 그들의 충절에 내가 보답할 수 있겠느냐는 불안감.

그러한 나의 한심함을 간파하고 실감했기에, 용 중에서도 첫째가는 충성심을 갖고 있었던 지룡 가키아가 내 지시도 없이 아리엘에게 덤벼들었던 것이리라.

정체되어 있던 흐름을 타파하기 위하여 시로에게 기대를 걸었고, 또한 시로와 당시 적대 관계에 있었던 아리엘을 저지하고자 나선 가키아.

엘로 대미궁 최하층의 수호라는 한층 더 중요한 임무마저 내팽개치고 행동으로 옮겼다.

녀석의 자주성을 기껍게 여기는 반면, 뻔히 죽게 될 줄을 알면서도 행동했다는 데서 복잡한 심정이 든다.

모두가 나를 두고 떠나가버린다.

아마도 머지않은 미래에 사리엘마저…….

그때를 떠올리기만 해도 가슴에 형용할 수 없는 통증이 치달렸다.

그렇게 되면 나는 무엇을 위해 이제까지 살아왔는가.

그 의미를 진정 모르게 된다.

안 되겠군. 지금은 앞날을 두고 번민할 때가 아니다.

지금은 저 귀인 전생자의 처우를 어찌해야 하는가, 어서 결단을 내려야 했다.

"처단하기는 수월하다. 그러나 내가 직접 손쓰는 사태는 바라지 않을 테지?"

『네, 물론이에요.』

반쯤 혼잣말처럼 입에 담았던 말에 답하는 목소리가 들렸다.

어느 사이엔가 내 눈앞에 떠올라 있는 작은 판 형태의 기계.

저쪽 세계에서는 스마트폰이라고 불리고 있는 통신 단말이다.

하지만 지금 이 물체가 무엇인가는 별로 중요하지 않았다.

이 기계가 연결해주는 저편에 있는 인물이 훨씬 더 중요했다.

"D."

『네, 여보세요? 여기는 사신 D예요.』

어쩌면 응답이 있을지도 모른다는 생각에 말로 표현하여 입 밖에 소리 냈는데, 정말로 접촉이 이루어질 줄은 예상하지 못했다.

이 세계를 떠받치는 시스템의 제작자이자 나보다 상위에 위치하는 유일한 존재.

D의 존재 덕분에 비로소 이 세계가 아직껏 존속하고 있다.

또한 D의 존재 때문에 나는 섣불리 행동에 나서지 못한다.

그 섣부른 행동 중에는 전생자에게 함부로 손을 쓰는 것 또한 포함되어 있었다.

그 탓에 니아를 비롯한 용들에게도 단지 발을 묶어 놓도록 지시해야 했고, 죽이면 안 된다고 분명하게 뜻을 밝혔다.

그게 아니었다면 이렇게 번거로운 수단을 취하지 않고 진작에 처단했겠지.

『이제야 내 취향을 조금 파악했군요, 만족했어요.』

그래, 취향이란 말이군.

D가 내 행동에 족쇄를 채운 까닭은 내가 전부 다 해결해버리면 재미가 없기 때문이다.

본인의 말대로 취향 문제이기에 딱히 깊은 이유 따위는 없다.

이렇게 해야 더 재미있을 테니까, 오직 D의 취향 때문에 나는 이 세계에서 일어나는 여러 사건을 보고도 못 본 척하며 외면해야 한다.

해결 가능한 힘을 지녔음에도 단지 손가락을 입에 물고 지켜볼 수밖에 없었다.

신의 유희.

내가 자신의 행동을 두고 오만하지 않은가 고뇌하는 반면에, D는 그런 게 무슨 상관이냐는 듯이 본인의 욕구를 채우기 위해 수단을 가리지 않는다.

그럼으로써 얼마나 많은 피해가 발생하든 본인의 욕구를 우선시한다.

보통은 용납될 만한 태도가 아니었다.

그러나 D는 어떠한 짓을 하든 용납될 만한 힘을 보유하고 있는 데다가, 이 붕괴해 가는 세계를 연명시키고 구해 낼 방도를 제시해 준 존재이기도 했다.

폐기되어야 마땅한 이 세계에 손을 내밀어준 은혜가 있는 만큼 구태여 신의 격 운운을 빼놓더라도 강하게 나설 수 없었다.

게다가 D의 행동이 꼭 악영향을 불러일으키지는 않는다.

전생자라는 뜻밖의 변수를 이 세계에 던져 넣었을 뿐 아니라 그후에도 번번이 간섭하고 있지만, 그 대부분이 세계 규모로 봤을 때 결국은 사소한 것.

저번의, 전 시대의 병기가 폭주했던 때는 위태로운 상황은 일어났을지언정 그마저도 큰 피해 없이 무사히 수습됐었다.

거기에서 내 행동을 제한했던 이유는 시로를 신화시키기 위한 게 아니었는가 의심될 만큼…….

시로에 의해 정세는 어지러워졌으나 역시 시스템의 운행에 지장을 초래할 정도는 아니었다.

오히려 전생자라는 뜻밖의 변수가 출현함으로써 틀어박혀 있었던 포티머스가 활동을 개시하는 등, 이제껏 유례가 없는 물결이 되어 세계에 변화를 가져다줬다.

이 물결이 과연 좋은 방향으로 작용할 것인가, 혹은 파멸의 서곡이 될 것인가. 그 끝은 알 수 없으나 현재 상황에서는 꼭 나쁜 결과만 불러온 것도 아니었다.

그래서 나는 위험을 무릅쓰면서도 D의 뜻을 거역하지 못하고 있다.

하지만, 그럼에도 이번 사건에 대해 말하자면 모종의 조치를 취할 수밖에 없었다.

"내가 직접 손쓰면 안 된단 말이군. 그러면 여기에 있는 니아가 나선다면 어떻겠나?"

『흠.』

내 제안에 D는 꾸민 기색이 역력한 소리를 내며 상념에 잠긴 척 간격을 뒀다.

D 정도 되는 존재라면 웬만한 사고 따위야 일순간에 마칠 텐데도…….

이 또한 D의 즐거움을 위한 연출의 과정이라 봐야 하는가?

『핸디캡을 붙일 수 있다면 허가하죠.』

돌아온 답은 뜻밖에도 허락한다는 취지였다.

틀림없이 쌀쌀맞게 일축해서 물리칠 줄 여겼건만…….

『죽이지 않고 무력화할 것. 그 조건을 지킬 수 있다면 전력을 발휘해도 상관없어요.』

제시된 핸디캡이란 간단명료.

그러면서도 무척 곤란한 내용이었다.

죽이지 않고 무력화하기란 몹시 어렵다.

단지 죽여서 끝내자면 간단한 법.

전력을 다해 쳐부수면 그만이잖은가.

그러나 죽어 나가지 않도록 주의를 기울이라 함은 곧 치명상을 피해 자신의 무력을 단속하라는 뜻이다.

더군다나 상대는 무력화하는 것 자체가 어렵다. 죽을 때까지 온갖 포악한 짓을 다 저지를 분노 스킬의 소유자이기에…….

어중간하게 부상 입힌들 저지는 불가능할뿐더러 그렇다고 과한 부상을 가하면 자칫 목숨을 빼앗게 된다.

전력을 발휘해도 괜찮다는 말은 입발림 소리일 뿐, 몹시 조절이 까다로운 줄타기와 같은 전투를 강제당하는 셈이었다.

그럼에도 이 조건을 받아들일 수밖에 없다.

한정적일지언정 손을 써도 된다는 허가가 떨어졌으니까.

"니아."

[예이.]

"부탁하마."

[맡겨주소서.]

믿음직하게 대답을 하며 니아가 천천히 귀인 전생자를 향해 날아갔다.

귀인 전생자는 마을 안을 뒤지고 있었지만 이미 주민들은 레이가의 지시에 따라 피난을 마친 터라 거기에는 아무도 없었다.

주택과 물자는 고스란히 남겨졌으나 n%I=W 스킬의 효과로 SP가 회복된 상태이기에 딱히 식량도 필요하지 않을 테지.

귀인 전생자는 니아의 부하 용들과 그에 더하여 레이가를 쓰러뜨림으로써 이미 레벨을 올렸다.

레벨이 오를 때마다 n%I=W 스킬의 효과에 따라 회복이 이루어지는데 그것만 아니었다면 이미 힘이 다하였으리라.

그 덕분에 전력의 시간차 투입에 따른 시간 끌기는 단지 힘을 끌어올려주는 우책이 된다.

이렇게 될 바에야 처음부터 니아가 직접 나서서 저지하도록 지시해야 했는가.

아니, 그 방안은 아마도 D가 허락을 내리지 않았을 테지.

귀인 전생자의 레벨이 올라서 니아를 상대해도 간신히 대항 가능할 만한 힘을 얻었을 테니까 허가가 떨어졌다고 짐작된다.

만약 귀인 전생자의 전투력이 니아와 호각으로 겨룰 경지에 올라섰다면 그때는 진정 니아에게 전력을 발휘해도 무방하다는 허가가 떨어졌으리라.

D는 압도적인 전력에 따른 완승보다도 승패를 짐작할 수 없는 호각의 전투를 선호하는 듯싶었다.

그렇다면 핸디캡이 딸렸을지언정 니아에게도 충분히 승산이 있었다.

"니아, 부탁하마."

『멋진 승부가 되기를 기대할게요.』

이쪽의 진지한 내심 따위는 전혀 아랑곳하지 않고 D는 태평한 목소리로 답했다.

불쾌감을 눈치채이지 않도록, 쏘아보는 눈빛이 되지 않도록 주의하면서 통신 단말을 돌아보려고 했으나 시선을 돌렸을 때는 어디에도 그런 물건이 보이지 않았다.

나타났을 때와 마찬가지로 어떤 기척도 조짐도 전혀 느낄 수 없었다.

신으로서 지닌 격의 차이를 여봐란듯이 과시하고 있다.

격이 다르기에 나는 복종할 수밖에 없었다.

그리고 통신 단말이 사라졌다고 지금 선을 넘어서 주제넘는 행동을 벌인다면 그 순간 내 목숨은 뭉개지리라.

부조리하지만 분명한 현실이었다.

나는 니아를 믿고 지켜볼 수밖에 없었다.

더 이상 이 땅에서 저 귀인 전생자가 날뛰도록 가만둘 수는 없었다.

이유는 두 가지 있다.

그 두 가지 이유는 이 땅이 특수하다는 데서 유래됐다.

이 땅, 정확히 말하자면 이 땅에서 사는 사람들이…….

이 땅은 편의상 틈의 나라라고 부른다.

대륙에서 돌출된 반도 지형의 이 땅은 마의 산맥에 가로막혀서 내륙부와 분리되어 있다.

이 땅에 걸음을 들여놓으려면 마의 산맥을 답파하든가 바다를 건너와야 한다.

마의 산맥에는 니아를 필두로 하는 빙룡들이, 바다에는 수룡들이 각각 앞길을 저지하고 있기 때문에 실질적으로 이 땅에 당도하기란 불가능하다.

그렇게 격리된 땅에서 내가 데려온 사람들이 살고 있었다.

그들은 혼의 수명이 거의 다한 인물들이다.

시스템은 이 세계에 사는 사람들의 혼을 혹사하여 에너지를 착취한다.

그것 자체는 어쩔 수 없었다.

이 세계의 인간들이 저질러버렸던 죄의 속죄이기도 하고, 본래 멸망했어야 하는 이 세계를 존속시키기 위한 희생이라고 생각하면 납득할 수 있다.

그러나 오산이었던 것은 그러한 혹사 때문에 혼이 한계에 달하려고 하는 사람들이 출현하고 말았다는 사실이다.

D도 이토록 세계의 재생에 시간이 걸릴 줄은 예상하지 못했을 것이다.

혼이 한계를 맞이하면 기다리는 것은 혼의 붕괴.

죽음의 너머, 무(無)이다.

그렇게 되면 전생도 불가능하다.

그것을 막기 위하여 혼의 열화가 현저한 인물들을 이제껏 이 땅에서 보호해왔다.

이 땅에는 마물이 없다.

마물이라는 알기 쉬운 외적이 있기 때문에 사람들은 싸우기 위한 힘을 추구하며 스킬을 단련한다.

그리고 스킬은 혼에 있어 부담밖에 되지 않는다.

가능한 한 스킬을 단련하지 않고 평온한 생활을 누리는 것이야말로 혼을 안녕으로 이끄는 방법이었다.

이 땅에 있는 대부분의 사람들이 스킬을 최소한으로 갖고 있었다.

레이가는 스킬을 너무나 많이 소지하게 된 터라 급속도로 혼의 열화가 발생했던 사례다.

싸우는 데 진력이 난 처지였기에 여생을 평온하게 보낸다면 특별이 무엇을 하지 않아도 더 이상의 스킬 강화를 저지할 수 있었고, 또한 혼의 열화도 느리게 만들 수 있었다.

근본적인 해결은 되지 못할뿐더러 단지 연명책에 불과하나 안 하기보다는 훨씬 나았다.

그러한 사정으로 모아들였던 사람들이 이 땅에 거주하고 있었기에 귀인 전생자에게 죽어 나가도록 놓아둘 수는 없는 노릇이었다.

죽으면 전생한다.

그리고 이 세계에서의 전생은 혼에 부담을 준다.

이것이 귀인 전생자를 어찌해서든 저지해야 하는 첫 번째 이유.

그리고 또 한 가지의 이유는 몹시 개인적인 바람이었다.

즉 단순히 이 땅이 망가지는 광경을 보고 싶지 않아서였다.

이 땅의 주민은 혼의 열화가 격한 사람들.

인족, 마족을 가리지 않고······.

숙명적으로 맞서 싸우는 관계에 처한 두 종족이 이 땅에서는 평온하게 살아갈 수 있다.

마물도 없고 사람들끼리 벌이는 싸움도 없다.

바깥 세계로부터 격리된 이 땅은 낙원이자 조그만 모형 정원.

일찍이 사리엘이 목표했었던 이상 세계.

그 바람이 이 땅에서는 실현돼 있었다.

……설령 내가 관리하기에 성립할 수 있는 잠시 동안의 낙원이라고 하여도.

평온하게 살지 않으면 위태롭다고 이곳에 사는 주민들, 당사자들 역시 자각하기에 비로소 성립할 수 있음을 안다 하여도.

그런 잠시 동안의 낙원이지만 사리엘이 목표했었던 하나의 형태가 이 땅에 있다.

그것이 망가지는 게 마음에 들지 않았다.

극히 개인적이고 시시한 이유다.

그러나, 그렇기에 더더욱 양보 못 한다는 마음도 있었다.

D에게는 미치지 못하나 나 역시 스스로 지닌 바람에 충실한, 오만한 신이라는 말이군.

거기에 생각이 미쳤을 때 살짝 자기혐오에 빠져들면서 나는 니아의 전투를 지켜봤다.

4 천국에 도착

자고~ 깨어나서~ 먹고~ 실 뽑고~ 먹고~ 빈둥빈둥하고~ 잠든다~.

여기가 천국인가.

내가 바랐던 이상향이 여기에 있다!

"남은 열심히 공부 중인데 대체 뭘 하는 거람?"

나의 천국은 핏대를 세운 흡혈 양의 난입에 의해 파괴되고 말았다.

"되게 한가한가 봐? 그럼 나랑 같이 수업도 듣고 예법 공부나 할까?"

멋진 미소를 지은 채 강제로 나를 질질 끌어가는 흡혈 양.

싫어, 싫어!

이제 와서 공부 따위는 하고 싶지 않아!

그나저나 서글프구나.

지금 내 팔에는 흡혈 양을 뿌리칠 힘이 없었다.

큭! 능력치를 잃어버린 폐해가 이런 데에도!

이렇게 나는 흡혈 양에게 강제 연행당했다.

참고로 흡혈 양이 어떻게 우리 방에 들어왔냐면 저번 양아치의 습격 이후 곧바로 흡혈 양의 습격이 있었기 때문이다.

원군이 아니라 습격. 이거 중요함.

소동을 전해 듣고 달려왔던 흡혈 양이 맨 먼저 꺼냈던 말은 「어머? 이제 편하게 드나들 수 있겠네」였다.

악당 여간부가 지을 법한 못된 미소를 지은 채…….

뭐랄까, 마치 이때를 기다렸다는 듯이 성큼성큼 방 안에 침입해서 「이번에 좀 데였으면 출입구를 봉쇄하는 짓은 하지 마」라고 협박을 섞어 말했다.

아무래도 이 유녀분, 우리가 틀어박혀서 지냈던 것에 꽤 역정이 났나 봐요.

복종 안 하면 살해당한다!

그렇게 직감한 것이 나 혼자는 아니었는지 좌우로 리엘과 피엘이 안겨 들면서 덜덜 떨었다.

유녀를 공포의 구렁텅이로 밀어 떨어뜨리는 유녀.

이리도 무시무시할 수가…….

아니, 리엘이랑 피엘은 흡혈 양보다 더 세면서 왜 이래!

괜히 겁먹지 말란 말이야!

그러나 겁에 질렸던 우리는 흡혈 양의 으름장에 굴복하고 말았다.

큭! 이게 아닌데!

그렇게 오픈이 된 우리 방에 흡혈 양은 틈날 때마다 습격을 감행하게 됐다.

방문이 아니라 습격. 이거 중요함.

오전 중 실뭉치를 만들 때 와서는 준비와 작업을 방해하고, 오후의 우아한 티타임 때 와서는 차에 곁들이는 과자를 낚아채 간다.

보호자 메라가 없어지는 바람에 얘가 폭군이 됐어!

게다가 강제 납치라니…….

슬슬 온후하다는 평판을 듣는 나도 열불이 솟아나는뎁쇼?

그래도 지금은 꾹 참는다.

흡혈 양도 외로운 거야.

메라라는 마음의 버팀목과 헤어진 데다가 마왕이라는 비호자도 가까이에 없었다.

여행 중에는 이러니저러니 해도 떠들썩했으니까, 지금 생활과 격차 때문에 쓸쓸해지는 마음을 달래고자 이렇게 거친 행동으로 치닫는 거야.

응응.

언니는 엄청 온후하고 엄청 관대하니까.

어린애 투정쯤이야 꾹 참고 상대해주도록 하지!

나는 다정한 사람.

그렇게 흡혈 양과 함께 시작한 공부 모임.

죄송해요. 나는 이제 그만두면 안 될까요? 응? 안 된다고?

그래도~ 힘들단 말야~.

수업은 그나마 괜찮았다.

한창 여행 중일 때 마왕에게 별별 얘기를 듣는다거나, 심심풀이 삼아서 책을 읽는다거나 공부한 경험 덕분에 대부분은 알아들을 수 있었다.

그런데 예법 강의, 너는 안 된다!

뭐야? 우아하게 걷는 법, 식사법이라니?

엄청나게 어려운데요?

뭔가 평범하게 걸을 때와는 다른 근육을 쓰니까 여기저기에 근육통이 생긴다고!

식사 예절도 이래저래 신경 쓰면서 먹어야 하니까 귀한 요리를 제대로 맛볼 수가 없었다!

내 위장은 예전처럼 배 터지게 먹질 못한단 말야!

안 그래도 하루에 들어가는 양이 적으니까 그만큼 제대로 맛보면서 먹지 않으면 아까운데, 이래서는 식사의 매력이 반감된다고!

어떡할 거야?!

압권은 댄스!

그렇게 격한 운동을 이 몸께서 해낼 수 있을 리가 없잖아!

죽일 작정이야?!

덕분에 흡혈 양에게 납치당한 뒤 방에 돌아왔을 때의 나는, 마치 해어진 누더기가 되어 있었다.

여기에 전투 훈련까지 있는 날이었다면 진짜 농담 안 하고 죽었을지도 모르겠다.

다행히도 흡혈 양에게 붙여준 가정교사가 전투 부문은 일찌감치 손 떼고 물러나서 다행이었지만…….

다른 강사분들도 손 떼고 포기해주면 안 될까요?

특히 예법.

그런데 잠깐, 여기에서 잠깐!

흡혈 양에게 가장 중요한 게 예법 수업이란 말이지~.

내가 일반 수업은 괜찮은 것처럼, 같은 내용을 마왕에게 들어서 알고 있는 흡혈 양도 그쪽은 제법 잘한다.

전세 때부터 쌓은 반칙 지식도 있으니까 흡혈 양의 두뇌 수준은 또래의 쇼타, 로리 녀석들과 비교도 되지 않았다.

일반 수업 강사도 극구 칭찬했는걸.

이 아이는 천재입니다~ 라고…….

다만 예법은 경우가 좀 달랐다.

귀족식 예법은 전세에서도 접할 기회가 거의 없었고, 이번 삶에서도 마왕은 딱히 가르쳐주지 않았다.

마왕도 귀족은 아니잖아.

메라가 시간 날 때 간단하게 강연을 해준 적은 있었지만 어쨌든 본격적으로 실습한 게 아니었다.

굳이 말하자면 예법은 뒷전이고 전투 훈련이나 했었으니까~ 두 흡혈귀 주종은…….

이 전투 민족들.

덕분에 흡혈 양의 예법 수준은 나이에 걸맞달까, 약간 웃도는 정도.

귀족은 태어난 이후 쭉 예법을 주입당한다더라. 무서워라.

태어나서 쭉 예법을 주입당하며 자란 순수한 귀족 녀석들과 동등하거나 더한 단계라는 흡혈 양도 참 대단하다는 생각은 들지만…….

나?

나는 외모가 이미 여고생이잖아요!

예법 선생님이 눈을 번쩍 뜨더니 「어머어머, 어머나!」 감탄과 함께 열렬한 시선을 보내더라고요!

이 나이가 될 때까지 이렇다 할 예법도 습득하지 않아서 가르치는 보람이 있는 학생이라고 말이야!

저기요~? 내가 이래 보여도 흡혈 양이랑 실제 나이는 똑같은데요?

외모에 속아 넘어가면 안 돼요.

나도 당당한 유녀랍니다!

그러니까 조금만 더 살살 해주세요, 부탁드려요.

매일매일 나에게 근육통이라는 대책 없는 후유증을 안겨주는 예법 강좌 말고도 두 가지 더 나를 짜증스럽게 하는 요소가 있었다.

하나는 힘을 되찾는 작업에 전혀 진전이 없다는 것.

다른 하나는 요소랄까, 녀석이랄까.

"여어."

"돌아가."

등장하자마자 흡혈 양에게 쌀쌀맞은 대접을 받는 저 녀석은 양아치였다.

그러하다.

두 번 다시 안 만나겠다고 분을 삭였던 저 방화범, 왠지 모르겠는데 가끔씩 이렇게 찾아온다.

이봐요, 집사장님.

이 녀석은 앞으로 접근 못 하게 단속해주는 거 아니었어요?

그런 생각이 들긴 하는데 집사장님을 탓해 봤자 번지수를 잘못 짚었다.

양아치 주제에 약삭빠르게도 집사장님이 없을 때만 노려서 나타나거든.

집사장님은 가주 발트의 보좌를 위해 가끔 마왕성으로 향한다.

집사장님도 이 저택의 관리와 발트의 보좌를 맡아서 엄청나게 바쁜 하루하루를 보내는 사람이거든.

양아치는 그 바쁜 일정을 이용해서 빈틈에 딱 맞춰 습격했다.

아무래도 가주의 동생을 말린다는 게 집사장님이 아닌 다른 고용인 여러분에게는 무리인 듯, 메이드 언니들은 면목 없다는 표정을 지은 채 여기까지 안내해줄 수밖에 없었다.

이래서 문제아에게 권력을 쥐여주면 안 되는 거야!

"꼬맹이는 꺼져라."

"그러면 너부터 꺼져야 하지 않을까? 머릿속이 꼬맹이잖아, 너, 야, 말, 로."

불쑥 어딘가에서 싸늘한 바람이 불어닥쳤다.

착각이라든가 그런 게 아니라 실제 방 안에 바람이 불고 있었다.

흡혈 양과 양아치가 흘린 마력이 각각 얼음과 불 속성이 되어 맞부딪치면서 급격한 기온 차이가 바람을 불러온 것이다.

차가운 이유는 흡혈 양의 힘이 양아치의 역량을 더욱 넘어서기 때문이겠네, 응.

그나저나 추우니까 그만둬줄래?

우아한 오후의 티타임이 어째서 이런 수라장으로 바뀐 걸까요?

모르겠어. 모르겠다고……

잘 모르겠으면 방치하는 게 제일이지, 응.

그런고로 공기 때문에 약간 식은 차를 마셨다.

리엘과 피엘은 양아치에게 시선도 주지 않은 채 과자를 볼이 미어지도록 먹어 치웠다.

이 녀석들, 일단 내 호위인데도 양아치의 습격 횟수가 너무 많은 탓인지 요즘 들어서는 완전히 신경 쓰지도 않는단 말이지.

그래도 되는 거니?

그리고 양아치.

너도, 너도 말이야, 흡혈 양 같은 유녀 상대로 진지하게 눈싸움이나 하는 게 조금은 민망하지 않아?

흡혈 양은 흡혈 양대로 양아치를 사갈처럼 질색하고…….

유녀와 양아치가 눈싸움하는 장면이라니 객관적으로 보면 참 기묘하단 말이지.

어라, 눈싸움에서 말싸움질로 발전했네?

그 내용은 시청자 여러분의 상상에 맡기겠습니다.

솔직한 심정으로 초등학생이냐고 면박을 놓고 싶을 만큼 낮은 수준의 입씨름이니까 굳이 말할 필요성을 못 느끼는 게 전부지만.

싸움은 같은 수준의 인물 사이에서만 발생할 수 있다…….

"사엘."

열이 팍 올라서 흡혈 양이 사엘의 이름을 불렀다.

컵을 손에 들고 가만히 있던 사엘이 목소리에 반응해서 일어섰다.

스톱! 스톱이야!

사엘에게 손짓을 보내서 얼른 앉으라고 재촉했다.

사엘은 순순히 내 지시를 따라 다시 자리에 앉았다.

후유~.

흡혈 양아…….

머리에 피가 끓는다는 이유로 사엘을 쓰면 안 되잖아.

이 애는 농담이 안 통하는걸.

해치우라는 말을 들으면 진짜로 죽여버리잖아.

잠깐의 흥분을 못 이겨서 터무니없는 명령을 질러버리면 사엘은

고대로 행동한다.

취급 주의! 명령할 때는 꼭 신중하게 표현을 고릅시다!

……나도 양아치가 시끄럽고 귀찮으니까 진짜 처리하고 싶다는 생각은 안 했어요.

지금이라면 흡혈 양 때문이라고 우길 수 있다든가 그런 생각 안 했어요.

그럼요, 안 했고말고요.

"너 진짜 뭐하러 온 건데?! 빨랑 돌아가란 말이야!"

"시끄럽다! 네 녀석한테 용무가 있어서 온 게 아니라고! 애당초 여기는 우리 집이다!"

후후, 평화롭구나~.

입씨름을 벌이는 흡혈 양과 양아치에게서 눈을 돌린 뒤 과자를 먹었다.

"이봐! 너도 자꾸 무시하지 마!"

엑! 이쪽으로 화살이 날아왔다?!

귀찮으니까 시치미 뚝 떼는 얼굴로 생뚱맞은 방향을 돌아보도록 하자.

"풉! 얼굴도 마주하기 싫다는데? 꼴사나워라."

"으윽!"

흡혈 양이 의기양양하게 웃고 양아치는 화가 치밀어 더한 위압감을 쏟아 냈다.

어째서 지금 흡혈 양이 의기양양하는 걸까.

그나저나 양아치는 진짜 좀 다른 데로 가줘.

진지하게 민폐거든?

"오늘은 이걸 갖고 왔을 뿐이다! 실례 많았군!"

쿵, 탁자 위쪽에 웬 병을 내던지다시피 놓아두고 양아치가 큰 발소리를 울리며 떠나갔다.

틀림없이 내가 진지하게 싫어한다는 걸 분위기로 감지한 거다.

그걸 알면 흡혈 양한테 매번 덤벼들지 말란 말이야.

아니, 그 이전의 문제겠네. 여기에 오지 마.

속으로 진저리를 내는 나와 달리, 흡혈 양은 떠나가는 양아치의 등을 보면서 코웃음을 치고 있었다.

너도 너대로 매번 시비 붙이지 말아줄래?

춥단 말이야, 물리적으로…….

"뭘까, 이거? 으음? 술?"

흡혈 양의 관심은 이미 양아치가 두고 간 선물로 옮겨 갔다.

양아치가 놓아둔 병을 손으로 잡고 뚫어져라 쳐다보고 있다.

"독은 안 들어 있네. 평범한 술이야."

아마도 감정으로 조사했을 거야.

그건 그렇고 웬 술이래?

이보세요~ 양아치 군.

여성에게 줄 선물로는 좀 그렇지 않아?

아, 혹시. 우리의 관계자라는 마왕이 마왕성에서 진탕 퍼마시고 있기 때문인가?

아니, 마왕이 정말로 진탕 퍼마시고 있는지 그건 모르겠지만…….

그래도 그런 게 아니라면 선물로 술을 선택하지는 않을 거잖아.

선택 안 하겠지?

알코올 중독자라면 쌍수를 들고 기뻐할지도 모르겠는데 나는 건강한 우량아잖아요.

건강하거든? 살짝 허약 체질일 뿐.

뭐, 양아치도 중복되지 않는 선물을 주려고 노력했겠지만…….

맨 처음 선물은 꽃다발이었잖아.

흡혈 양이 곧장 얼음 절임으로 만드는 바람에 깨져 나갔지만…….

이후에도 이것저것 선물을 준비해서 나타났는데, 조사 결과로 우리에게는 음식물이 제일이라는 게 양아치의 판단 같았다.

응. 딱 정답이야.

이번처럼 술을 주는 건 역시 좀 아닌 것 같지만…….

"……조금만."

무슨 생각을 했을까, 흡혈 양이 병뚜껑을 열고 내용물의 냄새를 맡았다.

"아윽."

그러더니 몸을 휙 빼냈다.

앗~ 그러고 보니 흡혈 양은 술에 약했더랬지.

여행 도중에 마왕이 곧잘 통 단위로 술을 사들여다가 마셨거든.

우리도 같이 술자리를 갖곤 했는데 흡혈 양은 어리다는 이유 때문에 술을 못 마시게 했었다.

뭐, 마왕의 눈을 피해서 몇 번인가 마셨었지만…….

그리고 몰래 술을 마신 다음에 흡혈 양은 반드시 녹다운을 당했다.

체질 때문인지 알코올에 몹시 약하다던가.

메라의 말에 따르면 흡혈 양의 어머니도 똑같이 술을 조금이라도 마시면 곧장 잠드는 체질이었다니까 모친 쪽 유전이 아마 맞겠네.

지금 흡혈 양의 반응을 보니 냄새만 맡는 것도 안 되나 봐.

얼마나 약한 거야.

자기는 못 마신다고 판단한 듯 흡혈 양은 불만스러운 표정을 지은 채 병을 탁자 위쪽에 내려놓았다.

……으음.

그러고 보니까 나도 신화하고 나서는 술 마신 적이 없구나.

아라크네 때는 마왕이랑 자주 술을 마셨었지만 신화하고 나서는 마왕한테 술 마시면 안 된다고 금지당했잖아~.

그것도 사실은 신화 후의 내가 너무나도 허약한 꼴을 보이니까 마왕이 「시로한테 술을 먹이면 위험하지 않나?」라고 판단했기 때문이다.

응. 틀리지는 않았어.

아라크네 때의 내가 튼튼했던 건 능력치라든가 내성 스킬이라든가 갖가지 부가 효과 덕분이었으니까.

그게 없어져버린 지금은 지켜주는 게 없는 내 몸의 취약함이 더욱 두드러지는 셈이다.

그 취약함을 감안해서 술은 애당초 안 먹여야 한다는 판단은 정말 올바르다.

솔직히 말하자면 나 자신도 술 마셨다가 몸 상태를 망칠 자신이 있다!

그런데~ 잠깐~!

그럼에도 용감하게 도전에 나서야 하지 않을까!

두려움을 못 떨치면 마냥 허송세월할 뿐 전진할 수가 없잖은가?!

지금이야말로 한 걸음 내디딜 때!

무슨 말을 하고 싶냐면 오랜만에 술을 마시고 싶다는 뜻.

사람은 안 된다는 말을 들으면 더욱 저질러보고 싶어지는 생물이랍니다. 나는 거미지만요.

뭔가 술 마신 기억이 애매하기는 한데, 마셨을 때의 행복하다는 느낌은 기억이 난다.

마왕이라는 감시자가 없는 지금이, 먼 과거의 기억 속에 간직된 행복을 누릴 수 있는 절호의 기회 아니겠는가!

그런고로 쪼금만 마셔보자!

차를 다 마신 컵 안쪽에 술을 따랐다.

"마시려고? 주정 안 부리게 적당히 마셔."

흡혈 양이 기막히다는 눈으로 본다.

유녀가 가자미눈으로 쳐다봐도 나는 안 멈춘다!

다행히 리엘이랑 피엘도 나를 말릴 마음은 없는지 움직이려고 하지 않았다.

오히려 다음은 자기 차례라는 듯이 술잔을 들고 기다렸다.

착하다, 착해. 너희는 나의 공범자야.

너희도 참 못됐구나. 큭큭큭.

리엘이랑 피엘의 컵에도 술을 따라줬다.

마실까 안 마실까 잘은 모르겠지만 일단 사엘의 컵에도 따라줬다.

컵 속에 들어찬 것은 짙은 적색의 와인 비슷한 액체.

풍기는 냄새도 꽤 짙다.

아, 이러면 정말 냄새만 맡고도 취하겠다.

여성에게 선물하려면 조금 더 마시기 편한 술을 준비하는 게 좋을 텐데.

그런 의미에서 양아치는 역시 뭘 모른다니까.

뭐, 상관없지.

일단은 건배!

컵을 부딪치고 쭉 들이켰다.

크앗~! 세다!

뭐야, 이거 알코올도 맛도 엄청나게 세잖아!

이래서는 아주 술꾼이나 마실 수 있을 텐데?

뭔가 목구멍에서 이상한 느낌이 들고, 머리도 찡하고……. 찌잉?

으응~?

어째서 흡혈 양이 시계추처럼 좌우로 흔들거리는 거야?

어라?

이상하네에?

언제부터 흡혈 양이 세계와 함께 비틀비틀 흔들거리는 기술을 익혔던 거야?

별 희한한 스킬이 있네. 나도 몰랐어~.

이렇게 큰 천변지변을 일으키다니! 설마 흙 마법 계열의 최상위 마법인가?!

"하지 마~! 흔들지 마~! 더 이상 흔들면 세계가 위험해!"

"응? 웬 헛소리야?"

"어버버버버버! 그만해~!"

"어? 뭐야, 뭐야?! 자, 잠깐, 괜찮아?"

안 괜찮으니까 그만 좀 하라고 말한 거잖아!

에잇!

이리된 이상 나도 대항할 수밖에 없군!

"앗?! 왠지 이대로 가만 놔두면 안 될 것 같아! 사엘!"

사엘이 어째서인지 몰라도 휙 날아든다.

이렇게 비실비실 흔들리는데도 자유롭게 움직일 수 있다니 역시 대단한 녀석이구나.

그래 봤자다! 그런 태클로 나를 멈출 수 있다 여기지 마라!

척력(斥力) 해방!

"앗?!"

내 사안의 힘이 날아들던 사엘을 도중에 휙 날려버렸다.

동시에 좌우에서 몰래 살며시 다가들던 리엘과 피엘에게 두 손을 향했다.

암흑 파동포!

나의 두 손바닥에서 쏟아지는 암흑의 파동이 리엘과 피엘을 집어삼킨 뒤 벽에 내동댕이친다.

핫핫하!

나를 이기려 들기에는 100년은 빠르도다!

행동 불능이 된 인형 거미 셋을 잽싸게 실로 묶어다가 천장에 거꾸로 매달아줬다.

겸사겸사 원흉인 흡혈 양도 똑같이 공중에 대롱대롱 벌이다!

"잠깐?!"

거꾸로 매달려서 요란하게 치맛자락이 젖혀지는 흡혈 양.

어떻게든 손으로 잡아보려고 해도 노력한 보람이 없이 귀여운 팬티가 훤히 보였다.

"내려줘! 내려줘!"

핫핫하!

오, 마법을 발동해서 실을 얼리려고? 헹, 어림없어.

난마의 사안을 써서 마력의 움직임을 엉망진창으로 만들면 마법 발동이 아예 안 되니까 말이지~.

그런데도 비틀비틀이 안 나아지네?

술사를 구속했는데도 안 풀리는 마법이라니. 그런 강력한 수법이 어떻게 전조도 없이 발동된 거야!

"벌이야, 당분간 거기에 매달려 있어!"

"도대체 뭐야?! 왜 내가 이런 꼴을 당해야 돼?!"

흡혈 양의 비통한 외침에 속이 시원해졌다.

왠지 저 울먹이는 얼굴을 보니까 불끈불끈 치민다.

더 울리고 싶어.

실을 빙글빙글 꼬아서 끈을 만들었다.

"어? 잠깐?! 그거 뭘 어쩌려고?! 싫엇?! 하지 마?!"

자, 후비적~ 후비적~.

"앗. 에취, 에취취! 크흥! 흐앙."

이번에는 간지럽혀주마.

자, 간질간질~ 간질.

"히익! 꺅~!"

왓핫핫하~!

······으으.

으아~. 으으······.

좋은 아침이에요.

윽, 머리 아파라.

물.

물병에 실을 뻗어서 내 쪽으로 잡아당겼다.

앗, 컵이 없네.

뭐, 어때.

물병에서 물을 따라 공중 조작으로 입속에 가져갔다.

후유. 살 것 같다.

······어라?

응? 응응? 응응응?!

어?! 지금 내가 뭔 짓을 했지?

물병을 실로 끌어당기고 물을 공중에서 조작했다?

한 번 더 똑같은 행동을 시도하려다가 물병의 내용물이 바닥났다는 것을 깨달았다.

어쨌든 그런 건 사소한 일이야.

손바닥을 펼친다.

내가 바라보는 손바닥 위에서 어제까지는 보고 싶어도 보이지 않았던 에너지의 움직임이 또렷하게 보였다.

가만히 조작하여 마술을 구축한다.

스킬의 마법과 비슷한 마술을······.

구축된 마술은 내가 머릿속에 떠올린 대로 어둠의 구체를 출현시켰다.

테니스공 정도 크기의 에너지 덩어리가 떠올랐다.

그 구체를 손바닥을 접어서 쥐어 부쉈다.

손안에서 작은 폭발이 일어난다.

그러나 다시 펼친 내 손바닥에는 상처 하나 없었다.

제대로 방어력을 강화해서 방비했기 때문이었다.

"돌아왔어."

무심코 소리를 내서 말했다.

드디어 돌아왔다.

뭐가 계기가 됐는지는 모르겠지만 이제는 힘을 쓸 수 있다!

아직 전성기 때처럼 자유자재라고 말할 수는 없어도 이제껏 아무것도 못 했던 상황을 돌아보자면 커다란 진전이었다.

으읏! 해냈다~!

얏호~! 이얏호~!

돌아왔다! 돌아왔다고!

느껴진다. 내 몸에 흘러넘치는 에너지의 존재가 느껴진다!

보인다. 못 썼던 사안도 이제 쓸 수 있고, 그동안 내다보지 못했던 저 너머가 보인, 보인다?

쓱 둘러봐서 눈에 들어오는 것은 시산혈해의 광경.

흡혈 양이 도저히 남들에게 보여줄 수 없는 표정을 지은 채 거꾸로 매달려 있고 사엘과 리엘과 피엘도 대강 비슷한 상황.

응? 너희들 뭐하는 거야?

막간 흡혈 공주의 한밤중 레슨

"으으으으으읏! 인정할 수 없어!"

배정받은 객실 안에서 나는 소리쳤다.

그것만으로는 짜증을 달래지 못한 채 근처에 있던 쿠션을 낚아채서 침대에 퍽퍽 내리쳤다.

"손도 발도 못 쓰다니 어쩌자는 거야?! 술주정뱅이한테! 술주정뱅이 주제에!"

쿠션을 자꾸자꾸 내리치니까 천이 찢어지고 안쪽의 깃털이 흩날렸다.

팔랑팔랑 공중을 날아다니는 깃털이 거슬려서 그 전부를 순간적으로 얼려 부서뜨렸다.

밤중에 잠도 안 자고 특훈을 거듭한 성과 덕택에 이 정도는 간단하게 해치울 수 있게 됐어.

나는 마의 산맥에서 그 밉살맞은 오니에게 패배한 이후 쭉 밤중에 남몰래 훈련을 진행했다.

밤중에 남몰래니까 너무 요란한 짓은 못 했지만 그렇기에 더더욱 세세한 제어에 중점을 두고 연습을 반복했던 거야.

덕분에 어느 정도 위력이 있는 마법이어도 실내에서 주위에 피해를 끼치지 않고 발동할 수 있을 만큼 제어 솜씨가 능숙해졌다.

극적이지는 않아도 착실하게 성장 중이라는 실감이 들었어.

그런데! 그런데!

167

술주정뱅이한테 손도 발도 못 내밀었어!

글자 그대로 멍석말이 신세가 돼서! 손도! 발도!

인정할 수 없어!

맞아, 시로의 원래 뛰어났던 능력을 두고 말하자면 힘을 되찾은 이상 나보다 강하다는 건 알겠거든?

그래도 술에 취해서 폭주하다가 힘을 되찾는 게 도대체 뭔데?!

뭐랄까 좀, 극적인 전개를 겪어도 되는 거 아니야?

실제로 전에 실을 뽑아낼 수 있게 된 계기는 위기에 빠진 나를 구하기 위해서라는 제법 멋진 느낌의 상황이었잖아!

그때는 살짝 감동했었거든?!

내 감동을 돌려줘!

후유.

반짝반짝 얼음 입자가 빛을 반사하는 광경이 이렇게 보니까 또 예쁘구나.

조금 마음이 가라앉았어.

사엘이 방구석에서 바들바들하고 있지만 쟤는 언제나 저런 느낌이니까 내버려 두면 돼.

이것저것 인정할 수 없지만 그래도 현실을 똑바로 마주 봐야지.

시로의 힘이 돌아온 건 물론 기쁜걸.

계속 허약 체질을 못 벗어나면 자기 몸도 제대로 못 지키니까.

엘프 녀석들이 언제 덮쳐들까 모르는 거고 힘이 있어서 손해 보지는 않아.

다만 시로가 불쑥 힘을 되찾은 이상 내 전투력 순위가 또 떨어져버린 셈이네.

실제로 손도 발도 못 내밀었고…….

꼴사납게 거꾸로 매달렸던 데다가 장난질까지 당한 기억을 떠올리면 분한 감정이랑 부끄러운 기분 때문에 얼굴이 빨개진다.

끄으읏!

도대체 뭐야, 그 실은?!

어째서 얼리거나 뭔 짓을 해도 꿈쩍을 안 하는 건데?!

이상하잖아!

내가 이래 보여도 제법 강하거든?

여기 공작 저택에서 고용한 전투 지도 담당의 가정교사, 그 녀석들 누구 한 명도 나보다 강한 녀석이 없었단 말이야.

마족의 대귀족인 공작 가문에서 고용한 사람들인걸.

분명히 마족 중에서도 손꼽히는 실력자였을 거야.

대놓고 말하자면 그 녀석들 전부 너무나 약해 빠져서 아무 말도 못 하겠더라고.

일반적인 기준으로 봤을 때 나는 상당히 강한 게 맞잖아?

그런데도 어째서 손도 발도 못 내밀었냐고?!

여행 도중에 아엘과의 모의전에서도 결국 한 번도 못 이겼었고…….

아엘한테 못 이긴다면 즉 사엘이랑 리엘이랑 피엘한테도 못 이긴다는 거잖아?

아리엘 씨는 말할 나위도 없고.

그리고 시로에게는 손도 발도 못 내밀었다.

뭐야, 내 주변의 사람들이 너무 강한 거 아니야?

여행을 다닐 때부터 어렴풋이 그런 게 아닐까 생각은 했었는데 내가 약한 게 아니라 내 주위 사람들이 너무 센 거야.

그러니까 한 번을 못 이기는 것도 어쩔 수 없잖아!

그래도 지면 분하지만 말이야!

돌이켜보면 내 인생은 패배의 연속 아니었나?

저번에는 그 오니한테도 졌었고…….

아아앗! 떠올렸더니 또 화가 나네!

다음에 다시 만나면 본대를 보여주겠어!

맞아. 나는 약하지 않아.

그런데도 못 이기는 게 이상한 거야.

스펙 자체는 높으니까 이제껏 했던 것처럼 갖고 있는 수단을 차차 강화하면 순조롭게 강해질 수 있겠지.

앞으로도 밤 시간은 스킬 강화에 쓰도록 하자.

……그런데 정말 그렇게만 해도 괜찮은 걸까?

나 스스로도 이제껏 성실하게 전념했다는 생각은 들어.

그래도, 그랬는데도 시로한테 손도 발도 못 내밀었잖아.

이대로 쭉 노력해도 걔를 당해 낼 수 있다는 전망이 떠오르지를 않아.

뭔가, 무기가 필요하겠네.

그 오니는 다음에 맞붙으면 아마도 이길 수 있어.

저번에는 무기가 없었던 것이 큰 패인이었는걸.

방 한쪽에 고이 놓아둔 내 전용 무기를 돌아본다.

지금 내 몸집보다도 길고 큰 대검.

여행 도중에 들른 비밀 경매장, 거기에 유출된 좋은 검을 아리엘 씨가 낙찰받았다.

내가 한눈에 반해서 전용 무기로 넘겨받았어.

신화급 마물 펜릴의 발톱으로 제작된 대검.

이 대검이라면 오니의 검 공격도 두렵지 않아.

무기 없이도 제법 맞상대가 가능했던 데다가 나는 그때보다 성장했는걸.

패배할 만한 요소가 없겠네.

그래도 여기에서 멈춰 서면 더한 경지로 나아갈 수 없어.

일단 당면의 목표는 아엘에게 이기는 것.

능력치는 머지않아 따라잡을 거야.

스킬도 지금 갖고 있는 걸 계속 단련하면 남들 못지않게 쓸 만해질 테고…….

거기에서 장래의 내 완성형이 살짝 보인다.

대검을 쓰는 근접 전투, 물과 얼음 속성의 원거리 공격 수단, 그리고 흡혈귀의 특수 능력을 발휘하는 변칙 공세.

견실한 마법 검사 스타일에 더해서 흡혈귀의 권속 소환이라든가 안개화 등등 특수 능력을 병용하는 전법은 한 번 보고 대응하기는 꽤 어려울 거야.

어라? 나 역시 강하잖아.

그런데도, 미래의 완성형을 상상해봐도 시로나 아리엘 씨를 이길 수 있다는 전망이 떠오르지 않아.

아엘도 겨우겨우 이기는 정도…….

안 돼.

안 돼, 안 된다.

역시 더 많은 무기가 필요해.

지금도 충분히 많은 수단을 갖고 있지만 여기에서 만족하면 안 되는 거야.

내 스테이터스를 감정하고 스킬 일람을 둘러보면서 상념에 잠겼다.

내 전법에 시너지가 될 만한 미습득 스킬이 뭔가 없을까?

방 안을 빙글빙글 걸어 다니면서 내 스킬과 미습득 스킬 일람을 몇 번이고 거듭 검토했다.

스킬 포인트는 다행스럽게도 아직 잔뜩 남아 있었다.

시로의 교육 방침으로 되도록 스킬 포인트를 보존해 두고, 훈련에 따른 스킬의 자연 습득을 우선시했으니까 말이야.

당장 마음먹으면 스킬을 한 번에 잔뜩 습득할 만큼 스킬 포인트가 많았다.

그래도 레벨 1짜리 스킬을 잔뜩 습득해 봤자 의미가 없어.

수단을 늘린다는 의미에서는 효과적일 수도 있겠지만, 무작정 많은 스킬을 배워서 레벨을 올린다고 각각 시간을 들이면 전부 어중간하게 정체될 테니까.

게다가 괜히 많아 봤자 다 써먹을지 모르는 일이고.

실제 아리엘 씨도 예외는 아니라서 보유만 하고 써먹은 적이 거의 없는 스킬이 잔뜩이라고 말했거든.

그러면 하나나 둘쯤 지금 스타일에 딱 어울리는 스킬로 가려서 뽑는 게 좋겠어.

대검을 축으로 하는 근접 전투 관련 스킬은 얼추 다 갖춰 놓았다.

마법도 나랑 상성이 좋은 물, 얼음을 중심으로 단련 중이고 보조로 어둠 마법도 쓸 수 있으니까 더 이상은 필요하지 않아.

그렇다면 흡혈귀의 특수 기술을 강화해주는 스킬이 적당하겠네.

으음~.

그런데 그쪽도 딱히 떠오르는 게 없구나.

흡혈귀의 특수 기술은 크게 나눠서 세 가지.

흡혈, 피부림, 권속.

흡혈은 이름 그대로 상대의 피를 빨아 마심으로써 갖가지 혜택을 받는 기술.

일시적으로 피를 빤 상대의 능력치 및 스킬을 자기 것으로 만들어 다룬다거나.

피를 빤 상대를 흡혈귀로 만들어서 자기 권속으로 부리는 것도 흡혈의 카테고리에 들어가겠네.

흡혈과 상성이 좋은 스킬은 어금니 계열의 스킬이려나.

독니, 마비아(痲痹牙)가 거기에 속하고.

그래도 저건 상위 호환의 독 공격이나 마비 공격을 습득하는 편이 더 낫겠어.

게다가 전투 중 붙어서 깨물 일은 별로 없을 것 같고…….

저번에 오니와 싸울 때는 콱 깨물기도 했었지만 그건 무기를 잃어버려서 어쩔 수 없었던 경우였다.

피부림은 내 피를 부리는 능력.

치유 능력을 높이거나 물 마법과 마찬가지로 피 탄환, 창을 날리는 등등 용도는 다양하게 있어.

최근 훈련에서 물 마법과 조합하면 조작성이나 자유도가 늘어난 다는 게 판명된 참이고…….

물 마법으로 만든 물에다가 내 피를 섞어 넣음으로써 자유자재로 조종하고 부리는 거지.

아마 피부림의 본래 능력보다도 더욱 능란하게 사용할 수 있을 거야.

권속은 피를 빨아서 흡혈귀의 권속으로 만든 상대와는 별개로, 사역마 같은 녀석을 소환하는 능력.

소환된 권속은 일정 시간만 존재하고 또한 자유롭게 부릴 수 있지.

소환 가능한 것은 흡혈귀의 이미지대로 박쥐나 늑대.

그리고 나 자신이 권속의 모습으로 변신할 수도 있다.

권속이랑 상성이 좋은 스킬은 연계나 통솔이겠네.

권속의 힘을 끌어올려줄 테니까.

다만 문제를 꼽자면 권속은 애당초 약하거든.

한 마리당 평균 능력치가 1천 정도.

꾸준히 단련하면 더 강해지겠지만 내가 목표로 둔 선은 1만 초과 의 영역이니까.

거기에 10분의 1밖에 안 되는 전력이 늘어나 봤자 별 힘을 못 쓰 겠지.

실제로 아엘한테는 소환하자마자 바로 박살 났는걸.

동격 이상이 상대일 경우는 기껏해야 발을 묶는 게 한계.

그렇게 생각하면 권속 소환은 포인트에 비해 기대치가 굉장히 나빠.

약한 적을 상대할 때 숫자의 폭력으로 몰아치면 편리할 수는 있겠지만 동격 이상의 상대에게는 안 먹히니까 별로 매력이 느껴지지 않아.

뭐, 연계나 통솔 스킬을 습득해서 손해 볼 일은 없으니까 후보로 남겨 둬야겠다.

흡혈, 권속. 둘 다 미묘하다고 보자면 피부림을 강화하는 게 제일이겠네.

그런데 피부림의 강화 방법이 뭐가 있을까?

병용하는 물 마법의 강화 스킬은 얼추 다 갖춰 놓았고…….

으음. 피. 피.

피라는 말에 제일 먼저 연상되는 것은 메라조피스의 피.

메라조피스의 목덜미를 깨물고 그 피를 빨아 마시는 감촉.

화끈, 얼굴이 괜히 뜨겁게 달아오르네.

후유. 지금은 그쪽 망상을 할 때가 아니잖아.

달리 뭔가 피와 연관돼서 떠오르는 것은?

머릿속에 남아 있는 메라조피스의 근사한 모습을 못내 아쉬워하면서도 쫓아 보내고 피와 관련된 뭔가를 떠올리고자 집중했다.

그러다가 떠올린 것은 방금 전 메라조피스와는 정반대로 기분 나쁜 광경이었다.

맞아, 싫은 기억이 생각났어.

그때는 으음, 전세의 어린 시절이었지.

텔레비전으로 본 옛날 영화 중 피와 관련돼서 인상에 남았던 장면이 있었거든.

유명한 시리즈물 영화였는데 우주 몬스터가 사람들을 덮치는 줄거리였어.

찐득찐득한 점액을 둘렀고 입속에 또 하나 입이 있는 징그러운 몬스터.

전세 때 아버지가 그 시리즈를 좋아한 탓에 대여점에서 빌려다가 봤었지.

당시 어렸던 나는 그것을 보고 트라우마가 생겼어.

몬스터는 징그럽고 등장인물이 아무렇지도 않게 그 몬스터한테 무참하게 살해당해버리는걸.

그런 건 어린아이에게 보여줄 만한 영화가 아니야.

세세한 줄거리는 기억도 안 나지만 그 몬스터의 징그러움만큼은 잊으려고 해도 잊히질 않네.

그 몬스터의 특징 중 하나에 있었던 거야.

피에 관련된 게.

그 몬스터의 피가 강력한 산성을 띠고 있었거든.

고생해서 몬스터를 쓰러뜨렸는데도 전투 중 튄 피가 등장인물에게 중상을 입히는 장면이라든가 진짜 울 뻔했지.

혈액이 산성이 된다.

그 몬스터와 똑같다는 게 싫은 느낌이지만 공격력 상승의 측면으로 보면 나쁜 방법은 아니지 않아?

아니, 꼭 피로 한정 짓지 않아도 내 주력은 물 마법이니까 그 물을 산성으로 만들면 되는 거잖아?

미습득 스킬 일람을 보면 제대로 산 공격 스킬이 있었다.

습득을 위해 필요한 스킬 포인트는 100이라는 싼값.

망설이지 않고 습득을 선택.

기왕에 산 강화 스킬까지 역시 100포인트로 습득.

시험 삼아서 물 마법으로 물 포탄을 만들고 거기에 산을 더하여 아까 찢겨 나갔던 쿠션의 잔해를 안쪽에다가 집어넣었다.

천천히 자근자근 쿠션의 잔해가 녹아든다.

뭐, 스킬 레벨 1이니까 이 정도겠지.

그래도 물 마법과 조합하는 것은 문제없겠어.

본래의 전투 스타일을 변경하지 않고 공격력을 상승시킬 수 있었어.

제법 괜찮은 쇼핑을 했네.

으음.

공격력은 조금 발전이 됐고 방어력을 어떻게 할까?

그런데 원래 내가 방어력은 제법 높거든.

태어날 때부터 갖고 있었던 불사체 스킬 덕분에 하루에 한 번뿐이라면 HP가 0이 되어도 살아남는다.

불사체에는 그 밖에도 내성을 올려주는 부가 효과가 있고 각종 내성 스킬도 꼬박꼬박 습득해 뒀다.

아무래도 무효까지 다다르려면 아직 갈 길이 멀지만 내성 스킬을 단련하려면 시간을 들여 꾸준하게 훈련하는 방법뿐이니까, 이쪽만큼은 당장 해결을 볼 수가 없는 게 맞겠네.

스스로 자기 몸을 공격하는 걸 보고 처음에는 머리가 잘못됐냐고 당황했던 시절이 그립구나.

방어력 쪽은 이 이상 강화하기란 당장은 무리, 끝.

나머지, 버프 계통은 대체로 다 갖춰 놓았고 더 늘리자면 디버프 쪽이겠네.

상대의 능력을 깎는 디버프.

일단 나는 이미 저주의 마안과 마비의 마안이라는 두 종류의 디버프 수단을 갖고 있었다.

저주의 마안은 시야에 비치는 상대의 능력치를 깎고 HP, MP, SP를 감소시키는 효과를 지닌 마안.

마비의 마안은 이름 그대로 상대를 마비시킨다.

마안 계통의 스킬은 일부 마족이나 그쪽 재능을 가진 사람밖에 터득할 수 없는 희소한 스킬이래.

나랑 메라조피스는 흡혈귀라서 습득 가능했던 셈이지.

효과의 위력이 큰 상위 호환으로 사안이라는 스킬도 시로가 예전에는 습득했었다는데, 인내라는 7대 미덕 스킬 중 하나를 얻지 못하면 사안 쪽 스킬은 해방이 안 된다나 봐.

뭐, 하위 호환이기는 해도 어쨌든 습득 조건에 제한이 있는 마안은 충분히 강력한 스킬이니까.

다만 한 눈에 한 종류의 마안밖에 발동이 불가능하니까 이미 두 종류의 마안을 습득한 현 상태에서 더 이상 마안을 늘려 봤자 소용이 없단 말이야.

단순하게 강화하려고 들자면 스킬 포인트를 들이부어서 저주의 마안과 마비의 마안의 스킬 레벨을 올리는 수단도 있기는 한데…….

스킬 포인트는 새 스킬을 습득하는 용도뿐 아니라 이미 습득을 마친 스킬에 분배해서 레벨을 올리는 데 쓸 수도 있었다.

다만 스킬 레벨은 훈련으로 올릴 수 있다는 것을 감안하면 아무래도 좀 아깝다는 생각이 든단 말이지.

게다가 어차피 올리려면 다른 스킬을 더 올리고 싶어.

나는 힐끔 그 스킬에 시선을 보냈다.

투심 LV 9.

깨닫고 보니 이렇게 레벨이 올라 있었던, 7대 죄악 스킬 질투의 하위 스킬.

아리엘 씨와 시로가 질리도록 이 스킬 레벨은 올리면 안 된다고 당부했었다.

7대 죄악 계열의 스킬은 강력한 반면 정신에 안 좋은 영향을 끼치기 때문이라면서…….

메리트가 큰 대신 디메리트도 비슷하게 크다.

그 말뜻은 오직 폭거밖에 모르는 존재로 전락하게 된 녀석, 분노를 갖고 있는 오니의 모습을 보면 납득이 가.

만약 투심 스킬이 질투까지 진화한다면 방향성은 다르다 해도 나또한 오니처럼 폭주해버릴지도 모르잖아.

실제로 두려웠다.

그렇지만 동시에 이런 생각도 든단 말이야.

벌써 레벨 9라서 가만히 내버려 둬도 언젠가 질투가 되어버릴 텐데.

언젠가 그렇게 될 바에야 매도 먼저 맞는 게 낫지 않을까?

7대 죄악 스킬은 이것저것 전부 다 강력하다니까 피해 봤자 언젠가 강제 습득이라면 지금 습득한들 별 상관없는 거잖아.

그런 유혹에 사로잡힌다.

예전이었다면 이러지 않았을 텐데. 아니, 아니야, 안 돼! 혼자 자제할 수 있었을 거야.

그래도 시로한테 꼼짝 못 하고 농락당했던 기억이 내 자제심을 떨쳐버렸다.

《숙련도가 일정 수치에 도달했습니다. 스킬 〈투심 LV 9〉가 〈투심 LV 10〉으로 성장했습니다.》

《조건을 충족시켰습니다. 스킬 〈투심 LV 10〉이 스킬 〈질투〉로 진화했습니다.》

《숙련도가 일정 수치에 도달했습니다. 스킬 〈금기 LV 1〉을 획득했습니다.》

《숙련도가 일정 수치에 도달했습니다. 스킬 〈금기 LV 1〉이 〈금기 LV 2〉로 성장했습니다.》

《조건을 충족시켰습니다. 칭호 〈질투의 지배자〉를 획득했습니다.》

《칭호 〈질투의 지배자〉의 효과로 스킬 〈천린 LV 10〉과 〈화근〉을 획득했습니다.》

어머? 신기해라?

어느 틈인가 스킬 포인트가 줄더니 투심이 질투 스킬로 바뀌어버렸네.

참 신기한 일도 있구나~.

……저질러버렸어.

아니야! 얼떨결에, 맞아, 얼떨결에 실수한 거야!

당부를 어겼다는 걸 들키면 시로랑 아리엘 씨가 나를 어떻게 할지 몰라.

괘, 괜찮아.

아직 이 사실을 아는 사람은 나 혼자뿐인걸.

그러다가 여기 실내에 또 한 명이 있다는 것을 떠올렸다.

휙 고개 돌리자 방구석에 쪼그려 앉아 있었던 사엘이 왜 그러냐는 표정을 지은 채 이쪽을 마주 바라본다.

괘, 괜찮아.

스킬을 습득했다는 걸 사엘은 모를 테니까, 아마도…….

괜찮아. 괜찮다니까~.

지금은 아직 아리엘 씨가 말했던 정신 오염 어쩌고도 안 느껴지는걸.

나도 모르는 틈에 서서히 침식당하는 그런 우려가 있을지도 모르겠지만, 질투 스킬을 난발하지 않으면 당장에 뭐가 어떻게 되지는 않을 거야.

질투 스킬의 효과는 상대의 스킬을 봉인하는 것.

게다가 내성에 의한 저항이 불가능하다.

즉 질투 스킬을 쓰면 상대의 스킬을 못 쓰게 만들 수 있는 셈이지.

효과 자체는 투심이었을 때와 바뀌지 않았지만 저항 불가능이 늘어나기도 했고 봉인 가능한 스킬의 한계 숫자가 사라진 것 같아.

이거라면 그 오니를 상대할 때 비장의 수단으로 쓸 수 있겠네.

그 오니는 분노 스킬을 빼면 대단할 게 없으니까 분노만 싹 봉인하면 내 승리는 확정적이야.

게다가 질투의 지배자 칭호를 얻은 덕분에 두 가지 스킬을 획득했고 미미한 수치이기는 해도 능력치가 올라갔어.

늘어난 스킬 중 화근은 아무래도 발동이 안 되는 것 같은데, 다른 하나인 천린은 굉장하거든!

발동했더니 피부에 비늘 같은 게 생겨났어.

만져보니까 엄청나게 딱딱해.

게다가 단순하게 방어력만 올라간 게 전부가 아니라 마법을 방해하는 효과도 있는 것 같아.

물리, 마법까지 양쪽 다 방어력이 단번에 올라갔네.

산 공격으로 공격력이.

천린으로 방어력이.

질투로 디버프 능력이.

각각 다 올라갔어.

후후. 좋아. 좋아, 이거!

이제는 이길 수 있어!

머릿속으로 상상했던 완성형, 그 상한이 쭉 올라갔잖아!

이대로 자만하지 않고 열심히 단련하면 머지않은 장래에 아엘 비슷한 수준은 이길 만큼 강해지지 않을까?

후후, 후후후!

두고 보자고!

일단은 산 공격의 스킬 레벨을 올리는 작업부터 시작해볼까.

그리고 질투를 습득했다는 사실은 가능한 한 숨기도록 하자.

아직 아리엘 씨나 시로는 못 이길 테니까.

심야에 홀로 회심의 미소를 짓는 나를 사엘이 말없이 쳐다보고 있었다.

5 엘로 대미궁에 도착

유녀 거꾸로 대롱대롱 사건 이후 흡혈 양은 기분이 몹시 언짢았다.

뭐, 당연한 반응이겠지. 자세하게 얘기를 듣자니 그 참사는 내가 술에 취해서 일으켰다나 봐.

술 취해서 난동 부리는 나를 제압하려다가 오히려 역습을 당했다던가.

당연히 화도 나겠죠, 넵.

그런데도 틈만 나면 방에 습격을 하러 나타나는 이유는 뭘까~.

지금도 능력 확인을 하는 내 옆쪽에서 인형 거미들이랑 다과회 중이다.

게다가 흡혈 양을 제외하면 말을 안 하니까, 이 멤버로 다과회를 열면 자연히 차를 마시면서 무엇인가를 구경하게 된다.

평소였다면 다과회의 한가로운 분위기를 못 견디고 놀잇거리를 찾는 피엘이라든가, 느닷없이 의미 불명의 기행을 감행하는 리엘 같은 녀석에게 시선이 갔다.

그게 아닐 때에는 정말로 한가롭게 시간만 보내거나 흡혈 양 혼자서 수다 떨거나.

다만 요즘은 거기에 나를 구경한다는 항목이 추가되어버렸다.

아니, 뭐랄까, 요즘은 대부분 항상 그거야.

네 쌍의 눈이 물끄러미 나를 관찰한다.

엄청나게 신경 쓰인다.

그래도 유녀 거꾸로 대롱대롱 사건에서 봉변을 겪게 만들었다는 죄책감도 있어서 쌀쌀맞게 대할 수가 없었다.

하는 수 없이 시선은 되도록 무시한 채 능력 확인을 진행했다.

술에 왕창 취해서 되찾았던 힘.

……이렇게 표현하니까 엄청나게 이상하지 않냐는 생각이 드는데 신경 쓰면 지는 거다.

힘을 되찾았다지만 이전에 썼던 능력을 고스란히 쓸 수 있는 게 아니거든.

어쨌든 스킬도 능력치도 없던 처지는 안 달라졌으니까 말이야.

내가 사용하는 것은 어디까지나 그 모방에 불과하다.

스킬 및 능력치란 애당초 무엇인가? 그렇게 누가 묻는다면 시스템이라는 초거대 마술의 일부라는 게 대답이다.

이 세계의 물리 법칙으로 설명 불가능한 현상의 대부분은 물리와는 다른 법칙으로 이루어져 있는 에너지를 기반으로 해서 발생한다.

그 에너지를 인위적으로 조작한 게 마술.

스킬 및 능력치도 큰 범주에서는 마술이라고 설명이 된다.

시스템이라는 거대한 마술의 작용으로 사람들이 간단히 마술을 쓸 수 있도록 보조하는 수단, 그것이 능력치이고 스킬이니까.

나는 신화를 이룸으로써 시스템의 적용 대상이 아니게 됐기 때문에 더 이상 스킬 및 능력치의 보조를 받지 못한다.

그러니까 힘을 못 쓰게 되었던 거네.

그럴 수밖에…… 마술을 쓰려고 하면 요체가 되는 에너지를 감지해서 조작할 필요가 있는데, 이제껏 중간 과정을 수행해줬던 마력 감지 스킬도 마력 조작 스킬도 잃어버렸었잖아.

에너지를 안 쓰면 마술도 발동을 안 하는데 정작 에너지가 보이지 않고 느껴지지 않고 조작 방법도 모르는 데야 초장부터 발목이 삐끗 비틀거리는 상태였던 셈이다.

하지만 스킬을 갖고 있었을 때 스킬의 보조가 큰 몫을 했어도 전부 해봤던 작업이니까.

뭔가 계기만 주어진다면 감각을 붙잡을 수 있다고 기대했었지.

설마 곤드레만드레가 계기가 될 줄은 예상 밖이었지만…….

술 좀 마셨다고 돌아올 거면 악전고투였던 내 지난 2년의 세월은 도대체 뭐였던 거야…….

힘 빠져~.

뭐, 됐다.

이렇게 잘 돌아왔으니까 과거는 돌아보지 않겠어.

그래서 원래 주제로 돌아가자면 스킬과 능력치라는 건 이 세계의 사람들이 마술을 쓰기 쉽도록 돕는 보조 역할인 거야.

즉 마술만 쓸 줄 알면 스킬이라는 보조 없이도 이전과 똑같은 결과를 만들어 낼 수 있다는 뜻, 아마도…….

이론상 그렇기는 한데, 뭐, 현실은 역시 만만하지 않다.

자전거도 보조 바퀴 달고 운전할 때랑 없이 운전할 때랑 다른 법이니까 맘먹은 대로 안 굴러가는 부분이 어쩔 수 없이 나오거든.

스킬이라는 보조 없이 스스로 전부를 다 제어해야 하니까.

어째서인지 실만큼은 거의 무의식중에 뽑아낼 수 있지만 다른 마술들은 꼭꼭 의식하면서 술식을 제어해야 운용이 된다.

스킬을 쓸 때처럼 사용법을 번쩍 깨달아서 획획 쓸 수가 없었다.

스킬로 사용했을 때 시스템의 기능에 보조받았던 부분을 해석해서 스스로 그 부분을 제어해야 되는 거지.

오토매틱과 스틱의 차이라는 느낌이려나.

이게 또 은근히 어려웠다.

잘 썼던 스킬은 그만큼 술식이라든가 많이 기억이 난다.

뭐, 세세하게 전부 기억한다는 게 아니라 감각이 몸에 익었다는 느낌이지만.

그냥~ 맞아~ 이런 느낌이었던가? 그렇게 애매한 감각으로 발동해봤더니 되더라고~ 정말로……

몸에 배어들었나는 감각이 딱 이럴 거야.

몸, 정확하게는 혼이겠지?

암튼 가능한 부분은 쓱 넘기도록 하고.

문제는 안 되는 부분이었다.

평소에 자주 안 썼던 스킬은 그만큼 몸에 익지 않아서 발동이 곤란했다.

나는 스킬 레벨을 올리기 위해 여러 가지 스킬을 상시 발동하면서 다녔는데 개중에는 안 그랬던 스킬도 잔뜩 있었거든.

이렇듯 상시 발동을 하지 않았던 스킬 대부분은 지금 이대로는 사용할 수 없을 것 같아.

전혀 반응이 없는 것은 또 아니니까 시행착오를 거듭하면 조만간 쓸 수 있을 듯싶은데……

다만 그 밖에도 못 쓰는 녀석들이 몇몇 더 있단 말이지~.

우선 대표적인 게 마법이다.

어둠과 공간 마법은 문제없이 쓸 수 있는 반면에 다른 마법들이 좀 어렵다.

마술이나 마법이나 비슷할 텐데 왜 못 쓰는 걸까~?

그렇게 의문을 품은 당신, 마술과 마법은 전혀 다른 개념입니다.

애당초 마법은 시스템이라는 거대한 마술의 일부니까.

D가 게임 속 요소를 더해서 그럴듯한 현상으로 꾸며 낸 것이 마법.

달리 말하자면 마법은 결국 연출이라는 뜻~.

현실에도 영향을 끼치는 연출.

불과 물을 뿜어내는 건 분명하지만 마법으로 뿜어져 나오는 것은 단순한 물리 현상에 해당하는 불이나 물과는 살짝 다르다.

속성이라든가 내성이라든가 군더더기 개념이 더 부여됐잖아.

뭐랄까, 군더더기가 대부분이고 정작 핵심이 되는 불이나 물을 내뿜는 술식이 덤 비슷한 비중을 차지한달까…….

스킬의 속성과 거기에 대항하기 위한 내성.

이런 요소를 게임 비슷하게 시스템 속에 짜 맞춰 넣고 상성을 구현한다.

그 목적 하나 때문에 술식이 쓸데없이 복잡해지는 거야.

그리고 나는 스킬의 술식밖에 모르는 탓에, 어디가 시스템과 관계없는 순수한 마술에 필요한 부분인지 알지 못했다.

스킬이었을 때와 똑같은 술식으로 발동을 시도하면 어쩔 수 없이 시스템과 관련짓고자 하는 구조가 되기 때문에, 이미 시스템과 관계가 끊어져버린 나는 발동에 실패하고 만다.

마법에는 이렇듯 속성이라는 군더더기가 부여되어 있어서 대부분의 마법을 쓰지 못하는 거야.

마법이 아니더라도 속성이 부여되어 있는 경우는 못 쓴다.

대표적 예를 들어 말하자면 주원의 사안이라든가.

저주 속성이고 게다가 HP라든가 MP라든가 시스템과 직결되는 요소에 공격을 가하는 스킬이니까 말이지~.

주원의 사안을 재현하고자 한다면 전혀 다른 술식을 바닥부터 다시 만들어 내는 게 차라리 나을 거야.

그런 기술은 내게 없지만 말야!

반대로 분명 속성이 있을 텐데도 사용 가능한 게 두 종류.

어둠과 부식이다.

잠깐 기다려달라.

어둠은, 그나마 괜찮거든.

어째서 누가 봐도 속성 관련의 효과인데도 평범하게 사용이 되나 의문이지만 어쨌든 쓸 수 있고 편리하니까 넘어가자.

그런데 부식, 네 녀석은 좀 아니잖냐!

부식 속성은 나의 수많은 기술 중에서도 필살기에 해당한다.

물론 사용이 가능하다면 마음도 든든하겠지.

제대로 사용 가능할 때의 이야기지만…….

왜냐하면 부식 속성은 대책 없는 자폭기란 말이지~.

지나치게 위력이 강한 까닭에 사용자에게도 반동 대미지가 들어오는 터무니없는 속성인걸~.

스킬이라는 시스템의 제어 아래에서도 그 모양이었어.

아예 제약을 떨친 상태에서 쓰면 도대체 뭐가 어떻게 될까?

무서워서 선뜻 실험도 못 할 수밖에…….

대낮에 비슷한 속성이 남아 있길래 써지는가 보다~ 하고 가볍게 시험해보려고 했던 게 실수였다.

아무 문제도 없이 발동되는 감촉이 들어서 허둥지둥 멈췄더랬지.

억지로 멈춘 까닭에 살짝 반동이 왔지만 정말 발동했을 경우와 비교하면 피해는 적었을 거야.

응. 그때는 너무 오싹해서 살아 있다는 기분이 안 들 만큼 머릿속에서 마구 경종이 울려 댔는걸.

그대로 발동시켰다면 틀림없이 절대로 감당 못 할 사태가 벌어졌어.

폭발해서 팔 하나 잃어버리고 끝나면 괜찮은 편, 최악의 경우에는 죽을 수도 있었다.

스킬이었을 때조차, 내성이 없었다면 죽고도 남았다고 성질 고약한 사신이 말했었는걸.

스킬이라는 제약이 사라진 지금, 얼마나 큰 반동이 돌아올까 짐작도 되지 않는다.

부식 관련은 신중하게 다루도록 하자. 그렇게 하자.

신중하게 다뤄야 하는 게 부식 하나는 아니었다.

이제껏 스킬의 보조 덕분에 수월하게 제어 가능했던 기술을 어떠한 보조도 없이 완전하게 장악하라는 숙제를 받은 셈이니까.

부식뿐 아니라 모든 부분에서 신중하게 다루고 접근해야 한다. 까딱 방심했다가는 언제 어떻게 폭발할까 짐작도 안 되는걸.

따라서 연습은 비교적 간단한 종류, 음, 요컨대 폭발해도 피해가 적은 녀석부터 진행 중이다.

지금 하는 건 투시 연습.

봐봐, 내 눈은 눈동자가 잔뜩 들어 있잖아. 그러니까 다른 사람에게 안 보이도록 바깥을 돌아다닐 때 꼬옥 감은 채 행동해야 된단 말이지.

물론 눈 감고 다니면 앞이 안 보이니까 엄청나게 불편했거든.

투시를 익히면 눈꺼풀을 관통해서 바깥 광경이 보이게 될 테니까 괜한 불편함에서 해방될 수 있다는 말씀.

폭발해도 특별히 피해가 발생할 일이 없어서 실내 연습용으로 딱맞다.

옆에서 보면 눈을 꾹 감고 가만히 있는 사람으로만 보일 텐데 유녀 녀석들은 도대체 뭐가 그렇게 재미있는지 나를 내내~ 관찰 중이다.

참을성 없는 피엘까지 잠자코 쳐다보니까 엄청나게 좌불안석이었다.

팍팍 꽂히는 시선을 못 견디고 유녀 녀석들에게서 등을 돌렸다.

그러자 피엘이 발소리를 죽이고 내 정면으로 돌아 들어오더니 얼굴 앞에서 손을 흔들었다.

보이거든?

눈은 감았어도 투시로 다 보이거든?

그래도 지금 반응을 하면 제대로 신 내는 광경이 뻔히 내다보이니까 무시하자.

점점 더 손을 흔드는 속도가 빨라지고 손뿐 아니라 몸도 움직이면서, 결국 마지막에 가서는 내 앞쪽에서 영문 모를 격한 댄스를 선보이는 피엘.

에잇! 무시하든 안 하든 신 내는 거냐!

성가시니까 눈을 감은 채 정지의 사안을 발동.

뜨악 포즈를 취한 채 굳어버리는 피엘.

으음. 저 포즈는 예상 밖인데 어쨌든 잘 발동됐다.

정지의 사안은 원래 마비의 사안이었다가 진화했다.

마비도 속성이기 때문에 내가 다루지 못하는 게 맞을 텐데, 정지의 사안에는 마비 말고도 시간 정지 비슷한 효과가 있었다.

아마도 시간 정지 효과는 속성이 아니었나 봐. 이렇듯 평범하게 발동할 수 있잖아.

짐작하자면 정지의 사안은 마비 속성 자체가 사라지고 이렇게 시간 정지 효과로 대체되는 것 같아.

안 그러면 내가 발동 가능한 이유가 설명되지 않는걸.

참고로 눈을 감고 있어도 일단 발동은 된다.

투시랑 병용하면 눈을 감은 상태에서도 괜찮지만 효과가 떨어지는 데다가 무엇보다도 제어가 무척 힘들어진다.

동시 발동도 아주 불가능한 건 아닌데, 지금은 연습 중이니까 별로 무리하고 싶지 않았다.

언젠가 예전처럼 투시랑 천리안에 사안을 같이 써서 초원거리 사안 공격을 꼭꼭 펼치고 싶기는 하네.

우선은 가능하고 불가능한 범위를 각각 파악해서 차근차근 연습부터 해야지.

……근데 말이지? 피엘은 언제까지 굳어 있는 거야?

어라? 혹시 내가 해제 안 하면 영영 이대로?

해제하려면 어떻게 해야 돼?

그 후 악전고투 끝에 간신히 피엘의 정지를 해제하는 데 성공했다.

응. 능력 파악은 엄청 중요하다.

그 필요성을 재인식하는 사건이었다.

그렇게 능력 확인을 순조롭게 진행하던 내가 지금은 어디에 있느냐면 엘로 대미궁이다.

어째서냐고 묻겠지? 전이로 왔으니까.

아니, 여기에 올 생각은 티끌만큼도 없었지만 전이 실험으로 어디에 갈까 생각하던 중 제일 먼저 여기가 떠올랐을 뿐이야.

떠올렸더니 다음 순간에는 여기로 날아와버렸다.

나 스스로도 깜짝 놀랐을 만큼 매끄럽게 전이가 완료됐어.

실을 뽑아낼 때와 비슷한 수준으로 술식 구축이라든가 딱히 의식하지 않았는데도 척척 진행되더라니까?

전이가 원래 엄청나게 어렵고 뛰어난 마술일 텐데 도대체 어떻게 된 일이람?

그야 내가 전이를 엄청 쓰고 다녔더랬지.

내 생명줄이었던 만큼 마구마구 썼잖아?

그래도, 아무리 그래도 이렇게까지 쉽게 사용될 줄은 예상 못 했거든…….

스킬 공간 마법은 몹시 어렵다.

공간 지정을 먼저 한 다음 거기를 기점으로 전이를 발동시켜야 하니까.

이때 지정하는 공간이 현재 위치와 멀리 떨어지면 떨어질수록 지정 완료까지 시간이 걸려.

게다가 전이하는 데도 상당한 대기 시간을 필요로 하고.

그뿐 아니라 거리가 멀어지면 그만큼 더욱 연장된단 말이지.

즉 전이는 실제 발동까지 엄청 긴 시간이 걸린다는 뜻.

마도의 극의라는 치트 스킬을 갖고 있었던 나마저도 전이할 때는 몇 초는 기본이고 거리에 따라 분 단위의 발동 준비 시간을 필요로 했다.

그런데 지금 막 전이를 실행했을 때는 장소를 잠깐 떠올리자마자 휙 발동해버렸어.

진짜 도대체 웬일이람?

스킬이라는 보조가 있는 상태보다 발동이 빨라지다니, 살짝 뭐가 어떻게 된 건지 모르겠거든.

으음?

되레 스킬이 족쇄로 작용했던 거야?

스킬은 달리 말하자면 마술을 발동하기 위한 보조.

술사가 안전하고 간편하게 술식을 발동할 수 있도록 보조해주기 위한 장치다.

이때 안전하고 간편하다는 부분이 좀 복잡한데, 즉 위험한 부분은 시스템이 술사 본인을 대신해서 구축을 맡아 진행해준다.

만약 해당 부분에서 술사 본인보다 구축 속도가 더 느리다면?

시스템의 어시스트를 빼더라도 오히려 발동 속도는 올라갈 수 있겠다.

그래도 그런 게 정말로 가능할까?

실은 이쪽 세상에서 태어난 이후 쭉 쓰는 동안에 몹시 익숙해졌다는 이유를 들면 차라리 이해가 된다.

그래도 전이 같은 고도의 술식을 시스템의 어시스트 없이 어시스트가 있는 상태보다 더욱 신속하게 발동시킨다는 게 정말 가능한 걸까?

으음, 끙.

내가 천재라는 게 확정적으로 명백하기는 한데, 그렇다 쳐도 말이지~.

뭐 이미 가능한 부분을 두고 더 이상 이래저래 고민해 봤자 소용없잖아.

그만큼 아직 가능하지 않은 부분에 주력하는 게 훨씬 효율적이겠지.

뜻밖의 횡재니까 재수 좋다고 대충 적당한 마음가짐으로 넘겨야겠다.

그래서 말인데.

내가 찾아온 곳은 엘로 대미궁의 상층.

중층과 경계에 있는 넓은 공간이다.

이곳은 오랫동안 내가 마이 홈을 꾸렸던 곳이라서 아마 애착도 많았을 거야.

제일 먼저 떠올렸던 곳에 전이했더니 여기였으니까.

한때 마이 홈이었던 빈 땅에 하얀 거미 떼가 북적거리고 있는 현 상황.

포위당했습니다만, 문제라도?

내심 히익~ 비명을 지를 뻔했지만 아무래도 이 녀석들은 나를 덮칠 분위기가 아니었다.

덮치기는커녕 나를 보고 기뻐하는걸.

몸을 위아래로 들었다 났다 마치 춤을 추는 양 몸으로 기쁨을 표현하고 있다.

응.

전이했던 직후에 무수히 많은 거미에게 둘러싸인다는 게 살짝 내 트라우마를 자극하는 광경이어서 허둥거렸는데 덮쳐들지 않는다면야 별 상관없다.

거미에게 둘러싸이는 건 내가 이 세계에 전생했던 직후 목격한 형제간 살육장이 떠오르니까 싫단 말이죠.

그게 이 세계에서 겪은 트라우마 중 첫 번째니까.

참고로 두 번째는 그때 동시에 목격했었던 마더.

세 번째는 마이 홈 소실이고, 네 번째가 아라바 씨.

어라라? 이렇게 돌이켜보면 나는 트라우마가 제법 많네?

홋, 하지만 지난날의 아픈 기억을 나는 대부분 극복했다.

트라우마 따위를 누가 두려워할쏘냐!

뭐? 다리가 덜덜 떨린다고?

아, 아냐. 무사의 전율이올시다!

결코 트라우마를 자극받은 바람에 다리가 떨리는 게 아니야!

아니라면 아닌 줄 알아!

······괜찮잖아! 조금 덜덜 떨 수도 있지!

도대체가 말이야, 거미에게 둘러싸이는 건 전생 직후만 있었던 게 아니거든?!

엘로 대미궁에서 바깥으로 나온 직후에 마더한테 쫓겨서 도망 다녀야 했던 데다가, 간신히 목숨 건져서 도망쳤더니 거미 군단에 둘러싸여서 몰매질을 당한 경험도 있단 말이야!

트라우마로 남을 만도 하잖아!

그때는 진짜 죽는 줄 알았단 말야!

그래도 지금은 두려워할 필요가 없다.

나를 둘러싸고 있는 하얀 거미 떼, 이 녀석들은 곰곰이 생각해보면 내 권속 비슷한 관계니까.

정확하게는 내 병렬 의사가 만들어 낸 권속이지만…….

이 녀석들은 한때 내게서 분리시켰던 병렬 의사가 산란 스킬을 써서 제멋대로 숫자를 불려 놓은 권속들이다.

병렬 의사도 신화했을 때 내가 거두어들였으니까 내 권속이라고 말할 수 있지 않을까?

아니, 애당초 내 병렬 의사가 만들어 냈다는 건 혈연관계상 내가 이 녀석들의 엄마가 된단 말인데?

마왕 씨, 마왕 씨. 증손자들이랍니다~?

병렬 의사를 소탕하던 때에 이곳 엘로 대미궁에 밀어 넣고 그대로 방치했었거든.

응. 이 녀석들은 병렬 의사의 명령을 따랐을 뿐이라서 죽이기는 좀 찜찜했으니까.

그래서 직접 돌봐주겠냐고 누가 묻는다면 당연히 무리.

그런고로 엘로 대미궁에 집단 전이시킨 뒤 방치.

그 후 어떻게 되었는가 몰랐었는데 지금 상황을 보니 기운차게 살고 있었나 봐.

잘됐다, 잘됐다.

그럼 엄마는 돌아갈 테니까 건강하게들 살렴~.

육아 회피? 나는 인지를 안 했으니까 관계없답니다.

그렇게 내가 전이로 떠나가려고 하는 걸 기척으로 감지했는지 하얀 거미들의 움직임이 멈췄다.

방금 전까지 기뻐하던 모습이 거짓말처럼 버림받은 강아지 같은 분위기를 연출하고 있었다.

실제로 틀린 표현도 아니었다. 강아지가 아니라 거미지만…….

왠지 쟤들의 여덟 개 눈이 글썽글썽하는 듯 보이는구나.

그러지 마~!

그런 눈으로 나를 보지 마!

돌아가는 발걸음이 안 떨어지잖아!

결국 조금만, 조금만 더 하다가 며칠 동안을 내내 머무르고 말았다…….

쟤들의 똥그란 눈동자가 나빴던 거야!

뭐, 머무르는 동안 이래저래 검증과 실험을 진행할 수 있었으니까 괜찮지만…….

위험한 마술을 마구 날린들 아무에게도 민폐를 끼치지 않는 엘로 대미궁이라는 환경이 제법 좋았다.

덕분에 공작 저택의 실내에서는 엄두를 못 냈던 여러 가지 확인 작업을 마칠 수 있었다.

제법 결실을 맺은 시간이었어.

하얀 거미들이 내게 마물 시체를 갖다 바쳤지만 뭐, 경애의 뜻으로 받아줘야지.

내가 인간형이니까 마물은 입에 안 맞아도 말이야.

으음, 갖다 준다면 열심히 먹어야하는데 애당초 위의 용량이 작아서 통째로 한 마리의 마물은 못 먹거든…….

아니, 밥을 남기고 싶진 않으니까 분발해야지…….

먹는 척하고 몰래 이공간에 수납한 건 비밀이다.

왜냐하면 얘네들 말야, 내가 미처 다 먹지도 못할 양을 부지런히 갖다 바치는걸.

주인 부재의 기간이 길었던 탓일까, 성심성의껏 모시는 게 기뻤나 봐.

어쩌다가 이렇게 자랐을까. 수수께끼다.

결국 마지막에 가서는 「가지 마~ 가지 마~」라고 눈빛으로 호소하는 하얀 거미들을 뿌리치고 전이로 공작 저택에 돌아왔다.

살짝 마음에 대미지가 발생했으니까 가끔 얼굴을 비추도록 하자.

"어디 갔었어?"

응. 남편의 바람기를 질책하는 마누라 같은 대사를 내뱉는 무시무시한 유녀가 여기에 있고 말이야.

이렇게 무시무시한 유녀가 있는 집에서 긴 시간을 보내고 싶지는 않아!

내게는 따뜻하게 맞이해주는 또 다른 가족이 있다!

"맘대로 밖에 나다니지 마. 알았어?"

……넵.

화내는 흡혈 양의 박력은 이길 수 없었습니다.

다음부터는 꼭 허락을 받고 외박할게요.

裏鬼 3 빙룡 니아

난처하구나.

들이닥치는 검을 피하며 나는 스스로의 실수를 깨달았다.

실수했다.

게다가 하나가 아닐지니.

많은 실수를 저질렀구나.

첫 번째 실수는 눈앞의 애송이를 살려 보냈던 것.

주상의 명령에 따라 직접 손을 쓰지 않았던 것이 실수렷다.

눈보라를 발생시키면 알아서 지쳐 죽으리라고 짐작했었건만 끈질 기게 살아남았다.

이리될 줄을 사전에 알았더라면 주상의 명을 어기더라도 확실하 게 숨통을 끊어 놓았을 텐데……

두 번째 실수는 애송이의 저지를 권속들에게 맡겼던 것.

그 탓에 쓸데없이 권속들의 목숨이 스러져버렸을 뿐 아니라 애송 이의 레벨을 올려주는 요인마저 만들고 말았다.

초장부터 내가 직접 저지에 나섰다면 이리되지는 않았으련만……

……설마 그 이유가 숙취여서야 죽어 간 권속들에게도 얼굴을 들 수가 없구나.

아리엘 공에게 모처럼 받아서 챙긴 맛있는 술이 잘못한 게다!

주상께는 기특한 소리를 하고 나섰지만 내 위장은 쿡쿡 쑤시는구나.

더부룩함과 스트레스 양쪽의 이유 때문이지.

세 번째 실수는 두 번째 실수를 수습하기 위해 이렇듯 애송이와 내가 직접 맞붙게 된 상황이다.

아, 싫구나.

나는 싸움 따위 좋아하지 않는다.

주상께는 한껏 허세를 부리고 말았으나 본심을 말하자면 싸우고 싶지도 않군.

어째서 내가 이러한 처지에 놓여야 한단 말이더냐?

마의 산맥 정상에서 마냥 빈둥거리던 일상이 그립구나.

절반은 나 자신이 뿌린 씨앗이지만 다른 절반은 애송이가 자꾸 쓸데없는 짓을 저지른 탓이 아닌가.

제대로 혼쭐을 내줬는데도 아직껏 떼쟁이 아이처럼 날뛰고 돌아다니는 애송이의 잘못이다.

네 번째 실수는 지금 내 행동 전부이다.

피한 줄 여겼던 애송이의 공격은 유감스럽게도 속임수.

진짜로 힘이 실린 다른 쪽 손의 검격이 내 몸을 가격한다.

애송이의 검과 내 비늘이 맞부딪쳐서 날카로운 소리를 울려 퍼뜨렸다.

[아프잖느냐, 얼간이야!]

실제로는 통각 무효 스킬을 갖고 있기에 아픔 따위 안 느껴지나 기분이다, 기분.

꼬리를 휘둘러서 애송이를 멀리 쫓아냈다.

얄밉게도 내 꼬리 공격을 수월하게 피해버리는구나.

으으, 이거 참!

싫다, 싫구나.

애송이 녀석.

저번에 나와 투닥거렸던 때 이후 긴 시간이 지나지도 않았건만 몰라보게 성장했구나.

일전에는 아무리 공격당한들 비늘에 흠집 하나 안 났었다.

그런데 지금은 어떠한가?

방금 전 베인 위치를 살펴보면 비늘이 갈라져서 피가 흘러나온다.

내 천린의 방어를 돌파해 냈다.

내 높은 방어력은 용 중에서 지룡 가키아에 이어 두 번째이다.

아니, 가키아는 이미 죽었다니까 순위가 올라 첫째일 테지.

그런데도 나에게 상처를 입혔겠다.

내가 마지막으로 상처를 입었던 적이 도대체 언제였던가?

그만큼 오랜만이구나.

평소 빈둥거리기는 하나 이래 보여도 위에서 헤아리는 게 빠를 만큼은 강하다만?

내 이름을 듣기만 해도 어지간한 상대는 넙죽 엎드릴 만큼 잘났다만?

애당초 마의 산맥에서 안 나가는 까닭에 나를 해치려 하는 작자들과 만날 기회가 거의 없다시피 하지 않는가.

즉 무슨 말을 하고 싶냐면 적당히 좀 하란 말이다.

상처라니?

상처가 늘면 죽어버리잖는가?

나는 스스로의 피를 백년 이상 본 적이 없다.

싫다, 싫구나.

주상께 멋 부리자고 이래저래 말을 했는데 내가 죽고 싶지는 않구나.

일단 어찌할 도리가 없다면 주상께 이 목숨을 바칠 각오가 되어 있다.

그런데 말일세.

이따위 별것도 아닌 소동으로 죽는 건 바라는 바가 아니잖나.

애송이가 겪어야 했던 처지에 다소 동정을 느낀다지만 복수를 이미 마친 데야 지금 이렇듯 날뛰는 짓은 그저 화풀이밖에 안 된다.

분노로 이성을 잃어버렸을지라도 그게 변명이 되지는 않을 터.

아니, 그런 변명은 내가 안 들어준다.

나에게 상처를 입혀 놓았는데 변명 따위를 늘어놓게 놔둘 리 없잖은가.

나도 이제는 슬슬 열이 오른단 말이다.

주상께는 면목 없다만 얼떨결에 죽여버리더라도 꾸중을 들을 까닭은 없으렷다.

[애송이. 죽어도 나를 원망하지 말거라? 원망하려거든 제 자신의 운명을 원망하도록.]

나를 중심으로 하여 극한의 냉풍이 불어닥쳤다.

닿는 전부를 즉각 얼어붙게 만드는 얼음 마법의 극한이니라.

주위에 있는 민가가 꽁꽁 얼었다가 서서히 강해지는 바람에 쏘여 부서져 흩어진다.

얼음과 바람.

그리고 거기에 주원을 섞어 넣는다.

얼음을 견디더라도 열을 **빼앗기고** 주원에 침식당하여 체력은 서서히 줄어들어 간다.

더욱이 태만 스킬이 거기에 박차를 가했다.

7대 죄악 스킬 중 하나, 나태로 이어지는 태만 스킬은 상대의 HP, MP, SP 소비를 가중시키는 효과를 발휘한다.

애송이, 나는 말이다. 이래 보여도 용 중에서 가장 치사하다는 말을 듣는단다.

방어력에 의지하여 지구전을 벌이는 한편, 저주받은 얼음 영역을 펼쳐서 자근자근 궁지로 몰아넣지.

일단은 죽이지 말아달라는 주문에 따라 큰 기술로 단박에 숨통을 끊진 않으마.

굳이 끊어줄 필요도 없을 터.

애송이가 네가 완전히 탈진할 때까지 곁에서 지켜봐주마.

직후, 애송이의 힘이 급격히 강해졌다.

아?

어?

잠깐?!

기다려랏!

뭐냐, 그 힘은?!

못 들었단 말이다!

"크가아아아아아아아아!"

애송이가 부르짖더니 돌진을 감행한다.

빠르군!

피할 수 없다!

급히 날아오르려고 해봐도 이미 늦어버린 까닭에 애송이의 검이 내 몸체에 틀어박혔다.

비늘뿐 아니라 그 안쪽의 피부, 더욱이 살점까지 칼날이 도달하는 감촉.

이거 큰일이구나!

"샤악!"

입에서 으르렁 소리를 내며 전력으로 브레스를 뿜었다.

사선상에 있었던 마을 건물이 내 브레스를 맞아 일순간에 동결, 분쇄되어 흔적도 없이 소멸했다.

그러나 그 사선상에 애송이의 모습은 없었고, 시야 한쪽에 내 등 뒤로 돌아서 들어가려고 하는 움직임을 간신히 포착할 수 있었다.

나도 발이 느리지는 않을 텐데 속도에서 완전히 뒤처졌구나.

내 저주받은 얼음의 영역에서 이토록 빠른 움직임을 보일 줄이야!

도대체 뭐가 어떻게 돼 먹은 녀석인가?!

에랏!

아무튼 이대로 가면 좋지 않다.

베였던 위치의 상처는 결코 얕지 않았다.

일단 태세를 다시 정비하기 위해서라도 애송이와 거리를 벌려야만 한다.

날개를 펼친 뒤 임시 피난처로 공중을 선택.

날아오르려던 순간, 은밀하게 날개를 치고 들어온 칼날이 내 행동을 방해했다.

어이구! 한쪽 날개가 커다랗게 찢겨 나가고 말았군!

날개는 다른 부위와 달리 비늘의 방어력이 부실하다.

내 방어력이 아무리 높다 한들 약점이 아주 없지는 않단 말이다.

날개에 상처가 난다고 절대로 못 나는 것은 아니지만 어쩔 수 없이 기동력은 떨어진다.

그때 추가 공격을 당하면 위태롭다.

하늘로 달아나기는 체념하고 지상에서 애송이를 요격하겠다고 각오를 다졌다.

이거 참! 이런 꼴을 당하다니 도대체 뭐가 어떻게 된 게냐!

요즘 들어서 철저하게 재수가 없군그래!

무사한 쪽의 날개를 커다랗게 펄럭이며 돌풍을 불러일으켰다.

애송이를 휙 날려버릴 의도로 전력을 다했으나 정작 애송이는 바람을 뚫고 달려서 내 목을 노리려고 들었다.

[우쭐거리지 마라!]

대놓고 덤벼드는 애송이를 덥석 물어뜯는다.

내 어금니와 애송이의 검이 교차했다.

입속에 피 맛이 퍼졌지만 애송이의 검이 입술을 살짝 갈랐을 뿐 대단한 상처는 아니었다.

애송이는 내 물어뜯기를 양손에 든 검으로 막아 냈다.

그렇게 움직임을 멈춘 애송이에게 내 브레스가 작렬한다.

제로 거리에서 펼친 공격이니라.

피할 틈조차 없을지니!

나의 브레스에 직격을 당한다면 애송이의 목숨은 없을 테지.

그러나 결국은 내 목숨이 먼저 아니겠는가.

주상께는 면목 없다만 어떻게든 그 D라는 무시무시한 녀석을 설득해달라 하자.

그렇게 결판이 난 후의 수습 방안을 떠올렸지만 아무래도 나의 마음이 너무 앞선 듯했다.

애송이의 두 손에 들린 검이 각각 불꽃과 벼락을 발생시키더니 내 브레스와 맞부딪쳤다.

내 브레스의 위력이 더욱 높아도 불꽃과 벼락에 의해 얼마간 힘이 분산되고 말았다.

쌍방의 힘이 맞부딪쳐서 폭발한 끝에 애송이는 휙 날아가버렸다.

에잇! 약삭빠르군!

이 공격으로도 숨통을 못 끊었는가.

그나저나 절호의 기회렷다.

애송이는 날려 가는 바람에 태세가 무너졌다.

이 기회에, 이번에야말로 브레스를 때려 박겠다!

그런 생각에 커다랗게 숨을 들이마셨다.

그 순간, 입속에 있던 무엇인가가 목구멍 안쪽으로 쓱 떨어져 들어갔다.

지금 내가 무엇을 삼켰지?

입속에서 흘러넘치던 피 때문에 거기에 무엇인가가 있었다는 사실을 알아차리지 못했다.

위험하다고 직감한들 때는 이미 늦었을지니.

배 안쪽에서 방금 삼켰던 무엇인가가 성대하게 폭발했다.

"컥?!"

뱉어 내려고 했던 브레스가 아닌 연기가 입에서 새어 나온다.

무슨 일이 일어났지?

내가 무엇인가를 깜빡 삼켰고 그게 폭발했는가?

무엇이 폭발한 게냐?

애송이는 두 손에 검을 제외하고 아무것도 들고 있지 않았을 텐데.

검을, 제외하고?

그, 그렇군!

검인가!

애송이의 능력은 마검 생성이 아니었던가.

내게 안 보이는 데서 단검 사이즈의 폭발하는 마검이라도 생성했던 건가!

한 방 먹었군!

날개도 마찬가지지만 내 방어력이 높기는 하나 모든 부위가 단단한 것은 아니었다.

아무러면 몸속이 어찌 단단하겠는가.

어지간한 용은 방금 전 일격을 맞고 죽었을지도 모른다.

나마저도 이토록 큰 대미지를 받지 않았나.

이래서는 조금, 위태롭군.

대미지가 크다.

그런 데다가 애송이는 태세를 재정비하였고 그뿐 아니라 내가 위축된 이 틈에 또다시 공세를 펼쳐 돌진하고 있었다.

애송이의 몸이 불꽃과 벼락으로 뒤덮인다.

불꽃과 벼락이 나의 저주받은 얼음으로부터 애송이를 보호했다.

어떤 방해도 받지 않는 애송이의 일격이 가차 없이 나에게 덮쳐들었다.

앞다리를 들어서 어떻게든 놈의 일격을 막아보아도 막아 낸 나의 다리에 깊숙이 칼날이 파고들었다.

더욱이 또 한 자루의 검이 휘둘러져서 다른 상처를 만들어 놓는다.

안 된다.

이거 안 되겠다!

정녕코 죽을 것 같다!

주상!

살려주시오!

한심하게도 주상이 있던 방향으로 도움을 청하고자 시선을 돌렸으나 거기에는 주상의 모습이 없었다.

아니?!

주상! 대체 어디에 가버리셨나?!

싫다, 싫다!

죽고 싶지 않다!

나의 간절한 바람이 허망하게도 애송이의 공세는 더욱더 격해지기만 했다.

6 오니 군에게 도착

사건은 회의실에서 일어나지 않는다.

사건이라는 놈은 우리가 알지 못하는 곳에서 일어나고 그런 주제에 성대하게 우리를 휘말려 들게 만드는 법이다.

나는 그렇게 단 하나의 진실에 다다랐다.

이러쿵저러쿵 형사물인지 명탐정물인지 스스로도 잘 알지 못하는 명언을 적당히 늘어놓고 있는 오늘 이 무렵……

넷, 현실 도피랍니다.

"카아아아아아아아!"

눈앞에는 눈에 핏발이 서서 포효하는 소년.

겉모습은 소년이 맞는데 포효 소리와 풍겨 나오는 오라는 몹시 아찔하다.

포효는 고막뿐 아니라 공기까지 찌릿찌릿 뒤흔들고 있고, 풍겨 나오는 오라는 풍경을 비뚤어 보이게 한다.

뭐랄까 손에 든 마검의 열기 때문에 비유가 아니라 진짜로 흔들거리고 있거든……

그쪽과는 반대쪽 마검에서 용솟음치는 자전이 파팟 소리와 함께 저 몸을 감싸고 있었다.

뭔가 살의의 파동에 눈을 뜬 슈퍼 야채 성인 2라는 느낌이 잔뜩 드는데 말이죠……

와~ 와~. 오니 군.

잠깐 못 보는 사이에 무척 와일드해졌구나.

저번에 만났을 때도 상당히 와일드했는데 아마도 갈 길이 많이 남았었나 봐.

자네의 향상심은 내 상상을 뛰어넘는군.

핫핫하!

……어떡하지?

어째서 내가 이런 상황에 처했는가?

그 까닭은 한마디로 말하면 규리규리라는 녀석 때문이다.

범인은 규리규리!

형사물이나 명탐정물이었다면 만사 해결이겠지만, 이게 그런 이야기가 아니니까 아직 다음이 한참 남았단 말야~.

어쩌다가 이렇게 되었을까, 나는 조금 전의 기억을 다시 떠올렸다.

규리규리는 갑자기 나타났다.

"잠시 부탁을 들어줄 수 있겠나?"

요즘 들어서 일과로 자리 잡았던 오후의 티타임에 갑자기 난입한 흑빛 일색의 수상쩍은 인물.

공작 가문의 경비 체계는 어떻게 된 거냐고 불만을 토로하고 싶지만 이번 경우는 상대가 너무 나빴으니까 어쩔 수 없겠다.

어쨌든 진짜배기 신이니까요, 암요.

신께서 몸소 전이를 써서 나타난 데야 경비든 뭐든 다 소용없지, 응.

갑작스럽게 전이로 찾아와서 게다가 또 갑작스럽게 부탁이 있다는 둥 뭐라는 둥 말하는 규리규리에게, 나는 당연하게도 즉답을 해줄 수 없었다.

애당초 누가 말을 건넨다고 매끄럽게 대답할 말이 나와준다면 과묵 캐릭터는 못 해먹는단 말입죠, 쳇!

그렇게 어쩔 줄을 모르고 굳어 있었던 틈에 피엘이 뭔 까닭인지 규리규리가 앉을 의자를 들고 와줘서 그대로 다과회에 참가.

리엘이 예비 컵에 차를 따라서 규리규리에게 내민다.

찻잔을 받아 우아하게 입가로 가져가는 흑빛 일색의 남자.

유녀들과 갑옷을 껴입은 남자가 탁자 하나에 둘러앉아서 다과회를 즐기고 있었다.

정말 기묘한 광경도 다 있구나!

맙소사~.

"부탁이란 다른 게 아니라 너희가 마의 산맥에서 조우했었던 전생자. 그자를 저지해주기 바란다."

차를 한 모금 마시고 단도직입으로 용건을 꺼내는 규리규리.

그리고 부탁 내용을 들은 흡혈 양의 눈이 험악하게 번뜩 빛났다.

"자세한 이야기를 들을 수 있을까요?"

엄청 들썩들썩하면서 다음 설명을 재촉도 하고~.

그에 반하여 규리규리는 문득 시선을 못 맞추고 주춤거렸다.

"……이 정도는 허용 범위라는 뜻인가."

그리고 나지막하게 한마디를 중얼거렸다.

뭔가 굉장히 불온한 분위기가 느껴지는 말이었는데 도대체 뭘 경계하는 걸까.

응. 규리규리가 경계할 만한 상대라면 한 사람밖에 없겠지만 말이야!

그 못된 사신이 대체 뭘 짓을 했을까…….

그나저나 그 성질 고약한 사신이라면 지금도 귀를 기울이고 있는 거 아니야?

저런 소리를 중얼거려도 되는 거?

아니면 일부러 들으라고 하는 소리야?

"협력을 부탁하는 이상 성의를 보여줘야 할 테지."

규리규리는 나지막하게 중얼거린 뒤 차를 한 모금 마셨다.

그리고 컵을 내려놓더니 자기 손을 위쪽으로 향했다.

가볍게 휘둘러지는 손.

거기에서 술식이 펼쳐진다.

아마도 환술 부류의 술식인 듯 공중에 영상이 떠올랐다.

출력되는 것은 위성 사진 비슷한 화면이다.

별을 우주에서 내려다보는 영상.

화면 속 광경은 하얀 눈과 얼음에 뒤덮여 있는 마의 산맥의 조감도였다.

오호~. 마의 산맥을 위쪽에서 보면 이런 느낌이구나~.

무척 표고가 높은 산이 이어진다는 건 알고 있었는데 정말 상당히 광대한 산맥이네.

조감도로 보면 평야에서 쓱 봤던 산맥이 전체의 일부밖에 안 된다는 사실이 확 실감된다.

우리가 인족령을 지나 마족령으로 빠져나온 루트 따위야 글자 그대로 빙산의 일각밖에 안 됐던 거야.

멍하니~ 영상을 쳐다보다가 어느 사실을 깨달았다.

산맥의 끝에 평지가 펼쳐져 있었다.

그곳은 인족령도 마족령도 아니었다.

마의 산맥과 바다에 막혀서 두 지역과 완전히 격리되어 있는 전혀 다른 땅이었다.

응응?

뭐야, 여기? 비경?

"너희와 교전한 이후 그자는 마의 산맥을 헤매다가 이 땅에 다다랐다."

내가 떠올렸던 의문에 대해 규리규리가 해설을 시작했다.

"이 땅은 내가 준비한 혼의 휴양처다."

규리규리의 말을 듣고 머리 위쪽에 물음표를 띄운 사람이 분명 나 혼자는 아니었다.

혼의 휴양처?

뭔 소리야?

"설명이 부족했군. 시스템에 의한 에너지 회수 방법은 알고 있겠지? 그것은 분명 효율만 보면 획기적이지만 문제가 아주 없는 게 아니다. 즉 시간 경과에 따른 혼의 열화다."

문제 부분에서 입 밖에 꺼내지는 않았으나 아마 비인도적이라고 여기고 있는 내심이 훤히 들여다보일 만큼 규리규리의 얼굴이 찡그려졌다.

흠. 그나저나 시간 경과에 따른 혼의 열화라니…….

흡혈 양이나 인형 거미들은 아직 머리 위쪽에 물음표를 띄워 놓고 있지만 나는 대강이나마 사정을 파악했다.

시스템은 이 세계에서 살아가는 주민의 혼을 혹사시킨다.

그리고 오랜 세월에 걸쳐 혹사가 계속됐을 때 주민의 혼에 상처가 나는 건 어쩌면 당연한 결과였다.

또한 상처가 치료될 틈도 없이 재차 혹사가 거듭된다면 어떻게 될까?

최종적으로 다다르는 결과는 혼의 붕괴.

죽음을 넘어 무에 이르는 길.

규리규리는 그런 사태를 회피하기 위해 혹사된 혼을 지닌 주민을 일시적으로 격리하는 휴양처를 만들어 냈다는 거네.

으음~. 그렇다면 저 휴양처에서는 싸움을 자제시키고 가능한 한 스킬을 익히지 않는 생활을 권하는 걸까?

근본적인 해결책은 못 되겠지만 대처법으로 적당히 효과가 있긴 있겠네.

"……지금 한 말만 듣고도 이해했나 보군. 설명이 짧아질 테니 다행이다."

그렇게 말하면서도 별로 기뻐하는 기색은 아닌 규리규리.

오히려 살짝 불편해 보이는 것 같기도 하네.

성의를 보여주겠다고 말했던 대로 규리규리는 본래 밝히지 않아도 되는 휴양처의 실태를 얘기해줬다.

그렇다 해도 그곳의 실태를 내가 제대로 이해한다는 것은 규리규리에게 있어서 마이너스밖에 되지 않는다.

왜냐하면 그만큼 이 세계가 위태롭다는 사실을 다른 사람에게 알려줬다는 것과 다름없으니까.

그러니까 본인 말대로 성의를 표시해서 설명은 해줬지만 이해하기를 바란 건 아니었다는 셈이겠네.

"이 땅에서 사는 자들 대부분은 싸우지 못한다. 그곳에 분노 스킬로 제정신을 잃은 자가 도착한다면 어떻게 되겠나. 짐작되겠지?"

음. 뭐, 곧바로 학살이겠죠~.

애써 휴양처에서 평화롭게 살도록 손써 놨는데 죽어버린다면 또 혼의 혹사 루트로 되돌아가는 거고~.

뭐, 솔직히 말하자면 근데 뭐 어쩌라는 기분이 들긴 하거든.

그런데 규리규리에게는 그게 아닌가 봐.

그러니까 이렇게 우리한테 협력을 의뢰하러 왔겠지.

"나는 D와 맺은 약정에 따라 전생자에게 손을 쓰지 못한다. 그러나 이 사태를 방치하는 것 또한 도무지 달갑지 않군. 너희에게 할 부탁은 나 대신 그자를 저지해달라는 것."

앗, 역시 D한테 붙들렸던 거네.

규리규리의 성격상 한 번은 스스로 오니 군을 막기 위해서 움직였을 거야.

그렇지만 도중에 D에게 방해 당했겠지.

분명히 네가 나서면 재미없다든가 그런 이유로······.

못된 사신이 할 만한 짓이잖아.

아무튼 규리규리는 자기는 손을 못 쓰니까 다른 사람한테 협력 의뢰를 들고 온 거야.

D가 허락할 법하고, 또한 오니 군을 저지할 만한 전투력까지 지

닌 인물.

즉 나랑 흡혈 양에게…….

규리규리는 규리규리니까 내가 힘을 조금이나마 되찾은 것도 확인을 마쳤을 테고, 스스로 말하기는 좀 민망하지만 D가 나를 꽤 마음에 들어 하잖아.

그렇게 마음에 들어 하는 녀석이라면 오니 군 사건에 개입해도 책망을 안 받을 테니까.

오히려 D라면 더 활약하라고 기뻐할 것 같아.

응. 더할 나위가 없는 인선이네!

"받아줄 수 있겠는가?"

"물론이죠!"

위세 좋게 대답한 사람은 물론 내가 아니라 흡혈 양이랍니다.

뭘 제멋대로 혼자서 다 결정해버리는 걸까요?

뭐, 나도 수락할 마음이었으니까 상관없지만…….

"고맙다. 그러면 조금 이르더라도 곧장 출발하기로 하지. 준비는 괜찮겠나?"

"네? 지금 당장요?"

역시 당장 출발할 줄은 예상을 못 했는지 흡혈 양이 화들짝 놀라 되물었다.

"그래. 가능한 한 서두르고 싶군. 현지까지 내가 전이로 보내주면 되고, 돌아올 때도 마찬가지일 테니까 여행 도구는 필요하지 않다. 전투에 필요한 장비만 준비하면 되겠군. 준비를 마치는 대로 출발하자."

규리규리의 말을 듣고 흡혈 양이 방에서 뛰쳐나갔다.

애용하는 무기를 가지러 갈 작정이겠지.

저번에는 무기도 없이 맞붙었던 까닭에 괜히 더 고전했으니까.

"그리고 이번에는 전생자만으로 대응을 부탁하마."

흡혈 양이 돌아오기 전까지 가만히 빈둥거릴 마음이었던 나에게 규리규리가 폭탄 발언을 떨어뜨렸다.

뭐라구요?!

그 말인즉슨 나랑 흡혈 양 단둘이 나가 싸우라고?

"아리엘의 권속을 데리고 가면 문제없이 승리할 테지. 다만 그 방법은 D의 심기를 거스를 수밖에 없다. 내가 직접은 아닐지언정 개입한 시점에서 이미 허용 범위가 아슬아슬하군. 억지소리임은 잘 알지만, 그럼에도 부탁한다."

큭! 규리규리의 말은 분명히 앞뒤가 맞는다.

나는 인형 거미들 세 녀석을 데리고 갈 마음이 잔뜩이었다.

사엘 혼자서도 오니 군이랑 호각 이상으로 싸웠던 만큼 거기에 리엘과 피엘을 더한다면 문제없이 이길 수 있다고 계산한 거지.

그런데 이미 승리가 확실한 상황을 D가 과연 용납해줄까?

응, 무리야!

그 성질 고약한 사신이 그렇게 맥 빠지는 전투를 보고 만족할 리가 없잖아.

규리규리가 먼저 개입에 나섰다는 구실을 잡아 분명히 이런 수작, 저런 수작 다 부려서 방해할 게 뻔하다!

그렇게 보면 인형 거미들을 데리고 가는 게 오히려 더욱 골치 썩이는 사태로 이어질 수 있었다.

나랑 흡혈 양 단둘이서 오니 군을 이길 수 있을까 의문은 들지만, 뻔히 보이는 특대 지뢰를 군이 달려가서 밟는 바보짓은 자제해야지.

어쩔 수 없겠네.

이번에 인형 거미들은 집이나 지키라고 남겨 둘 수밖에…….

그러자 세 쌍의 눈이 「두고 가버리는 거야?」라는 느낌으로 쳐다본다.

어쩐지 쟤들 눈이 글썽글썽하는 듯 보이는구나.

그러지 마~!

그런 눈으로 나를 보지 마!

두고 가는 발걸음이 안 떨어지잖아!

"기다렸지!"

유녀 세 사람의 말없는 데려가 달라 신호를 애써 힘겹게 흘려 넘기고 있으려니까 흡혈 양이 완전 무장한 채 돌아왔다.

그래 봤자 움직이기 편한 복장으로 갈아입고 애용하는 대검을 들고 온 게 전부지만…….

흡혈 양의 옷은 내 실로 만든 까닭에 어지간한 갑옷보다 방어력이 높았다.

흡혈 양이 애용하는 자기 키보다 큰 대검은 신화급 마물 펜릴의 발톱을 가공한 무기.

덧붙이자면 저 발톱은 토벌해서 떼어 냈던 게 아니라 꽤 오래전에 어느 요새를 덮친 펜릴이 인족의 필사적인 저항을 받아 빠뜨린 것이라고 했다.

펜릴은 발톱이 빠져 아파서인지 그길로 물러났다던가.

그 귀중한 발톱을 써서 제작한 대검쯤 되면 솔직히 국보급의 무기란 말이지.

실제로 어느 나라가 엄중하게 보관하는 물건이었다던데, 어딘가의 전장에서 괴멸적인 피해를 받는 바람에 손실을 보전하기 위해 울며불며 처분할 수밖에 없었다던가.

뭐라더라. 정체불명의 하얀 거미가 날뛴 전장이었다던데. 글쎄, 도대체 어떤 거미의 이야기일까?

아무튼 그런 경위로 시장에 유통된 이 대검을 마왕이 남아도는 재력으로 확보.

그리고 흡혈 양이 마음에 들어 하면서 애용하고 있다는 사연이다.

내 실로 방어하고 펜릴의 대검으로 공격한다.

응. 더 좋은 장비를 갖추기는 꽤 어려울 거야.

나도 나대로 꼼꼼하게 무장을 했고.

옷은 평소부터 내 실로 만든 복장을 입고 다니는 데다가 대낮도 빠뜨리지 않고 장비를 완료.

무기는 장비하지 않으면 효과가 없다!

"그러면 가지."

규리규리가 전이를 발동했다.

거기에 저항하지 않고 공간을 건너간 나랑 흡혈 양은 낯선 토지에 내려섰다.

"카아아아아아아아아!"

그나저나 바로 눈앞에서 오니 군이 날뛰고 있네.

이거 좀 많이 갑작스럽지 않나요?

회상 종료.

회상일 뿐 주마등은 아니다.

아직 안 죽는다!

그런 까닭으로 눈에 보이지도 않는 속도로 돌격을 감행하는 오니 군의 공격을 피했다.

푸하하하하! 저번이랑은 경우가 다르단 말씀! 저번이랑은!

그렇다 해도 지금의 나는 능력치가 있었을 때와 달리 안정된 육체 강화가 이루어지는 상황은 아니었다.

자동으로 수치에 따라 육체를 강화해주는 능력치와 달리 마술로 실행하는 강화는 하나하나 수동으로 제어해야 하니까.

아직 마술에 익숙하지 않은 나로서는 어쩔 수 없이 수동 제어에 어려움을 겪는다.

공격력이 상정 이상으로 높아져버린다거나 방어력이 거기에 못 따라가서 자폭한다거나.

특히 방어력은 중요하다. 공격에 나서든 이동을 하든 상승된 신체 능력을 견딜 수 있는 방어력을 유지하지 못하면 반동 때문에 받는 대미지가 아찔하니까.

따라서 방어력은 최우선으로 올려놓는다.

그러니까 오니 군의 공격을 맞아도 아마 견뎌 내기는 할 테지만 피할 수 있다면 피하는 게 좋다.

어쨌든 내 마술은 아직 불확정 요소가 잔뜩이거든…….

"네 상대는 나야!"

오니 군의 공격에 맞서 멀찍하게 거리를 벌린 나와, 반대로 대검을 쥐며 돌격해 들어가는 흡혈 양.

저번에는 막 두들겨 맞은 주제에 위세가 참 좋네.

그나저나 너 말야, 공작 저택에서는 주로 예법이라든가 이론 공부 위주로 배울 뿐 전투 훈련은 적당히 때웠을 텐데, 어째서 그렇게 자신만만하게 돌격할 수 있는 거야?

이 짧은 기간에 전투 훈련도 제대로 받지 않았으면서 오니 군한테 이길 자신감이 있다는 거야?

오니 군은 척 봐도 이 짧은 기간에 많이 강해진 듯 보이는데.

"흥!"

흡혈 양이 대검을 높이 치켜들었다가 내리찍었다.

뭐랄까, 흡혈 양의 신장보다 대검이 더 큼지막하니까 어쩔 수 없이 내려치기나 휘두르기밖에 못 할 테지만 말야.

그 내려찍기를 오니 군은 피하지 않고 한쪽 손에 든 검으로 받아넘기려는 자세를 취했다.

아니, 아무리 그래도 흡혈 양의 내려찍기를 한 손으로 막지는 못할 텐데?

저래서는 흡혈 양을 너무 얕보는 거야.

흡혈 양도 같은 생각을 했는가 보다. 얼굴에 사나운 미소가 떠올랐다.

"뭐?!"

그러나 미소는 금방 경악으로 바뀐다.

오니 군이 내리 휘둘러지는 흡혈 양의 대검을 본인의 칼로 쳐서 궤도를 빗겨 보냈으니까.

그리고 대검을 내리 휘둘렀던 탓에 빈틈투성이가 된 흡혈 양에게 다른 한쪽의 검을 가차 없이 때려 박는다.

목표는 흡혈 양의 목.

아예 반응도 못 할 공격은 아니었다고 봐.

하지만 대검의 공격을 빗겨 보내는 동시에 저 카타나 타입 마검의 능력인 벼락의 힘을 흘려 넣은 것 같았다.

전격을 맞은 흡혈 양은 몸이 경직되는 바람에 곧 뒤따르는 불꽃을 휘감은 검의 참격에 대처할 수 없었다.

잠깐만, 오니 군!

척 봐도 버서커 분위기인데 대체 어떻게 그리 영악한 전법을 구사하는 거야?!

나는 즉각 실을 뽑아서 오니 군의 팔을 구속했다.

후후후. 실과 공간계 마술만큼은 제어 따위를 신경 쓰지 않아도 이처럼 자유자재로 다룰 수 있거든!

흡혈 양의 위기를 화려하게 구하는 나, 멋있다아아앗?!

"카아아아아아아아아!"

팔을 구속당했는데도 불구하고 오니 군이 억지로 검을 끝까지 휘둘렀다!

그럼 어떻게 되는가?

실에 끌려가서 내가 휙 날아갑니다!

육체 강화 마술로 완력을 강화해도 내 체중이 변화하는 게 아니니까.

그리고 완력을 중심으로 강화 중이었던 나는 다릿심의 강화를 게을리했다.

그래서 바닥을 밟아 버티지도 못하고 맥없이 휙 날아가버리고 말았다.

이런 때 균일하게 강화해주는 능력치는 정말 편리했다는 생각이 드네!

뭐, 다리를 강화했다고 쳐도 제자리에 버티고 서 있지는 못 했겠지만…….

어차피 저 괴물 같은 파워로 잡아당긴다면 지면째 함께 끌려갈 게 뻔하잖아.

공간 기동 스킬이 있었다면 발판을 형성해서 어떻게든 버텨봤겠으나 급하게 재현하기에는 내 숙련도가 모자라!

공중에서 허둥지둥하면서 간신히 자세를 제어하고 공중제비.

오니 군과 연결돼 있던 실을 잘라내고 무사히 지면에 착지했다.

후유, 그렇게 안도의 숨을 내쉬었을 때 비로소 중요한 사실을 깨달았다.

앗, 큰일 났다. 흡혈 양, 죽었을지도…….

결국 내 방해는 있으나 마나 고만고만한 짓이었고 그대로 검이 다 휘둘러졌다면 흡혈 양의 목이 싹둑 잘려 나갔을 거야.

"아얏! 감히 나를 쳤겠다!"

그런데 내 걱정과 달리 기운 넘치는 흡혈 양의 목소리가 들렸다.

얼라리~?

아마도 오니 군의 공격은 직격했나 본데? 그래서 흡혈 양은 나랑 마찬가지로 충격을 받아 휙 날려 가버렸고……. 그런데 목에 상처라고 할 만한 상처가 없네.

상처 대신 비늘 같은 뭔가가 돋아났다.

저게 뭐야?

따로 붙여 놓은 게 아니라 비늘이 자라났다는 느낌인데…….

저 비늘이 오니 군의 참격을 방어해준 걸까?

그건 그렇다 치고 어째서 비늘이야?

흡혈 양은 언제 비늘이 생겨나는 생물로 진화한 거야?

내 의문은 아랑곳 않고 흡혈 양이 또다시 오니 군에게 돌진했다.

그러나 대검이라는 무기의 성질상 어쩔 수 없이 붕붕 휘두를 수밖에 없는 흡혈 양의 공격은 오니 군의 능란한 검법에 막혀 스치지도 못했다.

반면에 오니 군의 공격은 흡혈 양에게 퍽퍽 직격하고 있었다.

그런데도 내 실로 제작한 옷에 막히거나 저 수수께끼 비늘에 방어되는 등등 큰 대미지는 주지 못했다.

아예 노 대미지는 물론 아닐 테지만, 흡혈 양은 고레벨의 HP 자동 회복 쪽 스킬을 보유하고 있는 관계로 어지간하면 치사량의 대미지가 축적될 일은 없었다.

즉 장기전이 될 분위기야.

흡혈 양의 공격이 스치지도 않는 현 상황에서는 조금이나마 대미지를 가할 수 있는 오니 군이 살짝 유리했다.

그렇다 해도 흡혈 양 역시 대책 없이 돌진하는 건 아닐 테니까 승산이 아주 없지는 않다고 봐.

"에잇~! 진짜! 쫄랑쫄랑 피하지 말란 말이야!"

······대책도 없이 돌진하는 건 아니겠지? 응?

믿고 있거든?

뭐, 어느 틈인가 저렇게 비늘을 돋아나게 할 만큼 흡혈 양 역시 나날이 성장 중이다.

분명 괜찮을 거라 믿도록 하자.

그렇게 여유가 좀 생기니까 주위를 관찰할 짬도 났다.

흡혈 양과 오니 군이 우당탕 날뛰는 근처에서 피투성이가 된 큼지막한 녀석이 하나 축 나자빠져 있었다.

수정이 연상되는 맑고 투명한 비늘을 지닌 아름다운 용이었다.

하지만 지금은 온 수족이 피로 붉게 물들었고 생명력이 미약한 모습이었기 때문에 아름다움도 반감되는 느낌이었다.

그 용을 간호하는 분위기로 규리규리가 상처받은 몸에 손을 내뻗고 있었다.

저놈의 자식! 우리를 느닷없이 오니 군 앞에다가 던져다 놓고 어디에 갔나 싶었더니 저런 데 있었던 건가!

아마도 저 용이 직전까지 오니 군과 싸우고 있었을 텐데, 상당히 아슬아슬한 상황이었나 봐.

어쩐지 규리규리가 되게 조바심을 내더라니······.

오니 군의 주의를 저 빈사에 처한 용에게서 떼어 놓기 위해 일부러 우리를 눈앞으로 전이시켰던 거네.

이래저래 불만을 늘어놓고 싶지만 상황적으로 어쩔 수 없는 조처였을 테니까 용서해줄게.

나는 엄청나게 관대하시다!

흠.

그나저나 저 용, 척 봐도 꽤 강한 느낌인데 말이야.

어, 음. 마왕에게서 들었던 마의 산맥에 사는 용들의 수장이 딱 저런 모습이었을 텐데, 설마 아니겠지?

……규리규리가 간접적이든 어쨌든 간에 등장한 단계에서 산맥의 수장이 튀어나왔어도 놀랄 일은 아니겠구나.

마왕한테 들은 이야기에 따르면 마의 산맥의 수장 용은 저번 UFO 사건에서 같이 싸웠던 풍룡 휴번과 동격일 텐데, 그런데도 저렇게 엉망진창이 된 거야?

어라? 예상 이상으로 오니 군이 강하다?

흡혈 양이 위험해!

"덤벼! 덤비라고! 아까 전 위세는 어디로 갔어?! 죽어! 죽어버려!"

고개 돌리는 저편에서 격렬하게 공세를 펼치는 흡혈 양과 수세에 몰린 오니 군의 대결이 눈에 들어왔다.

아, 네.

걱정해 봤자 시간만 아깝겠네요, 그렇군요.

흡혈 양은 대검을 마구 휘둘러 대며 얼음과 물 마법을 써서 오니 군을 몰아붙이고 있었다.

게다가 얼음도 물도 희미하게 붉은색이 감도는 걸 봐서 단순한 얼음 마법과 물 마법은 아닌 것 같아.

붉은색, 즉 아마도 흡혈귀의 피부림 능력으로 뭔가 손썼을 텐데 자세한 효과까지는 모르겠다.

오니 군의 피부가 군데군데 문드러져 있는 꼴을 봐서는 산성 종류 일까?

으앗, 유녀 강하다.

오니 군의 공격을 막아 내는 비늘도 그렇고, 저 붉은 얼음과 물도 그렇고, 흡혈 양은 내가 모르는 데서 여러모로 진화를 이루어 냈다.

어느 사이에 이렇게 강해진 걸까.

아니, 원래부터 강한 건 알고 있었으니까 이 짧은 기간에 더욱 강해졌다는 표현이 옳겠네.

메라랑 둘이 덤비고도 흠씬 두들겨 맞았던 오니 군을 상대하면서 호각 이상으로 싸우는 모습을 보면 얼마나 많이 성장했는지 잘 알겠다.

아니지, 오니 군도 이 짧은 기간에 꽤 많이 강해졌잖아. 흡혈 양의 성장 속도는 훨씬 대단한 거야.

예전에 오니 군한테 당했던 게 진짜 분했나 봐…….

패배의 설움을 발판 삼아서 성장한 건가. 살짝 소년 만화의 주인공 같아.

"주우우우욱어어어어어!"

서, 성장……?

응. 내용물의 성장 과정은 마왕에게 전부 다 떠넘기도록 하자. 그렇게 하자.

나는 몰라요.

흡혈 양의 추후 정서 교육에서 눈을 돌리는 한편 전황을 지켜본다.

응? 같이 안 싸워주냐고?

나더러 다른 사람과 연계하라는 거야?

아니, 이건 반쯤 농담이라고 치고. 일단 하려고 들면 못 할 것도 없긴 하거든?

아주 못 할 짓은 아니겠지만 이 수준의 전투 상황에서는 서포트를 맡는 것도 꽤 고생스럽다고…….

흡혈 양과 오니 군은 고속으로 위치를 바꿔 가면서 격렬하게 돌아다니고 있다.

제어 부문에 불안이 남아 있는 내가 저기에 진짜 끼어든다면 흡혈 양에게 오발탄을 날릴 각오로 덤벼야만 한다.

실을 쓴다면 제어 걱정을 안 해도 괜찮겠지. 근데 있잖아, 애당초 두 사람의 속도가 너무 빨라서 도무지 개입할 만한 틈이 안 난단 말이야.

연계라는 건 말이야, 함께 싸우는 상대랑 동등하거나 더한 역량이 있어야 비로소 성립하는 법이거든.

지금의 나는 유감스럽게도 흡혈 양이나 오니 군의 속도에 따라붙을 자신이 없어.

아까 오니 군에게 날려 가면서 깨달았거든……. 단순하게 육체를 강화한 것만 갖고는 예전처럼 종횡무진 휘젓고 다니는 전투 방식은 아무래도 불가능할 것 같아.

예전에는 특출한 능력치에 플러스해서 공간 기동 등등 스킬의 힘을 빌려 비로소 구사할 수 있었던 전법이라는 걸 깨닫게 됐지.

운동 능력을 강화하고, 온갖 반동에 견딜 수 있게 방어력을 강화하고, 게다가 접지면이라든가 외적 요인에 따라 발생되는 결과를 예측한 다음 사전에 미리 대응 수단을 장치해 둔다.

그럼으로써 비로소 초고속 전투를 수행할 수 있는 거야.

그중 하나만 갖고도 어푸어푸 애먹고 있는 지금의 나로서는 살짝 무리겠지.

새삼스럽지만 능력치와 스킬은 정말 위대했구나.

아니지, 그런 요소를 이 세계의 주민 전부에게 적용시키고 있는 시스템이 이상한 건가.

나는 헉헉거리면서 마술 제어에 집중해야 되건만, 이 세계의 주민 들은 그런 거 일일이 신경 안 써도 시스템이 자동으로 제어해주니 까 치사하다!

세상의 부조리함에 내심 투덜투덜 불만을 늘어놓는 한편 흡혈 양 과 오니 군의 전투를 지켜봤다.

언뜻 보기에 밀어붙이는 건 흡혈 양.

흡혈 양이 휘두르는 대검은 오니 군의 능란한 검법에 헛손질만 할 뿐 아예 스치지도 않았다.

그래도 빈틈을 채울 보조 수단으로 띄워 둔 붉은 물은 흡혈 양의 몸 주변을 선회하다가 오니 군이 반격에 나서려고 할 때마다 획획 날아간다.

저 물에 닿으면 오니 군의 피부가 연기를 내며 타서 문드러졌다.

게다가 상처 부위를 방치하면 얼어붙는다.

얼어도 내부에서는 열심히 피부를 태우고 있기 때문에, 오니 군이 마검의 불꽃으로 얼음을 녹이고 나면 안쪽 살점이 훤히 노출되는 흉한 상태가 됐다.

아마도 저건 물 마법과 얼음 마법에 산 공격 스킬을 조합한 전법으로 짐작된다.

그리고 염동을 쓰는 것 같기도 하고…….

복수의 스킬을 적재적소에 동시 사용한다는 거네.

나는 동시에 제어하는 것도 엄청나게 힘든데 스킬은 역시 치사하다니까.

대검과 달리 붉은 물 공격은 궤도를 읽기 어려워서 오니 군도 다 피하지 못한 채 피탄당하는 상황.

그야 물이니까.

형태는 물론 뜻하는 대로 변형시킬 수 있고, 염동을 써서 움직이는 방식이니까 흡혈 양의 의도대로 공격할 수 있다.

점 공격도 선 공격도 면 공격도 자기 맘대로.

전부 피하라는 게 억지지, 뭐.

물보라에 닿는 정도는 대미지가 적지만 다량의 붉은 물에 뒤덮이면 거기에서 또 산이 피부를 태운다.

게다가 그 물이 동결되어 몸의 움직임을 둔하게 만든 뒤 피탄량을 더욱 늘린다.

야비하구나~.

피부를 산성 액체로 녹이는 광경뿐 아니라 전법 자체가 야비하구나~.

물론 오니 군도 일방적으로 가만히 당하는 건 아니었다.

왼쪽 오른쪽 손에 든 마검의 힘, 불꽃과 벼락으로 붉은 물을 요격해서 흩뜨리려고 한다.

하지만 슬프게도 상성이 나빴다.

불꽃과 벼락은 분명 살상 능력의 측면으로 보면 뛰어나지만 요격에는 적당하지 않았으니까.

양쪽 다 물리적인 질량이 없잖아.

질량을 동반한 붉은 물을 완벽하게 막고자 하면 흙 마법으로 방벽을 세우는 게 훨씬 유용하다.

불꽃과 벼락의 폭발적인 위력으로 붉은 물의 쓰나미를 잠깐 흩뜨려 봤자 물보라의 일부는 매번 오니 군의 몸에 쏟아지고, 물이니까 흩어진 뒤에도 곧 흡혈 양의 주위로 다시 집결한다.

게다가 고생해서 힘들게 막아 내도 저 붉은 물은 마나 소모가 적은지 흩어지자마자 흡혈 양은 즉각 추가 물량을 투입했다.

마검의 능력을 발동하는 데 필요한 MP가 어느 정도인지 잘은 모르겠는데, 어떻게 봐도 흡혈 양이 소모는 더욱 적은 것 같거든…….

안 막으면 큰 대미지를 입지만 막아도 소모가 격렬하다.

그래서 공세로 몰아치면 해결되느냐, 꼭 그렇지도 않았다.

오니 군의 불꽃과 벼락은 반대로 흡혈 양의 붉은 물에 다 막혀버리는걸.

응. 물이니까. 질량도 있고…….

불꽃이 물에 약하다는 건 초등학생도 잘 알고, 벼락도 역시 전류가 막 통하는 건 아니니까 말이야.

공방 일체. 상대에게는 방어를 허락하지 않는 주제에 자기는 완벽하게 방어해 낸다.

다시 한 번 말하겠는데 진짜 야비하구나~.

오니 군이랑 저번에 싸운 이후 그렇게 긴 시간이 흐른 게 아니었다.

공작 저택에서 지내왔던 흡혈 양에게 레벨을 올릴 짬은 전혀 없었고, 요란하게 수행하는 장면도 본 적이 없다.

그러니까 능력치랑 스킬에 아주 큰 변화는 없을 거야.

지금의 우세는 흡혈 양이 저번 패배를 반성하고 자신의 수단을 다시 점검하면서 오니 군 대책을 철저하게 마련했다는 증거겠네.

지피지기면 백전불태라잖아?

상대의 성향을 분석해서 대책을 마련하는 한편 자신의 공격 수단을 최대한으로 살리는 것.

그렇게 하면 역량이 어지간히 동떨어진 게 아닌 한에는 승산이 충분히 있다는 거야.

나도 같은 방식으로 몇 번인가 더 강한 녀석에게 승리를 거뒀더랬지.

아라바를 빼면 대부분 불의의 조우전이었으니까 성향이나 대책 따위는 다 집어치우고 맞붙어야 했지만!

뭐, 그 부분은 감정 님이 보완해준 덕분에 괜찮았다.

붉은 물이 오니 군에게 덮쳐들어서 몸에 확실하게 상처를 낸다.

HP 자동 회복계 스킬을 갖고 있는 듯 상처는 시간 경과에 따라 천천히 회복됐지만 재생보다 새 상처가 늘어나는 속도가 빨랐다.

이대로 가면 흡혈 양이 이길 것 같기는 했다.

그런데 정말 그렇게 일이 잘 풀릴까?

"끽! 끄가아아아아아아아아!"

오니 군이 이제까지와 또 다르게 보다 무시무시한 포효를 터뜨렸다.

동시에 풍겨 나오는 오라의 양이 단박에 뛰어올랐다.

불꽃과 벼락이 미쳐 날뛰며 오니 군의 몸을 뒤덮었고 떨어진 위치에 있던 내게도 열기가 전해졌다.

오니 군의 몸이 앞쪽으로 기운다.

흡혈 양과의 거리를 일순간 만에 좁혀서 붉은 물의 방벽을 돌진만 갖고 손쉽게 흩어뜨리더니, 자기 손에 들린 두 자루의 검을 동시에 흡혈 양의 몸에다가 때려 박았다.

놀라서 눈이 휘둥그레지는 흡혈 양에게 회피 동작을 취할 짬은 없었다. 비늘이 아무리 대단하더라도 오니 군이 휘두르는 혼신의 일격을 막아 내기는 어림없었기에 작은 몸이 허망하게 베여서 찢겨, 찢겨 나가지는 않았다.

넵. 멍하니 입만 벌리고 있는 흡혈 양은 제 바로 곁에 있답니다.

혼신의 일격으로 성대하게 헛방을 치는 오니 군.

어찌할 바 모르는 분노를 분출하는 것처럼 불꽃과 벼락이 흡혈 양이 있었던 주위 지면에서 폭발.

오니 군 본인까지 함께 휩쓸어서 무시무시한 소리와 충격을 주위에 쏟아부었다.

위험해라~!

역시 저 공격에 직격을 당했다면 흡혈 양이 얼마나 성장했든 아주 박살이 났을 거야!

"응? 어라? 아?"

정작 흡혈 양은 뭔 일이 일어났나 아직껏 미처 이해를 못한 눈치로 폭심지와 나를 번갈아 바라보며 혼란에 빠져 있었다.

내가 뭘 했냐면 별거 아니다.

위험하다고 직감했던 내가 전이로 흡혈 양을 여기까지 끌어왔을 뿐.

스킬이었을 때는 떨어져 있는 상대를 전이로 끌어들이는 짓은 엄두도 못 냈지만 지금의 내게는 이게 또 가능하거든.

실과 전이에 한정 짓는다면 스킬 이상의 활용을 선보일 수 있다고 자부합니다, 넵.

전투에 끼어들기는 조금 어려워도 쓱 구해 내기는 언제든지 가능했다는 거지~.

그러니까 여유 부리며 관전 중이었다는 말씀.

이야~ 그나저나 오니 군.

거기에서 또 한 단계 위쪽의 강화를 남겨 놓다니. 깜짝 놀랐어.

아무리 흡혈 양의 방어력이 높을지라도 저기 쓰러져 있는 용보다 더 높다는 생각은 도저히 안 들거든.

아마 흡혈 양의 비늘도 용린 계통의 스킬일 테고…….

뭔 수로 흡혈 양이 그런 스킬을 갖고 있는가 의문스럽기는 한데, 원조 격인 용을 이미 해치운 만큼 오니 군이 흡혈 양의 방어력을 돌파 못 한다는 게 이상하다고 생각했어.

그러니까 뭔가 비장의 수단을 숨겨 놓았겠지 싶었는데 설마 거듭된 강화일 줄은 예상을 못 했구나.

3이야? 3이 맞지?

그럼 조만간 블루라든가 색깔도 바뀌고 최종 단계에 다다르면 4가 되는 거야?

유감스럽게도 나는 전투 민족이 아니니까 저런 말을 들어도 두근두근 가슴 뛰지는 않지만 말야.

응~?

그나저나 오니 군의 강화는 구조가 어떻게 되는 거야?

그 부분이 궁금하군요. 가랏, 감정 보유자 흡혈 양!

"감정."

"응? ……아, 알았어."

오니 군을 감정해달란 신호에 살짝 뜸을 들였다가 따르는 흡혈 양.

저번에도 감정에 도움을 받은 적이 있었잖아.

아무래도 두 번째인 만큼 내가 하려는 말도 얼른 알아주네.

뜸 들였던 것은 눈감아주자.

"투신법 LV 10? 이것만 스킬 레벨이 되게 높네. 분노의 지배자 칭호에 딸린 특전일까? 아까 전에도 투신법을 발동했던 것 같아. 투신법이 올려주는 수치도 분노로 같이 강화되나 봐."

오니 군의 감정 결과로 그렇게 분석하는 흡혈 양.

아하~.

오니 군이 갖고 있는 노여움 계통의 스킬은 발동 중 MP랑 SP 등 등의 소비 없이 능력치를 강화해준다.

강화율도 상당히 높아서 노여움 계통의 최상위 스킬이라는 분노 쯤 되면 본래의 능력치가 몇 배로 훌쩍 높아진다.

그리고 투신법은 발동 중 SP를 소비해서 능력치를 높이는 스킬.

투신법 LV 10쯤 되면 각 능력치가 1000쯤 증가했었지.

그렇게 증가되는 수치까지 분노로 강화가 이루어진다면 거기에서 이미 터무니없는 능력치가 만들어지는 거야.

과연 능력치가 얼마나 높을까 신경 쓰여서 물어봤다.

"얼마쯤?"

"……물리 공격력이 2만을 넘었어."

오우, 지저스.

인형 거미를 안 데리고 왔던 게 차라리 다행이었네.

2만이나 되면 인형 거미들을 뛰어넘었잖아.

저번에는 사엘이 달랑 혼자서 호각 이상으로 맞붙을 수 있었는데, 이 짧은 기간에 오니 군도 레벨 업 많이 했구나.

인형 거미 셋이 한꺼번에 덤비면 아마 이길 수 있겠지만 누군가가 희생됐을지도 몰라.

전이로 빼낸다 쳐도 복수가 대상일 때는 나도 자신이 없고…….

쿵! 문득 폭발음과 함께 분진이 피어올랐다.

폭심지의 중심에서 큰 부상을 입고도 전혀 개의치 않고 기세를 떨치며 오니 군이 나타났다.

자폭했는데 아예 신경을 안 쓰는구나.

신경 쓸 만한 이성이 안 남아 있다든가?

저 분노에 물든 눈이 우리를 포착하고 똑바로 돌진을 개시했다.

"윽! 잠깐만 시간 끌어줘. 내 질투가 이제 곧 저 녀석의 분노를 봉인할 테니까!"

응?

흡혈 양이 뭔가 여러모로 흘려들을 수 없는 대사를 뻥 터뜨렸는데요?

잠깐만 기다려봐.

시간을 끌어달라는 말은 그렇다 치고 질투라니?

애가 질투라고 말했지?

투심이 아니라?

"카아아아아아아아!"

잠깐 오니 군, 입 다물어.

눈앞까지 닥쳐든 오니 군을 전이로 날려버렸다.

오니 군이 갑자기 눈앞에서 사라졌기 때문인지 흡혈 양이 눈을 끔뻑거리면서 주위를 둘러봤다.

그렇게 두리번두리번해 봤자 발견할 만한 범위에는 없거든?

지금의 내가 제대로 쓸 만한 수단이 실과 전이밖에 없는 처지라지만, 자신 있게 말하겠는데 이 세계의 주민한테는 안 진다.

패배할 방법이 없다.

전이라는 녀석은 제한이 사라지면 무시무시한 능력을 발휘하고 내가 도망치는 것도 엄청나게 간단하다.

상대를 어딘가로 날리는 것도 간단하고.

승산이 없는 상대여도 전이로 도망친다거나 반대로 상대를 날려버리면 그 시점에서 종료.

이기지는 못 해도 패배하진 않는다.

시스템의 적용 범위 안에 존재하면서 나를 쓰러뜨릴 만한 녀석을 꼽자면 마왕밖에 없지 않을까?

시스템 범위 바깥까지 보자면 규리규리라든가 포티머스도 있으니까 절대 안 진다고 잘라 말할 순 없지만……

이런 불안정한 상태에서도 굳이 규리규리의 요청을 거절하지 않았던 이유는 제대로 승산이 있었기 때문이었다.

뭐랄까, 아니면 거절했겠지.

오니 군의 비책이 분노 플러스 투신법이라는 시점에서 거의 승리가 확정된 셈이고 더는 두려워할 게 없었다.

왜냐하면 투신법은 SP를 쓰니까.

SP는 MP와 달리 자동 회복이 없어.

SP를 회복하고 싶거든 밥을 먹는 방법뿐이니까 보급을 못 받게 시간만 끌면 언젠가는 SP가 바닥나서 자멸한다.

그리고 내 전이가 시간 끌기에 딱 좋거든.

패배할 미래가 상상도 안 되는구나~.

아무튼 말야.

"질투라니 대체 무슨 말이야?"

오니 군이 돌아오기 전에 꼭 추궁을 마쳐야 하는 사안이 있었다.

내가 내려다보자 흡혈 양이 움찔 몸을 떨었다.

"어, 앗. ……맞아! 말이 헛나왔던 거야!"

흠. 오호라. 흐음~?

꾹 참고 있는 내 노여움을 알아챘을까, 흡혈 양이 슬금슬금 한 걸음 물러났다.

그러나 전이를 갖고 있는 나에게 거리 따위는 의미가 없다.

여기에서 도망치더라도 지옥 끝까지 쫓아가서 몽땅 자백을 받아내주마!

"으웃. 자, 잘못했어요! 투심 스킬에 스킬 포인트를 할당해서 질투로 진화시켰어요!"

내 바위와 같은 결의를 느꼈는지 흡혈 양은 포기한 뒤 솔직하게 사죄의 말을 꺼냈다.

아~ 저질러버렸네~.

흡혈 양이 원래 갖고 있었던 투심 스킬은 오니 군의 분노와 마찬가지로 7대 죄악 계열의 하위 스킬.

그 스킬에 스킬 포인트를 들이부어서 7대 죄악 계열 스킬 중 하나, 질투로 진화시켰다는 말이구나.

7대 죄악 계열의 스킬은 강력한 효과를 발휘하는 게 많다.

하지만 7대 죄악 스킬은 보유만 해도 심신에 영향을 끼치기 때문에 가능한 한 습득하지 않는 게 좋단 말이지.

그건 이성을 완전히 잃어버린 채 난동 부리는 오니 군을 보면 일목요연하다.

그렇게까지 되지는 않는다 해도 어쨌든 같은 7대 죄악 계열의 스킬을 습득한 이상 흡혈 양의 정신 쪽으로 모종의 영향이 발생했을 거야.

오니 군과 전투 때 보여줬던 거친 행동이 질투의 영향 때문일 수도 있고…….

응? 원래부터 그런 거 아니었냐고?

……그런 건 아니라고 믿자. 응.

어휴. 마왕이랑 내가 입이 닳도록 7대 죄악 스킬은 익히면 안 된다고 거듭거듭 말했었는데, 우리의 당부를 깨뜨리다니.

확실히 오니 군을 상대할 때 스킬 봉인 효과가 있는 질투는 상성이 좋다.

오니 군의 강력한 힘은 분노가 크게 작용하니까.

분노를 봉인할 수 있다면 오니 군은 대폭 약체화될 뿐 아니라 잃어버린 이성을 다시 불러올 수 있을지도 모른다.

　게다가 7대 죄악 계열의 스킬은 입수하면 그에 대응하는 칭호를 같이 받을 수 있고…….

　칭호 특전으로 또 다른 강력한 스킬을 확보할 수도 있고, 칭호 자체의 효과도 얻을 수 있고…….

　내가 갖고 있었던 오만의 지배자 칭호는 특전으로 어둠 마법의 궁극에 해당하는 심연 마법을 받았었고, 7대 죄악 계열 칭호의 특전은 강력한 게 많다.

　오니 군이 갖고 있을 분노 칭호의 특전이 흡혈 양의 예상대로 투신법이라고 가정하면 납득이 간다.

　질투 칭호의 특전이 뭔지 잘 모르겠지만 분명 강력한 스킬이었을 거야.

　응? 앗, 혹시 아까 전 비늘인가?

　오니 군과 전투할 때 눈에 띄게 이전과 달랐던 게 비늘이었잖아.

　어째서 인간형인 흡혈 양에게 용종이 아니면 보유하지 못하는 용린 계통의 스킬이 있는 걸까 의아했는데, 질투 칭호의 특전이라고 보면 납득이 가네.

　음. 이렇게 생각하면 질투를 손에 넣음으로써 흡혈 양의 전투력은 대폭 상승된 게 맞다.

　그렇다고 일부러 스킬 포인트까지 할당해서 스킬을 진화시키다니…….

　어지간히도 저번에 겪은 패배가 분했나 봐.

나랑 마왕의 당부를 깨뜨릴 만큼.

그래도 그건 그거. 이건 이거.

돌아가면 호되게 벌을 줘야지.

"히익?!"

아직 아무 소리도 안 했는데 분위기로 안 좋은 미래를 직감했는지 흡혈 양이 한심하게 비명을 질렀다.

어머, 어머나? 왜 이러실까?

오니 군과 싸울 때 보여줬던 위세는 어디로 갔어? 어디로 갔대?

"자, 잘못했어요오!"

……뭔가 진짜로 울음을 터뜨리려는 기세인데?

그렇게 내가 무서운가?

옆에서 보면 유녀를 진지하게 울리려고 드는 여자가 되는 거야?

유감스러워라.

"그, 그것보다! 지금은 이럴 때가 아니잖아?! 그 녀석은 어디로 간 거야?"

노골적인 화제 전환, 애쓴다.

뭐, 흡혈 양에게 줄 벌은 나중으로 미룬다 치고, 오니 군이 어디에 갔냐고?

나는 말없이 위를 가리켰다.

손짓을 따라 흡혈 양도 내가 가리키는 방향을 올려다봤다.

그와 거의 동시에 상공에서 뭔가가 떨어졌다.

그 뭔가는 감속하지 않고 지상에 격돌하여 둔탁한 소리를 울려 퍼뜨렸다.

"어?"

흡혈 양이 얼빠진 소리를 흘렸지만 나도 똑같이 「어?」라고 말하고 싶었다.

저기 상공에서 떨어져 내린 뭔가란 즉 지면에 격돌하여 누더기처럼 닳아 떨어진 오니 군이었다.

얼라리~?

오니 군, 자네 설마 공간 기동 스킬을 안 갖고 있는가?

내가 오니 군을 어디로 전이시켰냐면 그 대답은 바로 상공이다.

고도로 치면 5000미터쯤.

규리규리의 의뢰는 이 땅의 주민들을 오니 군에게서 지켜달라는 내용이라 어딘가 멀리 전이시켰다가 놓쳐서 도망가게 만들 순 없었다.

전이시켜서 시간을 끈다고 쳐도 여기에 되돌아오도록 다시 유도 작업이 필요하잖아.

그렇다면 간단하게 하늘 저 높이 던져버리면 괜찮겠다 싶어서 실행.

하늘에 던져 놓으면 똑바로 다시 떨어질 곳은 여기가 될 테니까.

다소 바람에 날려 가더라도 못 쫓아갈 만한 거리까지 멀어지지는 않을 테고.

게다가 어차피 오니 군은 우리 쪽으로 또 쳐들어올 것이라고 예상했었다.

설마 공간 기동을 안 갖고 있어서 곧장 지면에 들이박는 사태는 예상 밖이었지만…….

응. 그러고 보니까 공간 기동이라든가 비상이라든가 공중에서 행동 가능한 스킬도 없이 드높은 하늘로 전이를 당해버린다면 아무것도 못 하고 떨어져서 끝장나겠구나.

나도 참 야비한 짓을 했어.

애고~ 미안미안.

"으앗……."

흡혈 양이 늦게나마 내가 한 짓을 이해했는지 아주 질겁을 한다.

아니, 너도 꽤 야비한 짓을 저질렀잖아. 그 반응은 좀 유감스러운데?

그나저나 말이야, 오니 군이 공간 기동을 안 갖고 있다니 대체 뭔 경우일까?

흡혈 양과 호각 이상으로 싸울 수 있는 주제에 왜 필수 스킬은 빼먹은 거야. 깔보는 거냐?

난 공간 전이를 갖고 있다는 전제로 하늘 저 높이 전이시켜서 시간을 끌 목적이었을 뿐 대미지를 가할 의도는 전혀 조금도 없었단 말야.

괜히 내가 마지막 일격을 가한 분위기가 되어버렸잖아!

……어라, 진짜 죽었나?

어쩐지 오니 군이 꿈쩍도 안 하는데?

여보세요~. 살아 계세요~?

흠칫흠칫 다가가서 봤더니 간신히, 진짜 간신히 숨만 붙어 있었다.

이거야말로 임종의 숨결! 그런 느낌이기는 한데 아슬아슬하게 살았다.

분노로 버서커 상태가 돼도 더 이상 손가락 하나 까딱할 수 없다는 느낌이구나.

흐음~.

나는 살짝 고민한 끝에 살래살래 손짓해서 흡혈 양을 불러들였다.

흡혈 양은 머뭇머뭇하며 다가왔다.

그렇게 무서워하지 마, 아무 짓도 안 할 테니까.

"질투."

"어?"

"분노."

"어?"

에잇! 다 말을 해줘도 전달이 안 되나!

눈치도 없는 녀석이군!

"질투로 분노를 봉인."

"아."

이제야 이해됐구나. 흡혈 양이 오니 군을 손으로 가리킨다.

딱히 손으로 가리킬 필요는 없을 테지만 이런 건 기분 문제니까.

흡혈 양이 질투 스킬로 오니 군의 분노를 봉인하는 동안 나는 만에 하나 오니 군이 또 날뛰더라도 괜찮도록 아직껏 거머쥐고 있는 마검에 실을 뻗어서 회수했다.

왜 굳이 실을 썼냐고?

방심한 채 다가간 순간에 싹둑 잘려 나가기는 싫거든.

마검을 회수한 다음은 만약에 대비하기 위해 오니 군을 실로 묶었다.

더는 날뛸 힘도 없을 테지만 조심 또 조심해야지.

허리 부분을 중점적으로 빙글빙글 말아준 것은 뭐, 무사의 자비라고나 할까.

그게, 있잖아?

오니 군은 자기 주위에다가 불꽃이라든가 뻥뻥 터뜨렸잖아. 그러다가 옷이 좀……

상세한 내용은 오니 군의 명예를 위해 침묵하겠음.

"끝났어."

그렇게 손을 쓰는 사이에 오니 군의 분노 봉인이 다 끝났다.

오니 군의 몸에 감돌던 오라가 이제 사라졌다.

그토록 농밀했던 오라가 사라지자 여기에 남은 건 평범한 소년이었다. 빈사지경에 처한 채 쓰러져 있는 모습만 보일 뿐.

이대로 가만뒀다간 죽을 것 같아서 치료를 했다.

구부러졌던 사지가 원래 위치로 돌아오고 짓물러 노출됐던 뼈가 근육에 뒤덮이면서 위쪽으로 살갗이 형성된다.

치료 마술은 꽤 고도의 기술 아니냐고 생각할 텐데 애당초 치료 마법의 최상위 스킬에 해당하는 기적 마법을 갖고 있었기 때문에 그것을 재현하면 빈사의 중상도 보다시피, 짠!

상처가 사라져서 오니 군도 편안하게 잠든 얼굴을, 보여주지는 않는구나.

고통 가득한 표정이라서 입이 비뚤어져도 편안하다는 말은 못 하겠어.

응, 뭐 아무튼 잠들었잖아! 응!

깨어났을 때 어떤 반응을 보여줄까는 미지수겠지만 무력화는 완료했달까.

"끝났나."

상황이 일단락됐음을 알아차린 규리규리가 용을 데리고 다가왔다.

너덜너덜하게 찢어져 있던 용의 상처는 규리규리가 고쳐줬는지 깔끔하게 싹 회복됐다.

규리규리는 내 눈앞까지 오더니 그다음은 그대로 입을 다물었다.

뭔가 예전에도 이런 일이 있었던 것 같은데 혹시 내 착각일까?

그때는 분명 마왕이 올 때까지 내내 한 마디도 말을 안 했었는데, 지금 마왕은 여기에 못 오거든?

[어휴, 죽다 살았소. 주상을 대신하여 감사 인사를 드리리다. 고맙군.]

나와 규리규리의 별난 눈싸움을 끝낸 녀석은 규리규리의 뒤쪽에 서 있던 용이었다.

[본인은 빙룡 니아. 앞으로 잘 부탁드리겠소. 평소는 마의 산맥에서 한가하게 지내고 있으니 언제든 놀러 오시게나. 물론 선물을 챙겨서 말일세.]

감사 인사를 하려는 걸까, 선물 달라고 조르는 걸까. 어느 쪽이야?

"니아."

[예이예이. 주상께서도 쑥스러워 말고 답례 한 마디는 하시오.]

쑥스러워하는 거야?

엄청나게 귀찮다는 듯 한숨을 쉬는 규리규리의 모습을 보면 쑥스러움이란 감정이 전혀 안 느껴지는데.

"꽤 도움을 받았군. 고맙다."

아, 일단 고맙단 말은 하는구나.

그래도 한마디 하고 또 입을 다무는 규리규리.

어째서냐?!

이 침묵이 괴롭단 말야!

뭔가 말을 늘어놔도 곤란하겠지만 가만히 아무 말 않고 쳐다보면 그게 또 묘하게 불안하단 말이야!

"백 년은 걸릴 줄 예상했건만."

이대로 쭉 침묵이 이어질까 생각했을 때 규리규리가 불쑥 중얼댔다.

백 년? 뭔 소리래?

"제법 마술을 능숙하게 구사하는군. 내가 판단했던 바 최소한 백 년은 아무것도 못 하리라고 짐작했건만 예상이 빗나갔다."

규리규리는 그렇게 말한 뒤 우울한 기색으로 한숨을 토했다.

으, 응.

선배 하느님 규리규리의 예상에 따르자면 나는 백 년 가까이 힘을 되찾지 못한다는 계산이었나 봐.

백 년이라니……. 얼마나 오래 걸리는 거야?

그나저나 내가 백 년 뒤에도 살아 있다고?

신화한 다음 수명이 어떻게 되나 잘 모르겠는데 쭉 살아갈 수 있는 거야? 대답 좀?

"언뜻 보아도 공간 마술은 나 이상의 소양이 있군. 그 힘을 발휘한다면 이 별에서 나가는 것도 손쉬울 테지."

뭣이라! 내 공간 마술은 규리규리 이상이라고 보증서를 받고 말았다!

하핫~ 나 자신의 재능이 두렵구나!

뭐, 어쩔 수 없네! 나는 원래 천재니까!

그나저나 이 별에서 나간다고?

그 부분은 맹점이었다.

맞아. 내가 공간 마술을 쓰면 이 별에서 떠날 수도 있겠네.

그야 그렇겠지.

전이를 쓰면 공간을 건너서 다른 별이라 해도 넘어갈 수 있다.

하자고 마음먹으면 이 별에서 떠날 수도 있었던 거야.

"나로서는 여기에서 떠나가겠다면 전혀 관여하지 않겠다. 오히려
떠나주는 게 불확정 요소가 사라질 테니 고맙겠군."

으, 응.

규리규리 씨, 그 말은 에둘러서 내가 없어야 고생거리가 줄어서
더 좋단 뜻이죠?

돌려 말하지도 않았네.

대놓고 나더러 나가라고 말한 거 아냐?

[주상, 그런 말씀은…….]

"그렇지. 미안하군."

니아의 충언에 따라 사죄의 말을 꺼내는 규리규리.

응, 뭐, 용서해줄게.

규리규리가 나에게 내린 평가, 혹은 그냥 본심은 아주 잘 알았어.

"거기 전생자의 처우는 너희에게 일임하지. 보수는, 어디 보자."

[아얏?!]

규리규리가 갑자기 니아의 비늘을 잡아뗐다.

곧이어 비늘을 들고 내 뒤쪽에 숨어 있던 흡혈 양에게 걸어 다가
갔다.

"잠시만 다오."

규리규리가 가리키는 대상은 흡혈 양의 대검.

흡혈 양은 주뼛주뼛하며 대검을 규리규리에게 건네줬다.

대검을 받아 든 규리규리가 거기에 비늘을 대고 누른다.

그러자 비늘이 대검에 빨려 들어가면서 사라졌다.

"빙룡 니아의 힘을 담았다. 얼음 속성에 적성을 지닌 너에게 상성이 잘 맞을 테지."

와아.

관리자 권한이든 뭐든 써서 흡혈 양의 대검을 강화했나 봐.

안 그래도 펜릴이라는 신화급 마물을 소재로 써서 제작한 강력한 대검이, 이번에도 또 강력한 용의 소재를 받아들여서 강화됐다.

틀림없이 전설급 무기가 됐을 거야.

규리규리에게서 대검을 받아 든 흡혈 양의 표정을 보면 얼마나 대단한가 알 수 있었다.

눈빛이 아주 엄청나게 반짝반짝 빛나는구나.

"이런 것밖에 줄 수 없지만, 너는 뭔가 바라는 게 있나?"

규리규리가 나를 돌아보면서 묻는다.

으음~.

뭘 갖고 싶냐고? 당장에 막 떠오르는 대답은 없네.

이번에는 나설 기회가 없었지만 나는 대낮이 무기로 있고…….

그거 말고는 규리규리에게 구해달라고 말할 필요도 없이 알아서 마련할 수 있을 테고…….

『그러면 내가 상을 주도록 하죠.』

오싹, 삽시간에 체온을 빼앗긴 듯한 착각에 빠져든다.

직접 머릿속에서 울려 퍼지는 목소리였다.

그 녀석이 평소 나에게 말을 건넬 때 쓰는 스마트폰은 아무 데도 없었다.

평소와 다르다는 게 부지불식간에 나의 긴장을 끌어올렸다.

『재미있는 구경을 시켜줬던 답례로 분발해서 상을 줄게요.』

긴장하는 나를 아랑곳 않고 목소리가 이어졌다.

몹시도 아리땁고 맑지만, 가만 듣기만 해도 불안이 밀려오는 목소리로……

『그러니까 빨리 나를 만나러 와주세요.』

등에 고드름을 직접 박아 넣는 듯한 특급의 오한.

"왜 그러지?"

규리규리가 의아해하며 묻는다.

규리규리마저도 지금 목소리를 듣지 못했다.

진짜 신의 위치에 올라 힘을 발휘하는 규리규리마저도…….

"필요 없어."

자신이 제대로 서 있는가, 대답은 또박또박 하고 있는가. 아무것도 알 수가 없었다.

"보수는 필요 없어. 하지만 쟤 신병은 우리가 맡을 테니까 이제 간섭하지 말아줘. 그 약속을 보수 대신으로 받겠어. 괜찮아?"

"그래, 알겠다."

어질어질해도 안간힘을 다해 견뎠다.

솔직히 말하자면 당장 침대에 푹 쓰러지고 싶었다.

그래도 투정할 때가 아니었다.

"소피아. 쟤가 깨어날 때까지 분노 봉인이 안 풀리도록 질투를 유지시켜."

"아, 알았어."

필요하다고 판단되는 지시를 내린 뒤 정신을 잃은 오니 군을 짊어졌다.

"이 장소에 대해 마왕에게 이야기해도 돼?"

"……가능하면 모른 척해주기를 바라지만, 판단은 너에게 맡기도록 하지."

여기 혼의 휴양처에 대한 정보는 마왕에게 말하든 말하지 않든 자유롭게 판단해도 되나 봐.

규리규리 개인의 희망 삼아서 퍼뜨리지 말아달라는 부탁을 얹었으나, 어쨌든 사전에 성의 차원에서 공개한 정보인 만큼 특별히 제한은 안 하겠다는 뜻일까.

"알았어. 이제 슬슬 돌려보내줄래?"

"그래. 신세를 졌다."

나는 짊어지고 있는 오니 군, 흡혈 양과 함께 전이해서 공작 저택에 돌아왔다.

인형 거미들이 막 돌아온 우리들을 맞이해준다.

"리엘. 네 방에다가 얘를 재워줘. 그리고 감시. 무슨 일 생기면 알려주고."

내가 지시를 내리자 인형 거미들이 뚝 움직임을 멈췄다.

리엘과 피엘에게도 방은 물론 배정되어 있었다. 그러나 두 녀석이 내 방에서 같이 먹고 자고 하기 때문에 사용되지 않는 빈방이었다.

안 쓰는 곳을 이 기회에 유효 활용해야지.

리엘은 신기한 사람을 보는 눈으로 나를 바라보다가 느릿느릿 지시대로 오니 군을 짊어지고 방에서 나갔다.

내 실로 묶여 있기도 하고 깨어나서 날뛰어 봤자 아주 큰 사건이 일어나지는 않을 거야.

나머지 유녀 녀석들이 힐끔힐끔 나를 쳐다봤지만 지금은 별로 상대해줄 기분이 아니었다.

"잘래."

짧게 선언한 뒤 침대에 엎어졌다.

곧바로 침대를 실로 뒤덮어서 바깥 세계를 차단했다.

귓가에 달라붙은 목소리를 떨쳐 내고자 나는 몸을 둥글게 말아 웅크린다.

『빨리 나를 만나러 와주세요.』

그래도 그 말이 머리에서 떨어지지 않는다.

마치 저주의 말처럼 내 정신을 들볶았다.

손으로 귀를 막았다.

그런 짓을 해 봤자 의미가 없지만 그렇게 할 수밖에 없었다.

잘 알고 있었다.

영원히 피할 수는 없었다.

나는 이제 곧 만나야 한다.

그 목소리의 주인, D를…….

鬼 라스

익숙한 작업장.

이곳은 온라인 게임 속 내 방이다.

고등학교 입학 후 친구가 된 슌과 카나타 두 사람에게 제안을 받아 시작했던 게임.

먼저 게임을 시작한 두 사람에게 맞추고자 내가 선택한 것은 서포트 직업인 대장장이.

이렇게 하면 순수한 전투직인 슌과 카나타에게 방해가 되지 않는다고 판단한 결과였다.

그러나 두 사람이 결국 초심자였던 나에게 맞춰준 덕에 내 의도는 어긋나버리고 말았다.

그 도움이 순수하게 기뻤다.

열심히 렙업을 하러 다니는 대신 내 성장에 발을 맞춰줬을 때는 두 녀석들이라면 좋은 친구 관계를 맺을 수 있겠다고 확신했더랬다.

대장장이 스킬에 필요한 아이템을 셋이 함께 채집하러 간다거나 무기 강화에 필요한 소재가 드롭되는 몬스터를 사냥하러 간다거나.

셋이 다 함께 모이지 못할 때는 둘이서, 그것도 무리일 때는 혼자서 제작.

제법 뜻깊은 게임 플레이였다.

두 녀석이 내가 만든 무기나 방어구를 써줄 때마다 괜히 기뻐서 미소가 지어졌다.

생산직도 나쁘지 않아.

내 할아버지와 아버지는 작은 공장을 운영했었다.

어렸을 적 나는 공장에서 뭐가 만들어지는가 자세히는 알지 못했다.

아마도 뭔가 부품을 만드는 공장이었다.

"필요한 물건이래서 만들었는데도 큰 공장이 들어섰다고 거기로 갈아타버렸다."

할아버지는 입버릇처럼 불평을 늘어놓았다.

아마도 대량 생산 설비를 갖춘 더 큰 규모의 공장이 다른 곳에 들어선 탓에 물품을 납품하던 회사가 계약을 끊은 듯싶었다.

긴 햇수에 걸쳐 상부상조하는 관계를 유지했었는데도 상대측은 일방적 계약 파기라는 형태로 끝내버렸다.

할아버지는 그런 처사에 몹시 역정을 내다가 공장이 망한 동시에 술로 도망쳤고, 몇 년 뒤 간장암에 걸려서 허망하게 세상을 떴다.

한편 아버지는 공장 경영이 점점 어려워지고 있음을 빠른 시기에 이미 깨달아서, 계약이 파기된 직후 공장을 처분하겠다고 결심한 이후에는 다른 회사에서 근무를 시작했다.

공장을 경영하던 때보다 생활수준이 나아졌다는 게 얄궂을 따름이었다.

할아버지가 보기에는 그것도 역시 마음에 들지 않았을 테지.

그렇지만 아버지도 공장을 처분하면서 아무 감정이 없었던 건 아니다.

할아버지처럼 말수가 많은 분은 아니었지만 공장을 철거한 빈 땅을 복잡한 표정으로 바라보고는 했다.

가만히 현실을 수용한 사람의 표정이 결코 아니었다.

내가 어긋난 것을 싫어하게 된 이유는 할아버지와 아버지의 뒷모습을 보고 자랐기 때문이라고 생각한다.

할아버지와 아버지는 잃어버린 공장에 긍지와 애착을 갖고 있었다.

그곳은 거래처 회사의 편의 때문에 뜻하지 않게 청산 절차를 밟아야 했다.

그럼에도 불구하고 이전 거래처 회사는 큰 공장과 신규 계약을 맺음으로써 더한 업적을 쌓아 나갔다.

부조리하다.

이제까지 마치 충절을 바치는 무사처럼 묵묵히 부품을 제작했었던 할아버지와 아버지의 공장을 상대방은 대뜸 버리고 갔다.

거기에는 과연 정의가 있을까?

아니, 없다.

회사의 업적이라든가 상대방도 이래저래 할 말은 있을 것이다.

그러나 어쨌든 할아버지와 아버지는 부조리한 처사를 당했다. 한데도 상대 회사에 어떤 책망도 하지 않았다는 것을 나는 용서할 수 없었다.

그러니까 나는 올바르지 않다고 판단되는 일은 아무리 법률로 처벌받지 않는다 해도, 아무리 다른 사람들이 보고도 못 본 척을 할지라도 가만히 내버려 둘 수가 없었다.

뭐, 공장이 망하기 이전부터 그런 경향이 꽤 있었으니까 할아버지와 아버지의 영향이 아니었더라도 나는 어쩌면 그런 인간이지 않았을까.

하지만 거기에 박차를 가한 것은 틀림없이 공장 건이다.

나는 언제나 올바르고자 했다.

그리고 언제나 올바르지 않은 것을 바로잡고자 행동했다.

하지만 세상사가 그리 단순하지는 않았다.

올바름으로 세상 전부가 잘 수습된다면 공장이 망할 일도 아예 없었다.

마찬가지로 내가 올바르다는 판단하에 행동을 한들 결과적으로 사태를 악화시키거나 내가 잘못했다는 분위기로 끝나는 경우도 적지 않았다.

단순하게 사태 해결을 위해 폭력을 휘두르는 때가 많았던 것도 문제가 되었을 테지.

어린애의 시비질이야 주먹질로 이어지는 경우가 많다 하여도, 내 경우는 초등, 중학교를 다니며 나이를 먹고도 취한 수단이 바뀌지 않았으니까.

그러니까 작은 오니(小鬼)라는 별명까지 붙어서 두려움의 대상이 됐다.

폭력은 나쁜 짓이다.

그런 사실은 누구나 다 알고 있는데도 불구하고, 나는 자신의 올바름을 관철하기 위해서 굳이 나쁜 짓을 솔선해서 저질렀으니까 나 스스로가 모순됐다는 생각은 든다.

그것을 깨닫는 시기가 나는 다른 아이들보다 많이 늦었다.

그러니까 고등학교에서는 조용하게 지냈다.

그렇게 하자 지난날의 거친 생활이 싹 달라졌다.

폭력이 없는 평화로운 한때를 만끽할 수 있었다.

내가 부조리함으로부터 눈을 돌리고 폭력에 의지하는 짓을 중단했을 뿐인데 평범한 고등학생과 다를 바 없는 생활이 주어졌다.

슌과 카나타라는 좋은 친구를 얻은 덕분에 나는 만족스러운 고등학교 생활을 보냈다.

그렇지만 정녕 이래도 되는 것인가?

그렇게 마음속으로 물음을 던지는 목소리에 나는 즉답할 수 없었다.

어느 사이인가 장소는 고블린 마을의 내 방으로 바뀌었다.

내 방이랄까, 가족 겸용의 거처라고나 할까, 유일한 방이었다.

고블린의 건축 기술은 빈말로도 발전했다 말하기 어려웠다.

그리고 물자가 귀한 마의 산맥에서 사는 고블린들은 한 가정에 한채와 한 방밖에 없는 집이 고작이었다.

당장에라도 무너질 것 같은 낡은 집 안에서 나는 무기 연성을 실시했다.

내 무기 연성 능력의 존재가 판명된 이후 많은 일이 있었다.

내 무기 연성으로 나이프 및 포크 등등의 식기를 만들어 마을 주민들에게 배급하였고, 농기구 따위도 일부 연성이 가능했기에 살림살이가 나아졌다.

무기 연성이라는 이름대로 무기로 사용 가능한 부류가 아닌 한 연성이 불가능했지만, 농민 무장봉기의 사례도 있듯이 농기구는 무기로 사용된 역사가 제법 있어서인지 꽤 많은 종류의 농기구를 연성하는 데 성공했다.

게다가 무기 연성의 진가, 무기의 연성.

내가 양질의 무기를 연성함으로써 사냥 효율이 비약적으로 향상됐다.

덕분에 수렵조 고블린이 사냥해 오는 마물 고기로 굶주림에서 헤어날 수 있었고 탐색 가능한 범위도 더 넓어졌다고 했다.

그렇다 해도 생활 전체가 향상된 것은 아니었다.

알고 지내던 또래 고블린이 동사하거나 수확 시기를 잘못 판단한 밭의 채소에게 잡아먹히기도 했다.

밭의 채소에게 잡아먹힌다는 게 무슨 소리인가 의문도 들 텐데, 고블린 마을의 밭에서 기르는 작물이란 매섭도록 싸늘한 마의 산맥에서도 자라는 식인 식물이었다.

그 장면을 처음 목격했을 때는 지구와 너무나 다른 문화 충격 때문에 아연실색했었지.

그 밖에도 사냥을 나간 형뻘의 고블린이 못 돌아오는 날도 있었다.

그런가 하면 진짜 형이 경사롭게도 홉고블린으로 진화하는 등 나쁜 일이 일어나는 한편 좋은 일도 일어났다.

내 가족은 형이 넷, 누나가 여섯, 부모님 둘, 남동생 여동생이 한 명씩 나를 더해서 열다섯 명의 가족이었다.

인간으로 치면 상당한 대가족일 텐데 고블린의 경우는 아주 많은 숫자도 아니었다.

임신 기간이 짧고 번식력도 높기 때문에 빠른 간격으로 아이를 낳아서였다.

하지만 그만큼 사망률도 높았다.

나는 이야기만 들었지만 위로 네 명의 형제가 더 있었던 데다 남동생이 한 명 유산도 됐다.

그때는 힘겨웠다.

처음으로 맞이할 동생이어야 했다.

그렇지만 결국 못 만났다.

가족이 다 함께 울었다.

나는 한동안 식욕이 줄었다.

그런 나를 위로해준 게 가장 맏이였던 라자라자 형이었다.

그런 걸 위로라고 말해도 되나 좀 미묘하기는 한데…….

내가 뭘 당했다면, 얻어맞았거든.

"언제까지 죽상을 짓고 다닐 셈이냐. 먹고 기운 차려라. 그게 산놈의 의무다."

불쑥 쏘아붙이더니 억지로 내가 식사를 하게 만들었다.

진짜 우격다짐으로 입을 벌려서 음식을 욱여넣었더랬지.

그 이후에도 줄곧 식사 때 내가 침울한 모습을 보이면 다짜고짜 밥을 먹게 만들고는 했었다.

죽을 것 같이 힘들었지만 점점 더 침울하게 보내는 시간이 사라져 갔다.

라자라자 형의 말이 지당했을 뿐 아니라 그때는 이미 어머니가 새 생명을 갖게 되었다.

고블린의 생명력은 굉장하다.

그렇게 여동생이 태어났다.

그때 나는 이 아이를 지키겠다고 맹세했다.

이 세상에 태어나지 못한 남동생의 몫까지.

뭐, 그 후에 곧바로 또 남동생이 생기기는 했는데 나는 여동생을 특별히 더 귀여워했다.

남동생을 귀여워하지 않았다는 게 아니라 역시 마음속에 강하게 맹세했던 만큼, 남동생보다는 여동생을 거의 온종일 신경 썼던 건 사실이다.

여동생도 내 정성에 보답해주려는 듯이 특별히 더 나를 따라줬고 우리는 언제나 함께 다녔다.

내가 무기 연성으로 뭔가를 만들고 있을 때에도 여동생은 얌전하게 옆에서 가만있었다.

그리고 연성이 성공하면 짝짝 손뼉을 치며 자기 일처럼 기뻐했다.

이런데 귀엽다는 생각이 안 들 수가 없잖아.

더욱더 의욕이 솟아나서 연성을 해 나갔다.

게임에서 대장장이를 했을 때도 마찬가지였는데 누군가에게 보탬이 되는 물건을 만드는 게 즐거웠다.

게다가 보람이 있었다.

내가 만든 물품이 보탬이 되고 누군가가 필요로 해준다는 충족감.

할아버지도 아버지도 같은 마음으로 공장을 경영했을지도 모르겠다.

장면이 전환된다.

"도망쳐라!"

라자라자 형은 마을에서 손꼽히는 전사였다.

홉고블린이 다시 또 진화한 하이 고블린이고 능력치도 일반 고블린과 비교도 되지 않을 만큼 높았다.

자랑스러운 형이었다.

남자 형제들은 모두 라자라자 형을 목표로 삼았다.

그런 형이 만신창이가 되어 부르짖는다.

나는 형의 말에 따라서 여동생의 손을 붙잡고 도망쳤다.

고블린 마을에 인간이 쳐들어왔다.

조짐은 있었다.

수렵조가 인간과 접촉하는 경우가 점점 많아졌으니까.

내 무기 연성의 활용으로 장비를 충실하게 갖춘 수렵조는 차근차근 행동 범위를 넓혔다.

그리고 마의 산맥 기슭, 인간이 만든 새로운 마을 부근까지 행동 범위가 확대됐다.

잔뜩 경계한 인간들은 적극적으로 공격을 펼치기에 이르렀다.

그 때문에 진화를 거쳐 전투 수행이 가능함에 따라 수렵조에 소속된 많은 고블린이 희생되었다.

그리고 결국 인간들은 고블린의 본거지 마을까지 쳐들어왔다.

손에는 내가 연성했던 무기를 들고…….

분했다.

저건 내가 수렵조의 모두를 위해 연성한 무기였다.

결코 우리 마을을 습격하는 인간을 위해 연성한 게 아니었다!

놈들은 수렵조의 인원들에게서 내 정성이 담긴 무기를 약탈하는 것도 모자라 괘씸하게도 우리 마을을 향해 휘두르고 있었다.

그 사실이 못 견디게 분했다.

그리고 현실에 저항할 수 없는 약한 나 자신도…….

나는 성장이 빠른 고블린이기는 해도 아직은 한참 어렸다.

진화도 거치지 못한 고블린이라서 무기 연성이 가능한 것을 제외하면 도무지 보탬이 되지 못했다.

수렵조가 미처 맞싸울 수 없었던 인간들을 상대로 아무것도 할 수 없었다.

그러니까 도망친다.

한심하지만 내 손에는 여동생의 생명도 함께 쥐여 있었으니까.

이 아이는 내 목숨을 바쳐 지킨다.

그리고 내 결의를 깨부수고자 하는 남자 한 명이 앞길을 가로막고 나섰다.

나는 망설임 없이 그날 연성했던 무기를 남자에게 집어던진 뒤 다른 방향으로 도망치려고 했다.

그러나 내가 던졌던 무기는 남자에게 스치지도 못한 채 허망하게 회피당한 데다가 놈은 재빨리 움직여서 도주 방향을 먼저 막아버렸다.

명백하게 나와 비교도 되지 않는 높은 능력치의 소유자임을 움직임만 보고 깨달아야 했다.

"응?"

전부 글렀다.

그럼에도 어떻게든 타개책을 찾으려 하는 나를, 남자는 수상쩍게 쳐다봤다.

그리고 목에 건 돌멩이 목걸이에 손을 얹더니 뭐라 중얼거린다.

고블린이 쓰는 말과 다른 언어였기에 나는 자세한 내용을 이해할 수 없었다.

하지만 무엇인가를 당했다는 것은 온몸을 뒤적거리는 듯한 오한이 느껴져서 알 수 있었다.

남자가 눈웃음을 지었다.

무슨 짓을 하려는지는 모르겠는데 아무튼 기회였다.

그런 생각에 발길을 돌리려고 했지만 남자가 먼저 내 머리를 붙잡아서 지면에 내리누르는 것이 더 빨랐다.

"윽?! 키익?!"

저도 모르게 입에서 날카로운 목소리가 나왔다.

밀려 쓰러질 때의 아픔뿐 아니라 그 후 남자의 손에서 이루어졌던 이변 때문에……

이게 뭐야?!

몸속에 불순물이 흘러드는 듯한 불쾌감과 고통이 밀어닥쳤다.

그와 함께 의식에 다른 빛깔이 채색되는 정체 모를 감각이 덮쳐들었다.

이를 악물고 견뎠다.

그럼으로써 의식은 겨우 유지할 수 있었지만 몸은 자꾸 내 의지를 무시한 채 움직이려고 했다.

남자의 손을 뿌리치고자 발버둥 치고 있었는데도 힘이 빠져나가며 놈의 꼭두각시가 되었다.

시야 한쪽에 여동생이 꼼짝도 못 한 채 우두커니 서 있는 광경이 보였다.

도망쳐, 간절하게 외치고 싶었으나 입도 움직여주지 않는다.

남자가 손을 떼었다.

그런데도 내 몸을 뜻대로 통제할 수 없었다.

일어서려고 해도 도무지 힘이 안 들어가고 손가락 하나 움직이지 못했다.

내 몸인데도 내 몸이 아닌 것 같았다.

사실 내 몸은 당시에 이미 내 몸이 아니게 되고 만 셈이다.

그리고, 그리고……

장면이 전환된다.

고블린 마을의 집과 비교도 되지 않도록 튼튼하고 구조를 잘 갖춘 집 안에 있었다.

이곳은 고블린 마을을 없앤 놈들의 거점, 마의 산맥 기슭에 만들어 놓은 인간들의 마을.

거기에서 나는 무기 연성을 수행 중이었다.

내 옆에 여동생은 없었다.

하지만 대신 내 칭호에 아군 살해자와 혈족 포식자라는 게 늘어났다.

나는 고블린 마을을 습격했던 인간 남자 중 하나인 뷔림스에게 사역되는 처지가 되고 말았다.

거기에 내 의사는 고려되지 않았다.

강제로 복종당한 뒤 놈의 꼭두각시가 됐다.

부조리하다.

어째서 이렇게 됐나?

아무리 돌이켜봐도 답은 나오지 않았다.

뷔림스는 내가 연성한 무기를 만족스레 바라보다가 들고 갔다.

뷔림스가 끈으로 묶어 목에 걸어 둔 돌은 고레벨의 감정석.

고블린 마을에도 감정석이 있었다. 덕분에 내가 무기 연성 스킬을 갖고 있다는 사실을 알아냈지만, 뷔림스 소유의 감정석은 고블린 마을에 있던 물건보다 더욱 품질이 좋은 듯했다.

그래서 내 무기 연성 스킬의 존재를 간파했었겠지.

그러니까 죽이지 않고 사역한 거다.

차라리 죽는 게 나았다.

내 무기 연성 스킬은 네놈들에게 이용당하려고 존재하는 게 아니다.

그런데도 매일같이 밤낮도 없이 나는 무기 연성을 강제당했고 결과물은 전부 놈들의 손에 넘어갔다.

분하다.

그리고 그 이상으로 증오스럽다.

증오가 끓어오를지언정 나는 끝끝내 뷔림스의 지배에서 벗어나지 못한 채 무기를 줄곧 연성했다.

장면이 전환된다.

뷔림스는 마의 산맥에서 따로 사역한 마물들을 내가 쓰러뜨리게 했다.

레벨 업 작업이라고 말할 수 있겠다.

무기 연성은 내 MP를 소비해서 무기를 만들어 낸다.

따라서 내 레벨을 올려 한 단계 진화시키면 그만큼 MP가 늘어나고 연성 가능한 무기의 질이 오를뿐더러 수량도 늘릴 수 있었다.

그러기를 반복한 나는 허망하게 홉고블린으로 진화했다.

고블린에게 있어 홉고블린 진화는 큰 의미를 갖는다.

고블린은 본연의 상태에서는 수명이 대단히 짧다.

10년을 살 수 있을지 모르는 짧은 삶이다.

그런데 홉고블린이 되면 인간과 비슷할 만큼 수명이 쭉 늘어난다.

그러므로 고블린은 홉고블린으로 진화하기 위해 반드시 한 번은 수렵조에 적을 둔다.

마물을 쓰러뜨려서 레벨을 올리고 홉고블린으로 진화하기 위해…….

그것은 이른바 어른이 되기 위한 의식이기도 했다.

이 시기를 넘김으로써 비로소 고블린은 어른 대우를 받는 축에 들어갈 수 있었다.

물론 사냥 중 목숨을 잃는 고블린도 많았다.

따라서 고블린에게 있어 수렵은 비단 식량을 얻기 위한 행위일 뿐 아니라 신성한 의식이기도 했다.

그럼에도 나는 어떠한 감개도 없이 홉고블린으로 진화하고 말았다.

언젠가 나도 사냥을 나가 수렵조의 인원들과 어깨를 나란히 하여 마물과 싸우는 미래를 상상했었다.

이제는 맞이하지 못할 미래.

내가 경험한 것은 전혀 달성감 없는 진화뿐.

내 옆에서 지켜보는 놈은 내 진화를 순수하게 기뻐해줄 여동생이 아니라 의기양양한 얼굴로 고개를 끄덕이는 뷔림스.

그리고 눈동자에서 의지의 빛이 사라진 라자라자 형.

뷔림스에게 사역당한 건 나 혼자가 아니었다.

라자라자 형 또한 놈의 희생자였다.

라자라자 형은 나보다 지배의 침식 정도가 심하여 맨 처음 무렵에는 보였던 적개심이 사라졌고, 지금은 마치 의지가 없는 인형처럼 뷔림스에게 복종했다.

이것이 마을 제일이라는 평판과 함께 모두가 믿고 따랐던 라자라자 형의 현재 모습이다.

마을 주민들이 지금 라자라자 형의 모습을 보면 뭐라고 말할까?

딱하다고 한숨을 쉴까.

아니면 못내 서글퍼할까.

라자라자 형을 이런 꼴로 만들어 놓은 뷔림스에게 분개할까.

전부 상상에 불과하다.

마을 주민들 누구도 이미 세상에 없으니까.

언젠가 나도 그렇게 되는 게 아닌가 하는 공포가 끓어오른다.

하지만 그 이상으로 마음을 점한 감정은 뷔림스 및 인간들에게 품은 증오.

설령 몸을 지배당했어도 이 마음만큼은 결코 안 내주련다.

장면이 전환된다.

결코 일어나서는 안 되는 광경이었다.

나는 내 눈을 의심했다.

대체 뭔 농담이냐고, 농담이래도 질이 나쁘다고.

혹은 어쩌면 상대의 방심을 유도하기 위한 연기가 아닐까 가정했다.

그렇지만 아니었다.

아님을 알고 말았다.

라자라자 형이 웃고 있었다.

마물 조련사 뷔림스와 함께…….

저놈은 우리 마을 주민들 모두의 원수였는데도…….

진심으로 즐겁다는 듯이…….

눈빛에 경애의 감정마저 띠어 보이며…….

여기에서 이미 결단코 일어나서는 안 되는 광경이었는데, 라자라자 형은 본인의 손에 몇 개나 되는 눌림 꽃을 들고 있었다.

저것은 고블린에게 무척 소중한 물건이다.

고블린이 사냥을 나설 때 부적으로 가지고 가는 몹시도 소중한 물건이다.

고블린에게 있어 수렵은 신성한 의식.

그리고 사냥을 나가는 고블린들에게 마을에 남는 고블린은 손수 눌림 꽃을 만들어서 부적으로 건넨다.

추위가 심한 마의 산맥에서 활짝 핀 꽃을 찾아내는 것은 힘든 작업이다.

그럼에도 반드시 꽃 부적을 건네줘야 한다.

그렇게 소중한 증표를 라자라자 형은 몇 개나 갖고 있었다.

꽃 부적은 한 명에 하나.

그렇다면 저것은 라자라자 형의 부적이 아니었다.

애당초 우리 마을이 사라지고 제법 긴 시간이 흘렀다.

잘 눌러 말렸어도 라자라자 형이 본래 갖고 있었던 부적은 다 시들어버렸을 것이다.

그러면 라자라자 형이 갖고 있는 것은 도대체 누구의 부적인가?

떠올리고 싶지 않았다.

그러나 대답은 하나뿐이다.

라자라자 형이 갖고 있는 것은 우리 마을이 아닌 다른 고블린 마을 전사들의 부적이었다.

그리고 그 부적을 라자라자 형이 갖고 있다는 것은, 라자라자 형이 그 마을을 쳐서 없애버렸다는 뜻.

눈앞이 새빨갛게 물든다.

어째서? 어째서? 어째서? 어째서? 어째서? 어째서? 어째서?
어째서? 어째서? 어째서? 어째서? 어째서? 어째서? 어째서?
어째서? 어째서? 어째서? 어째서? 어째서? 어째서? 어째서?
어째서? 어째서? 어째서? 어째서? 어째서? 어째서? 어째서?
어째서? 어째서? 어째서? 어째서? 어째서? 어째서? 어째서?
어째서? 어째서? 어째서? 어째서? 어째서? 어째서? 어째서?
배반했다.

긍지를 더럽혔다.

용서할 수 없어.

《숙련도가 일정 수치에 도달했습니다. 스킬 〈격노 LV 9〉가 〈격노 LV 10〉으로 성장했습니다.》

《조건을 충족시켰습니다. 스킬 〈격노 LV 10〉이 스킬 〈분노〉로 진

화했습니다.》

《숙련도가 일정 수치에 도달했습니다. 스킬 〈금기 LV 3〉이 〈금기 LV 5〉로 성장했습니다.》

《조건을 충족시켰습니다. 칭호 〈분노의 지배자〉를 획득했습니다.》
《칭호 〈분노의 지배자〉의 효과로 스킬 〈투신법 LV 10〉과 〈염마〉를 획득했습니다.》
《〈기투법 LV 2〉가 〈투신법 LV 10〉에 통합되었습니다.》

나중이 되어 돌아봤을 때는 뷔림스의 지배가 더욱 진행되어 힘을 발휘했던 탓이고, 분명히 라자라자 형도 제정신이었다면 그런 짓거리는 하기 싫었으리라는 상상이 됐다.

그래도 당시의 나는 분노에 젖어 깊이 사고할 만한 여유를 잃어버렸었다.

몸속에서 끓어넘치는 작열과 같은 노여움이 전부를 불살라 태워버린다.

마치 나 자신이 타오르는 기분이었다.

동시에 나를 옭아매던 마물 조련사의 주박도 역시 타올라서 풀어졌다.

아, 이제 나는 자유다.

이제 더 이상은 내 행동을 막을 수 없어.

온 힘을 담아서 무기를 연성한다.

바라는 것은 오로지 파괴의 힘뿐.

마치 나의 내면을 고스란히 옮긴 것처럼 흉한 형상의 불꽃을 두른 검이 완성됐다.

그 검을 망설임 없이 수치도 모르는 배반자에게 때려 박았다.

제대로 방어 자세도 못 취했던 탓에 일찍이 형이라고 불렀던 자가 두 동강이 난 다음 폭염에 삼켜졌다.

옆쪽에 있던 뷔림스를 곧바로 기세를 붙여 베어 죽이려고 했지만 역시 만만한 놈은 아니었다. 이미 내게 거리를 벌려 놓았다.

소리를 듣고 다른 놈들이 몰려든다.

뷔림스도 새 마물을 소환해 댔다.

알까 보냐.

이 목숨이 다해도 좋다.

나의 분노를 뼈저리게 느껴라.

그리고—.

"이게, 응보인가……."

나는 최후의 때를 맞이하는 뷔림스를 내려다보고 있었다.

뷔림스를 제외하고 이 자리에 살아 있는 것은 나뿐이다.

모조리 다 내가 죽여버렸다.

전력은 상대가 물론 압도적이었다.

그럼에도 뒤집을 수 있었던 데는 분노 및 투신법의 힘, 무엇보다도 레벨 업마다 전체 회복이 이루어지는 내 특이한 체질이 큰 역할을 했다.

내 레벨이 낮기 때문인지 상대를 몇 명 쓰러뜨리기만 해도 레벨이 올랐다.

빈사가 될 때까지 HP도 MP도 SP도 다 써버리고 레벨 업으로 회복한다.

그리고 또 빈사가 될 때까지 싸운다.

그러기를 반복했었다.

맨 처음에는 놈들이 나를 정말로 죽여야 하나 망설였던 것도 크게 작용했다.

내 무기 연성은 놈들에게 귀중한 힘이었으니까.

나 같은 인재를 대뜸 죽여버려도 괜찮은 건가.

그런 의도가 뻔히 들여다보였고 놈들은 냅다 죽이기보다는 무력화하는 데 중점을 두고 싸웠다.

그 틈을 잘 찔러서 이용했다.

"꼴사납군."

마지막까지 남은 뷔림스는 강했다.

마물 조련사로서도, 순수한 전사로서도……

전사의 힘만 갖고 견줘도 이 자리에 있었던 누구보다도 강했다.

그렇게 강했던 남자도 지금은 땅에 엎드려서 울고 있었다.

"내가, 미운가?"

뷔림스의 물음에는 답하지 않았다.

나는 뷔림스에게 사역되는 동안 놈들의 말을 익혔기에 대답을 못 하는 것은 아니었다.

하지만 대답한들 의미가 없었다.

대답 대신에 높이 치켜든 검을 내리쳤다.

"원통하구나."

그렇게 뷔림스의 숨이 끊어졌다.

최후의 한 마디에서 끈적하게 달라붙는 무거운 집념 비슷한 감정이 느껴졌다.

그만큼 이루고 싶은 목표가 있었을 테지.

우리 고블린을 몰살해서라도…….

인과응보다.

그럼에도 불구하고 내 마음은 맑아지지 않았다.

추한 상실감과 먹먹함이 남았다.

그리고 아직껏 사라지지 않는 분노의 불길도…….

뷔림스의 시체에서 감정석을 잡아 뜯었다.

그리고 나 자신을 감정.

거기에 표시되어 있는 진화 가능이라는 문자.

진화 대상은 두 종류.

하이 고블린과 오거.

나는 선택했다.

그와 동시에 명명 스킬을 써서 스스로의 이름을 변경했다.

라스, 라고…….

고블린은 자신의 이름에 긍지를 갖는다.

명명 스킬은 대개 무기 연성으로 연성한 무기에 이름을 붙임으로써 무기의 성능을 끌어올리기 위해 사용했었지만, 이 스킬을 써서 고블린의 이름을 바꾸면 대상의 능력치를 올려줄 수도 있었다.

그래도 개명을 받아들이는 고블린은 없다.

그만큼 고블린은 자신의 이름을 소중하게 아꼈다.

용감하게 싸워 제 목숨을 산화했다고 알려져 있는 전설적인 고블린의 이름을 기념하기 위해서, 고블린들은 두 글자의 소리를 반복하여 써서 이름으로 받는다.

라자라자, 라즈라즈와 같은 식으로.

라즈라즈는 나의 본래 이름이다.

그래도 이제 내게는 고블린을 자처할 자격이 없었다.

긍지도 소망도 이 분노에 온통 덧칠되고 말았다.

그러니까 더는 고블린으로 살아갈 수 없다.

여기에 있는 녀석은 한 마리의 오니였다.

분노에 지배당하는 오니일 뿐.

나는 하늘을 향해 울부짖으며 진화를 위해 의식을 놓아 보냈다.

장면이 전환된다.

고블린이 아니게 됐고 동료를 잃었을뿐더러 복수 상대도 이미 없었다.

사실대로 말하자면 나는 살아갈 의미를 잃어버렸다.

그런데도 타성에 젖어 살아 나간다.

뷔림스에게 지배당하던 때에 머무른 마을에서는 지내고 싶지 않아서, 그러나 고블린이었다는 과거를 버리고 나온 내가 고블린 마을에 돌아가는 것도 좀 아닌 듯싶어 소거법으로 움직인 곳은 마의 산맥에서 멀지 않은 길.

그 길을 걸어간 곳은 인간이 지배하는 땅이었고 오거로 진화했던 나는 문답무용으로 모험가의 습격을 받았다.

그들과 맞싸워 해치웠더니 대규모 모험가 집단에게 공격당했다.

그들을 사전에 준비해 놓은 함정 및 마검으로 물리쳤다.

살아갈 의미를 이미 잃어버렸는데도 불구하고 분노에 의한 노여움과 타성에 젖어 싸워서 끝내 살아남는다.

그리고 모험가들이 격퇴당한 뒤에 찾아온 것은 아마도 나라의 정규 부대.

그 부대를 이끌었던 노기사와 노마법사에게 패배하여 꼴사납게 도주.

도주 중 수수께끼의 남자에게 공포와 환영이라는 상태 이상을 이중으로 걸려서 반쯤 착란에 휩싸여 날뛰고 다녔다.

정신을 차렸을 때는 뷔림스가 있던 마을에 되돌아왔다.

그 마을에서 매복 중이었던 것으로 짐작되는 집단을 괴멸시키자 문득 이성이 돌아왔다.

이제 싸우고 싶지 않아, 싸울 이유가 없어.

나 스스로도 기가 막혔다.

그런 사실을 깨닫지 못한 채 분노와 타성에 휩쓸려서 줄곧 싸워왔었으니까.

그리고 지칠 대로 지쳤던 나는 수치도 자책감도 싹 버리고 옛 고블린 마을로 이동하고자 마음먹었다.

이미 다 황폐해진 마을이기에 아무도 없겠지만 나 혼자 조용하게 살아가고 싶었다.

그런데 그곳으로 향하는 도중 나는 또 목적을 잃어버렸다.

분노에 침식됐던 내 사고는 어쩔 수 없이 전투로 쏠리게 되는가 보다.

마의 산맥에 서식하는 마물을 습격할 뿐, 당초의 고블린 마을로 돌아가자는 목적은 싹 잊고 말았다.

그 이후 몹시도 강한 드래곤에게 동정을 받았다.

아, 그래도 돌이켜보면 에둘러서 죽으라고 말한 게 아니었을까?

그다음은 팔이 여섯 개 달린 작은 여자아이와 싸웠고, 그 직후에 또 다른 작지만 몹시 박력이 있는 여자아이와 건강하지 않아 보이는 얼굴이었는데도 강한 남자와 싸웠고……

그러다가 어째서인지 전세 때 같은 반 학생이었던 와카바가 나타났다.

이쯤 기억부터는 나 스스로도 조금 이상하고 수상쩍다는 생각이 든다.

능력치라는 게 존재하는 세계니까 작은 여자아이가 강한 현실은 말도 안 된다고 잘라 말할 수가 없다.

팔이 여섯 개 달린 아이도 뭔가 아이템이나 특수 장비를 썼다고 생각하면, 뭐.

그래도 와카바가 나타난 건 아무래도 현실이 아니겠지.

꿈이나 환상이었을 거야.

그리고 내게 어렴풋이나마 현실이라 느껴지는 건 거기까지일 뿐 다음 기억은 비몽사몽했다.

마의 산맥에서 마물들과 교전했었다.

몹시, 몹시도 강한 노검사와 싸웠다.

그리고 나를 동정했던 드래곤이 앞길을 가로막았다.

마지막은 팔이 두 개였던 작은 여자아이와 와카바.

……팔이 두 개 달린 여자애는 그냥 평범한 아이잖아.

꿈을 너무 꾼 탓에 나도 머릿속이 혼란에 빠졌나 보다.

응? 꿈?

어째서인지 나는 하늘을 날고 있었다.

새처럼 하늘을 자유롭게 날아다니는 게 아니다.

날고 있다기보다는 단지 추락하고 있었다.

고속으로 가까워지는 지면.

이대로 가만있으면 충돌한다는 공포.

그 미래 예상은 틀리지 않았다. 내 몸은 지면에 둔탁한 소리를 울리면서 격돌했다.

온몸이 산산조각으로 갈라지는 듯한 착각.

꿈이었다면 이런 경우는 격돌하기 직전에 벌떡 일어나는 게 정석 아닐까?

어라? 꿈?

맞아.

전부 꿈이다.

길고 긴 악몽이다.

"헉?!"

잠에서 깨어났다.

지면에 격돌하기 직전이 아니라, 격돌하고 나서 이것은 꿈이라고 자각한 다음 잠에서 깨어나다니 좀처럼 겪기 어려운 경험이 아닐

281

까?

기분은 최악이었다.

그것을 나타내주듯 내 온몸은 축축하게 땀에 젖어 있었다.

그래도 벌떡 일어나지는 못했다.

벌떡 일어날 수가 없었다고 말해야겠군.

"어? 이게 뭐야?"

내 몸이 움직여지지 않았다.

그 탓에 벌떡 일어나고 싶어도 벌떡 일어날 수가 없었다.

혼란스러워하면서도 상황을 파악하고자 이리저리 시선을 보냈다.

다행히 목은 움직일 수 있는 덕분에 주위 상황을 살피는 데 지장이 없었다.

아무래도 누군가가 나를 침대에 눕혀 놓은 듯했다.

이불에 덮여 가려져 있기 때문에 내 몸의 자세한 상태는 안 보였다.

그래도 감촉으로 짐작하자면 아마도 묶여 있다고 추측된다.

이어서 내가 있는 방을 둘러봤다.

고블린 마을의 낡은 방과, 뷔림스가 있던 마을의 집이 전혀 비교조차 안 될 만큼 근사하게 꾸며 놓은 큰 방이었다.

어디 호텔의 특별실인가?

자신이 이런 방에서 잠들게 된 사정이 이해되지 않아서 혼란만 더욱 가중될 따름이었다.

그러던 나는 침대 옆쪽에 있던 여자아이와 눈이 마주쳤다.

작은 여자아이의 눈, 마치 인조품 같은 눈이 나를 꿰뚫어 본다.

어쩐지 팔이 여섯 개 달려 있었던 여자아이와 비슷한 듯싶기도 하다.

잠깐.

팔이 여섯 개라니 무슨 소리야?

그거는 꿈속의 공상이잖아?

실제로 팔이 여섯 개 달린 여자아이가 있을 리 없어.

그즈음부터 꿈과 현실의 구별이 불분명해졌던 것 같다.

거기까지 사고하다가 나는 어떤 경위로 이토록 훌륭한 방에서 잠들게 되었는지 전혀 모른다는 사실을 깨달았다.

가장 최근의 기억은 꿈과 현실의 경계가 애매했기 때문에 전혀 도움이 되지 않았다.

무엇을 어쩌다가 이런 곳에서 잠들게 됐나 상황이 전혀 짐작도 안된다.

"음, 저기, 안녕?"

혼란에 빠진 내가 건넬 수 있었던 말은 이렇듯 스스로도 웬 얼간이 짓이냐고 당황할 만큼 뻔한 인사였다.

그래도 달리 무슨 말을 할 수 있겠어?

내게 인사말을 들은 여자아이는 말없이 끄덕 고개를 움직였다.

그리고 침대 옆쪽에 놓여 있던 종을 집어 들더니 박자를 맞춰 흔들었다.

저거, 종업원 같은 사람을 부를 때 쓰는 종이겠지?

전세 때 관람한 외국 영화에서 등장한 장면이지만 실제로 종을 사용하는 모습은 처음 봤다.

그건 그렇고 여자아이가 연주하는 종소리는 박자가 불규칙한 탓에 듣다 보니까 어쩐지 점점 불안해진다.

평범한 종인데도 이 아이한테는 음악 쪽 재능이 없다고 단언할 수 있는 음색을 연주한다는 게 어떤 의미로 보면 대단하다.

어쩌면 반대로 재능이 있는 건지도 모르겠다.

별로 오래 듣고 싶다는 생각은 안 들지만……

"리엘! 그 소리 들릴 때마다 정신병 걸릴 것 같다니까! 어서 멈춰!"

노크도 없이 문을 세차게 열어젖힌다.

거기에서 나타난 것은 팔이 두 개 달려 있었던 작은 여자아이였다.

……또 이러네, 내가 도대체 뭔 기준으로 여자아이를 구별하는 거람?

아, 됐어.

아무튼 일단 꿈이겠거니 판단하고 넘긴 공상 속에서 등장했던 여자아이가 실제로 나타났다는 데 반응해야 할 테지.

그러면 혹시 꿈이 아니었나?

"어머? 일어났네."

그 여자아이는 뒤쪽에 다른 여자아이를 둘 데리고 왔다.

그중 한쪽은 본 적이 있었다.

팔이 여섯 개 달린 여자애다.

지금 보기에는 평범하게 팔이 두 개밖에 없지만……

"소피아, 노크도 안 하고 남자가 쓰는 침실에 대뜸 들어가는 건 예법에 어긋나지 않을까~? 숙녀라면 뒷손가락질을 받아도 어쩔 수 없는 행동이야. 예법 강좌는 보충 학습 좀 받아야겠어."

또 여자아이가 늘어났다……

살짝 진저리를 내면서도 새로 나타난 여자아이를 봤다.

다음 순간, 나는 형용할 수 없는 오한에 휩싸였다.

"헉?! 뭐야?!"

겉모습은 평범한 여자아이다.

주위 여자애들과 비교하면 몇 살은 많은 듯하나 그럼에도 10대 전반, 더 많아 봤자 10대 중반밖에 안 되어 보였다.

그런 여자애가 터무니없는 괴물로 보이다니.

가만 보기만 해도 심장이 격하게 뛴다.

"오호. 감정도 없이 내 힘을 간파한 거야? 너, 제법 싹수가 있네!"

구김살 없이 웃는 소녀의 얼굴에서 사나운 육식 동물의 기세가 연상된다.

몸은 본능을 따라 도망치려고 하지만 지금 나는 묶여 있기 때문에 도망칠 방법이 없었다.

"흥!"

"꺼흑?!"

나는 느닷없이 바닥에 내동댕이쳐졌다.

"나를 무시하다니 배짱도 좋네!"

이불을 확 잡아당겨서 나를 바닥에 내동댕이친 범인이 우뚝 선 자세로 거들먹거렸다.

방금 전 대화를 되새김하면 저 아이가 아마 소피아겠구나.

다른 자그마한 애들은 얌전하게 있는 와중에 혼자 요란스럽다.

"소피아……."

"왜요? 이 녀석이 나를 무시했잖아요? 내가 아니라 아리엘 씨만 내내 쳐다보고. 그런데도 용서해요? 아뇨. 용서 못 해요."

"……질투의 영향이 살짝 나타나는구나. 으음. 아무튼 지금은 잠깐 진정해주면 안 될까? 제대로 이야기를 나눌 수가 없으니까."

아리엘 씨라고 불린 소녀가 가볍게 소피아 씨를 흘겨보면서 타일렀다.

아무래도 이 자리에서는 아리엘 씨가 가장 큰 힘을 가진 듯 눈총을 받은 소피아 씨는 움찔 몸을 경련하면서 핀잔먹은 대로 조용해졌다.

"어디 보자, 그러면 대화 좀 나눌 수 있을까?"

여기에서 내게 거부권은 없었다.

기세가 꺾인 까닭에 입도 못 여는 형편이었지만 말없이 고개를 끄덕거렸다.

"그래그래. 잘됐다, 잘됐어. 일단 제1관문은 통과했네. 제정신을 차려서 정말 다행이야. 한마디 더 하자면 인족어를 알아듣는 걸 보니까 제2관문도 통과했고."

명랑하게 웃는 아리엘 씨.

저 사람이 하는 말의 의미가 아직 다 이해되지는 않았지만 나에게 있어 나쁘게 작용하지는 않을 듯했다.

"그럼 이대로 두면 말 나누기도 불편하니까 먼저 풀어줄, 앗, 시로가 없으니까 못 푸는구나."

아리엘 씨가 바닥에 쓰러져 있는 나에게 다가와서 내 몸을 묶고 있는 실에다가 손을 얹었다.

나를 묶고 있는 건 상당히 가는 실인데 그걸 거듭거듭 둘러 감아서 마치 애벌레 같은 상태로 만들어 놨다.

이래서야 못 움직이는 게 당연하겠구나.

"역시 안 되겠네. 실부림이 안 먹혀. 잡아 뜯기도 무리일 테고, 불로 태우는 짓은 위험하니까 못 하고~. 아마 시로가 돌아오면 풀어줄 거야. 시로가 어디 나가서 안 돌아오고 있는 거 맞지?"

"네. 아무 말도 없이 어디로 가버렸어요. 나갈 때는 목적지를 먼저 알려달라고 말했는데. 나를 놔두고!"

소피아 씨가 히스테릭하게 부르짖는다.

"아~ 그래그래. 이거 일찌감치 뭔가 조치를 안 하면 위험하겠네. 메라조피스, 일단 소피아랑 손이라도 잡고 있어주겠어?"

"네."

쓱 앞쪽으로 나서는 어느 남자의 등장에 나는 흠칫 놀라고 말았다.

어느 틈에?! 이 사람이 있다는 걸 전혀 알아차리지 못했다.

다른 사람들의 존재감이 짙은 이유도 있겠지만 그렇다 쳐도 기척을 전혀 느낄 수 없었다.

"아가씨. 손을 주십시오."

메라조피스라고 불린 남자의 말에 소피아 씨는 재빨리 손을 맞잡았다.

그뿐 아니라 두 손으로 감싸서 메라조피스 씨의 손을 안쪽에 넣고 더욱이 몸을 가까이 붙여다가 볼을 비비적댄다.

주인에게 장난치는 고양이 같다는 생각이 들었지만, 그 말을 입에 담았다가는 무슨 일이 일어날지 모르는 터라 침묵을 지켰다.

"유감스럽게도 지금은 당장 풀어줄 방법이 안 떠오르니까 미안하기는 한데 이대로 대화 좀 나누자."

그렇게 말하면서 아리엘 씨는 내 몸을 획 들어 올린 뒤 도로 침대에 올려줬다.

친절하게도 벗겨져 나간 이불도 다시 덮어주고…….

"고맙습니다."

답례의 말을 건네자 어째서인지 놀란 표정을 짓는다.

"저기, 왜 그러시죠?"

"아냐, 음. 살짝 첫인상이랑 달라서 좀 놀랐네."

에헴, 귀엽게 헛기침을 하고 아리엘 씨가 말을 꺼냈다.

"그럼 새삼스럽지만 자기소개를 하도록 할까. 나는 아리엘. 저기서 치근치근하는 애가 소피아. 시달리는 녀석이 메라조피스. 그리고 이쪽은 순서대로 사엘, 리엘, 피엘. 그리고 시로랑 아엘이라는 애가 더 있는데, 지금 여기에는 없으니까 다음 기회에 만나보자. 아니지, 시로는 실 풀어내는 데 필요하니까 기회가 없으면 곤란하겠다."

차례대로 각각의 이름을 알려주는 아리엘 씨.

인원수가 많아서 한 번에 다 기억할 수 있을까 불안했지만, 이토록 개성이 강한 사람들이라면 착각할 수가 없었다.

사엘, 리엘, 피엘이라고 불렸던 세 명의 여자아이들만 이름이 비슷해서 살짝 까다롭겠지만…….

혹시 자매 사이일까?

인조품 같은 용모가 왠지 모르게 닮았다.

"저는 라스입니다."

소개를 받았으면 나도 이름을 알려주는 게 예의겠지.

지금 내 이름은 라스다.

사사지마 쿄야도 라즈라즈도 어떤 이름이든 내게는 쓸 자격이 없다.

"응. 그럼 단도직입으로 묻겠는데 어디까지 기억이 나?"

"어디까지?"

아리엘 씨의 물음에 나는 곧바로 대답할 수가 없었다.

아까 깨어났을 때에도 생각했었지만 내 기억은 도중부터 현실감이 동반되지 않는 비몽사몽으로 바뀌었다.

어디까지가 진실이고 어디까지가 환상인가.

혹은 환상이라고 치부했던 소피아 씨와 다른 사람들이 이렇게 눈앞에 나타난 만큼 전부가 현실인 걸까.

모르겠다.

"모르겠습니다."

솔직하게 모르겠다고 답하자 소피아 씨가 살기를 쏟아 내면서 노려봤다.

"소피아. 조용!"

소피아 씨가 뭔가 말하기 전에 아리엘 씨가 주의를 준다.

그러자 살기가 사라지면서 소피아 씨는 단지 삐친 모습으로 메라조피스 씨의 몸에 안겨 들었다.

"자꾸 말허리를 잘라먹어서 미안해. 그런데 말야, 뭐, 아마도 자각은 하고 있을 것 같은데 너는 분노 스킬 때문에 제정신을 잃은 채 난동을 부리고 다녔어. 우리가 보고 들었던 네 행동을 들려줄 테니까 어디까지 기억이 나나 잠깐 정리해봐."

그 말에 이어서 듣게 된 설명은 내가 이제껏 저질렀던 행동 이력이었다.

제국이라는 이름의 나라에서 특이 오거라고 불리며 난동을 부렸던 일.

제국군에 쫓겨난 뒤 그다음은 엘프 집단을 괴멸시켰던 일.

여기 즈음은 또렷하게 기억이 난다.

그 노기사와 노마법사에게 패주한 이후 나를 공격하기 위해 잠복 중인 줄 알았던 집단이 실은 아무런 관계도 없고 게다가 엘프였다는 말은 처음 듣는 이야기였지만…….

그 후 마의 산맥에서 소피아 씨 일행과 교전.

그리고 우여곡절을 거쳐서 다시 한 번 소피아 씨, 그리고 이 자리에는 없는 시로 씨라는 사람과 교전.

그때 격파당한 뒤 분노가 봉인된 덕분에 제정신을 되찾았고 여기에 오게 되었다는 설명이었다.

어렴풋이나마 기억이 나기는 난다.

"흠. 그렇다면 완전히 다 잊어버렸던 건 아니네."

"그럼 나한테 한 방 맞자! 네가 우리한테 한 짓은 절대로 용서 못해!"

소피아 씨가 메라조피스 씨에게 달라붙은 채 소리 질렀다.

확실히 지금 들은 이야기에 다르면 나는 아무 죄도 없는 소피아 씨며 다른 사람들에게 느닷없이 습격을 가한 셈이잖은가.

게다가 그 탓에 죽을 뻔했고…….

한 대를 넘어서 맞아 죽은들 불만은 못 늘어놓겠다.

"소피아, 조용!"

"아리엘 씨, 저는 상관없습니다. 그만큼 큰 잘못을 저질렀으니까요."

아리엘 씨가 제지하려고 들기에 완곡하게 거절했다.

"끙, 안 돼. 안 된다고. 저 애가 때리면 너는 죽어버리는걸."

그러나 돌아온 말은 예상 밖의 대답이었다.

……그러고 보니 아리엘 씨의 말이 진짜라면 소피아 씨는 분노가 발동하고 있는 상태의 나와 맞상대할 수 있는 실력자였다.

내 능력치의 우위는 분노에 의지하는 부분이 컸다. 아니, 거의 대부분인지라 그게 봉인된 지금, 봉인 전의 나와도 호각 이상으로 싸울 수 있었다고 하는 소피아 씨에게 공격당하면 농담이 아니라 정말 죽어버릴지도 모르겠다.

뭐랄까, 아리엘 씨가 이렇듯 단언까지 하는 만큼 진짜로 죽는다.

"그런고로 한 방도 때리지 말 것. 메라조피스, 잠깐만 안아줘버려."

뭔가 말하고 싶은 눈치였던 소피아 씨가 아리엘 씨의 말을 듣더니 얼굴을 반짝거렸다.

반면에 이번에는 메라조피스 씨가 뭔가 말하고 싶은 표정을 지었다.

그러나 체념했는지 말없이 몸을 숙여서 소피아 씨를 살며시 끌어안았다.

……뭔가 이래저래 인간관계가 복잡한 듯싶다.

"어라, 음, 어디까지 얘기했더라? 아, 맞아, 맞아. 일단 조금이나마 기억은 난다는 부분까지였지! 그럼 기억이 난다면 시로의 얼굴도 혹시 떠올릴 수 있겠어?"

그 말을 듣고 기억을 되돌아봤다.

이야기의 맥락에 따르면 소피아 씨와 함께 있었던 여성을 두고 한 말이다.

그런데, 어? 잠깐만.

혹시 내 기억이 정말 틀리지 않았다면 그런 일이 일어날 수도 있나?

"와카바?"

"댓츠 라이트~!"

머뭇머뭇 입 밖에 꺼낸 이름을 아리엘 씨는 긍정했다.

그 사실이 여러 의미에서 놀라웠다.

너무 놀라워서 무엇에 놀랐는가 나 스스로도 알 수 없을 정도였다.

"그래서 말야, 시로의 증언을 전제로 묻겠는데 너는 사사지마 쿄
야가 맞아?"

너무 놀랐던 탓에 오히려 침착해졌다.

나는 어리둥절하면서도 고개를 끄덕거리며 긍정했다.

"그래. 그러면 알려줘야겠네. 이 세계에는 너의 옛 반 친구들이
전원 다 전생해서 살고 있어. 나도 직접 내 눈으로 확인한 게 아니
라 들은 말이니까 보장은 못 해주지만 말이야."

그렇게 말하면서도 아리엘 씨는 그게 잘못된 정보라는 가능성은
생각하지 않는 모습이었다.

즉 정확도 높은 출처에서 얻은 정보일 테지.

"그래서 소피아는 네기……."

"아리엘 씨!"

"……어차피 들킬 테니까 처음에 다 말해주는 게 낫지 않을까? 소
피아도 전생자이고 전세의 이름은 네기시 쇼코였어."

도중에 소피아 씨가 발언을 막고 나섰지만 아리엘 씨는 비밀을 폭
로했다.

네기시 쇼코.

물론 기억한다.

하지만 전세의 네기시와 인상이 꽤나 달라졌구나.

"으으~!"

한편 소피아 씨는 메라조피스 씨에게 달라붙은 채 원망이 서린 눈으로 이쪽을 보고 있었다.

왜 저런 눈으로 보는 걸까. 소피아 씨의 전세를 들춘 사람은 내가 아니라 아리엘 씨잖아.

"뭐, 소피아랑 시로 말고 다른 전생자들 소식은 묻지 말아줘. 나도 모르거든. 하지만 아까 살짝 말이 나왔던 엘프 놈들은 아무래도 전생자에 관심이 많은가 봐. 소피아도 몇 번인가 위기를 겪은 적이 있었어. 그러니까 혹시 놈들이 다른 전생자의 정보를 갖고 있을지도 모르겠는데, 접촉하는 건 별로 추천하지 않겠어."

"아, 그렇군요."

혹시 슌이나 카나타의 소식을 알 수는 없을까 기대했는데 살짝 실망감이 들었다.

"저기, 하나만 여쭤봐도 될까요?"

"응? 뭔데?"

"어째서 저희가 이 세계에 있는 거죠?"

추상적인 느낌의 질문이 되었는데도 아리엘 씨는 내 심정을 정확하게 읽고 파악해줬다.

"글쎄, 신의 변덕이려나."

우리는 살아 있었다.

거기에 명확한 해답이 어찌 있을까.

그런 대답을 들은 기분이었다.

그 이후 아리엘 씨는 이야기를 계속 나누려고 했지만, 소피아 씨가 결국 인내심을 바닥내면서 소란 부리는 통에 소피아 씨를 무표정하게 주시하던 아리엘 씨가 목덜미를 붙잡고 퇴실.

메라조피스 씨도 허둥지둥 뒤를 따라나섰다.

그리고 조금 뒤 돌아온 사람은 아리엘 씨 한 명뿐이었다.

어떻게 손을 썼는지 묻지는 말아야겠다고 다짐했다.

"너도 혼자서 이래저래 정리하고 싶은 생각이 많을 테니까 오늘 이야기는 여기까지만 하자. 아무튼 여기에서 원하는 대로 머물러도 좋아. 앞으로 어떻게 할지 그 부분도 한번 고민해보고."

그리고, 라며 아리엘 씨는 말을 이었다.

"이 세계의 사정은, 금기에 대고 물어보는 게 좋겠네."

그런 말을 남긴 뒤 아리엘 씨는 떠나갔다.

방에는 맨 처음부터 이곳에 함께 있었던 리엘 씨만 남았다.

리엘 씨는 나를 없는 사람처럼 취급하는지 허공에 시선을 보내면서 때때로 손을 흔들고는 했다.

거기에 뭐가 있기는 한가?

내 눈에는 아무것도 안 보이는데…….

그건 그렇고, 금기란 말이지.

나는 거듭된 진화와 레벨 업에 의하여 어느 틈인가 금기 레벨이 최대치에 다다랐다.

아리엘 씨의 말대로 금기를 살펴보면 이 세계의 사정은 대강 알 수 있었다.

그야말로 시간을 들여서 차근차근 살펴볼 만한 내용이었다.

별로 보고 싶다는 생각이 안 드는 내용이었지만…….

그럼에도 봐야만 한다.

지금 내가 살아 있는 이 세계의 속사정이니까.

그래, 살아 있다.

그런 생각이 떠오른다는 것은 나에게 아직 살아갈 마음이 있다는 뜻이 되는가?

뷔림스를 죽이고 나는 타성에 젖어 살았다.

그 타성의 사이사이에 죄 없는 사람들을 많이도 죽였다.

아리엘 씨가 들려줬던 객관적인 나의 행동.

그 내용은 그야말로 마물이 할 법한 짓이었다.

단지 노여움에 휩쓸린 채 난동 부리고, 아무런 죄도 없는 사람들의 생활을 위협하다가 죽인다.

부조리하다.

상대의 입장에서 보기에 이보다 더 부조리한 처사가 없겠다.

내가 가장 질색하는 행동을 나 스스로 저질렀다.

최악이다.

그렇게 최악인 내게 살아 있을 자격이 과연 있을까?

살아갈 의미를 잃고 죄를 짊어진 채 그럼에도 살고 싶다는 생각이 든단 말인가?

모르겠다.

그러나 죽고 싶다는 충동도 들지 않았다.

"안녕. 기분은 어때?"

다음 날, 다시 찾아온 아리엘 씨.

오늘은 혼자서 온 방문이었다.

소피아 씨가 함께라면 대화가 진행되지 않는다고 생각했을지도 모르겠다.

"미안~. 시로가 아직 행방불명이거든. 조금만 더 이대로 지낼 수밖에 없겠네. 좀 불편하겠지만 참아줘."

진심으로 미안하다는 분위기로 말을 건네는 아리엘 씨.

나도 어제는 하루 종일 어떻게든 탈출하고자 여러 번 시도했는데 전혀 꿈쩍도 하지 않았다.

도대체 이 실을 무엇으로 만들었을까?

엄청난 강도였다.

그렇다 해도 불편하기는 하지만 어제는 리엘 씨가 부지런하게 시중을 들어준 덕에 특별히 문제다운 문제는 겪지 않았다.

어린 외모의 여자아이한테 아랫도리 시중을 받는 수치심을 제외하면……

어린 외모의 여자아이한테 앙~ 동작과 함께 식사 시중을 받는 수치심을 제외하면……

……역시 문제투성이라고 말해야 될 수도 있겠다.

"으음. 일단 불에는 약할 테니까 태워서 끊는다면 어떻게 될 것 같기는 한데."

"그 방법으로 부탁드립니다."

"아무리 불에 약하다지만, 결국은 꽤 강한 화력이 필요하니까 화상은 못 면할 텐데?"

"그 방법으로 부탁드립니다."

내가 강하게 희망해서 불로 태워 끊는 방법을 동원하여 구속 상태는 해제할 수 있었다.

도중에 결코 가볍지 않은 화상을 입고 말았지만 HP 자동 회복도 있고 시간의 흐름에 따라 회복되겠지.

그 상태에서 줄곧 수치 플레이를 당하는 신세보다야 훨씬 나았다.

"감사합니다. 이제야 자유를 얻은 기분이네요."

"응. 뭔가 미안하네."

아리엘 씨가 사과할 일은 아닐 텐데, 내 분위기가 어지간히도 후련하게 보였나 보다.

"그래, 자유를 막 얻은 김에 물을게. 앞으로 어떻게 할 거야?"

"앞으로, 말인가요?"

"응. 뭔가 이쪽에서 도와줄 만한 일이 있다면 어느 정도는 기꺼이 손을 빌려줄 수 있거든. 여기에 눌러앉아도 괜찮고. 뭘 하고 싶은지 모르겠다면 당분간 여기에서 머무르는 방법도 있겠지? 딱히 대가는 요구 안 할 테니까."

"어째서 그렇게까지 잘 대해주시는 거죠?"

아리엘 씨는 나에게 너무나도 친절했다.

자칫 소피아 씨라든가 다른 누군가를 죽였을지도 모르는 상대에게……

"뭐, 동정심 절반, 타산이 절반이라고 보면 돼."

아리엘 씨는 나의 의문에 태연자약하게 대답했다.

"동정은, 뭐, 어느 정도는 네가 겪었던 일을 추측할 수 있었으니까. 분노를 획득해버린 것도 어쩔 수 없겠다는 생각을 할 만큼은 동정심이 들어. 그리고 타산 쪽은 뭐냐면 전생자에게 친절을 베풀어 두면 하느님의 노여움을 안 살 테니까. 어떻게든 잘 보이고 싶어서 용쓰는 거야. 뭐, 사실 별로 기대는 안 하지만 말야."

내 사정을 안다, 동정이라.

어디까지 알고 있는지 모르겠는데 내 신변에 일어났던 사건을 나는 말하지 않았다.

아리엘 씨가 파악한 범위가 어디까지인지, 거짓말인가 진실인가 알 수는 없지만 동정심을 자극할 만한 내용이기는 한 듯싶다.

그렇구나, 나는 동정받아 마땅한 처지였구나.

어쩐지 남 일처럼 그런 생각을 느꼈다.

그리고 타산.

전생자에게 친절을 베풀어 두면 하느님이 잘 봐줄지도 모른다.

어제는 어째서 우리가 이 세계에 살아 있느냐는 물음에 대해 아리엘 씨는 신의 변덕이라고 대답했다.

그 대답에 깊은 의미가 있을까 하는 생각도 잠시 했는데 아마도 그렇지는 않은 듯싶다.

왜냐하면 실제로 존재하니까. 하느님이……

이 세계에 시스템이라는 체계를 만들어 낸 진짜 전능한 하느님.

그렇다면 그 하느님의 변덕으로 우리가 이 세계에 살게 된 것도 전혀 신기하지 않았다.

그리고 아마 전생자라는 인물들은 하느님이 특별히 아끼고 있는가 보다.

그래서 아리엘 씨는 전생자에게 친절을 베푼다고 말한다.

분명히 타산적이었다.

"뭘 하고 싶은가, 솔직히 아직 모르겠어요."

나는 이미 살아갈 의미를 잃어버렸다.

이러고 싶다, 저러고 싶다는 소망도 없다.

텅텅 비었다.

이렇듯 텅 빈 몸속에 죄만 한가득 담아 놓았다.

"아리엘 씨."

그럼에도 살아 있었다.

그리고 죽으려는 충동도 들지 않는다.

"이 세계를 위해서 제가 뭔가를 할 수 있을까요?"

그러니까 힘껏 살아가보자.

부서져 가는 이 세계에서…….

굳이 거창하게 속죄를 운운하지는 않겠지만 살기로 한 이상 무엇인가를 이루고 싶은 심정이었다.

7 일본에 도착

달빛이 어스레하게 교실 내부를 비춘다.

투시와 밤눈을 쓰는 내 눈에는 저렇게 엷은 빛도 또렷하게 보였지만, 평범한 사람이라면 온통 새까맣기만 하고 아무것도 안 보일 수도 있겠다.

교실 안에는 아무것도 없었다.

책상도 의자도, 아무것도…….

교실이라는 학생들의 배움터에 아무것도 없다는 게 반대로 여기에서 뭔가 사건이 벌어졌었다는 사실을 대변해준다.

교실 앞뒷문은 모두 닫혀 있었고 바깥쪽에는 출입 금지라고 쓴 표찰이 달려 있는 광경을 투시로 봤다.

손잡이를 당겨도 잠가 놓았는지 문은 굳게 닫힌 채 안 움직였다.

마치 이 교실 안에서 일어났던 사건이 바깥에 새어 나가지 않도록 봉인하려는 것 같았다.

힘줘서 콱 열어버릴까 잠깐 고민하다가 너무 요란한 일을 벌이면 경비 회사에서 알아차릴 수도 있으니 그만뒀다.

교내 산책은 포기하고 나는 투시로 학교 바깥의 길을 본 뒤, 거기에 아무도 없음을 확인하고 나서 전이했다.

뒤를 돌아다봤을 때 보이는 것은 어떤 특별한 구석도 없고 어디에나 있을 법한 학교의 건물.

헤이신 고등학교.

전생자들이 전세 때 다녔던 고등학교.

돌아왔다, 그런 생각은 안 한다.

그래도 지금 나는 여기에 있다.

지구라는 이름의 별, 일본이라는 나라에…….

규리규리에게 별 바깥으로 나갈 수 있다는 지적을 듣고 그 직후 D에게 빨리 만나러 오라는 말을 들었을 때, 나는 일본으로 전이한다는 발상을 얻어 냈다.

내 전이는 가고 싶은 장소를 떠올리기만 해도 발동할 수 있었다.

그 점은 엘로 대미궁에 전이를 성공했던 일로 증명됐다.

과연 이번 삶에서 간 적이 없는 장소로도 전이가 가능할까 하는 의문은 들었는데, 역시 규리규리와 D의 말을 고대로 받아들인다면 가능하다는 뜻이다.

불가능하면 말을 안 했겠지.

그러니까 나머지는 실행으로 옮기는 것뿐.

……솔직히 아예 별 바깥으로 나간다는 발상을 전혀 못 했던 게 아니었다.

신화 이후에 시스템이라는 제약에서 해방된 지금의 나라면 실행하자고 마음먹으면 가능한 일이니까.

그따위 다 죽어 가는 별에서 마냥 죽치고 있을 바에야 얼른 다른 별로 이사하는 게 훨씬 건설적이다.

마왕한테는 신세를 제법 많이 졌다지만, 그 부분을 제외하더라도 전부를 내팽개치고 다른 별로 줄행랑치는 게 나의 안위에는 더 좋았다.

내가 가장 중요하게 여기는 것은 내 목숨이니까.

내 목숨마저 내버리면서 그 별에 머물러야겠다는 생각은 들지 않는다.

그러니까 전이가 가능하다는 사실을 안 시점에서 후딱 나가버리는 게 본래는 올바른 선택이었다.

그러지 않은 이유는 단순히 두려웠기 때문에…….

전이가 가능하다고는 하나 그 별을 제외하고 내가 갈 만한 장소는 한 군데밖에 없었다.

즉 지금 와 있는 지구이고 일본이다.

아무리 내 전이가 고성능이어도 간 적도 본 적도 없는 장소에는 갈 도리가 없었다.

전세의 인연이 있는 이곳 지구밖에 갈 장소가 없다.

그리고 여기에 오면 좋든 싫든 알아버리게 된다.

줄곧 외면하고 보지 않았던 진실을…….

나는 너무나 무서웠다.

그러니까 전이로 올 수 있다는 사실을 잊어버린 척 이 순간을 자꾸 뒤로 미뤘다.

아직 마술도 제대로 못 다루니까.

아직 할 일이 있으니까.

아직, 아직, 아직…….

그렇게 매번 미뤄왔지만 이제는 한계.

마냥 눈을 돌리고 있을 수도 없었다.

D에게 호출을 받은 게 좋은 기회인지도 모르겠다.

어쩌면 그마저도 계산을 마친 뒤 나를 불렀을 수도 있고…….

기분을 가라앉히고자 심호흡했다.

공기의 냄새가 달라.

생물의 피비린내와 투쟁의 냄새에 뒤덮여 있던 그 별과 비교하면 이곳은 과학과 어딘가 풀어져 있는 평화의 냄새가 난다.

무슨 말을 하고 싶냐면 배기가스 냄새가 난다고…….

특별히 후각을 강화한 것도 아닌데, 그럼에도 저쪽에서는 전혀 맡을 수 없었던 만큼 민감하게 두 곳의 차이를 감지하고야 만다.

마치 다른 세계 같다는 표현을 종종 쓰는데 진짜 다른 세계잖아~.

감개에 젖은 채 하늘을 올려다봤다.

밤하늘에는 별과, 그리고 달이 딸랑 하나만 떠 있었다.

별자리도 다르고 달도 다르다.

전부가 다 다르다.

그게 거리감을 자극한다.

분명 고향일 텐데도 적지에 온 듯한 긴장감.

실제로 내 표현은 틀리지 않았다고 봐.

……마냥 멍하니 우뚝 서 있을 수도 없잖아.

이렇게 질질 시간만 죽인다고 뭐가 달라지겠어.

하늘에서 전방으로 시선을 되돌린 뒤 걸음을 뗐다.

잠시 걸었더니 금방 사람들 수가 많아졌다.

헤이신 고등학교는 역과 제법 가까운 곳에 위치하니까 잠깐만 걸어가면 역 앞의 떠들썩한 거리로 이어진다.

밤중인데도 아직 나다니는 사람은 많았다.

스쳐 지나갈 때 나를 힐끔거리는 사람도 몇몇 있었지만 특별히 말을 건네는 것도 아니니까 무시~.

일단 복장은 일본에서도 위화감이 없도록 갖춰 입었다.

평소의 The Fantasy 차림으로 다니면 아주 주목의 대상이 될 테니까 말야.

그럼에도 어쩔 수 없이 시선이 쏠리는 까닭은 원판이 워낙 원판이니까.

지금의 나는 불법 체류자 비슷한 처지여서 경찰에 신고당하면 살짝 귀찮아지지만 그런 게 아니라면 시선을 받는 정도야 필요 경비로 생각하고 넘겨야겠지.

역 앞의 거리를 걸어가다가 퍼뜩 생각이 나서 편의점에 들렀다.

대충 잡지를 집어 날짜를 확인.

거기에 적힌 날짜를 보고 이미 예상은 했어도 살짝 놀라야 했다.

저쪽에서는 이미 지구로 환산하면 5년 이상 흘렀건만 이쪽에서는 아직 반년밖에 안 지났다.

시간의 흐름이 다른가 봐.

특수 상대성 이론?

아니, 말만 해봤을 뿐 특수 상대성 이론의 내용은 전혀 몰라. 어떤 이치이려나.

뭐, 마력 등등 별난 개념이 있는 저쪽 세계에서 물리 법칙을 운운해 봤자 소용은 없겠지~.

그나저나 반년이라니.

어쩐지 기억에 있는 풍경과 다른 데가 없더라니.

5년쯤 지났으면 건물이라든가 제법 변화가 보여도 괜찮을 텐데, 그런 게 전혀 없었으니까 이상하단 생각이 들었거든.

설마 싶어서 확인해봤더니 아니나 다를까.

겸사겸사 만화 주간지를 선 채로 쭉 훑어본 다음 아무것도 안 사고 편의점에서 나왔다.

응? 뭐든 좀 사라고?

나는 무일푼입니다만, 문제라도?

게다가 눈을 감은 채 만화를 읽어 나가는 나를 향해 점원이 엄청나게 수상쩍어하는 시선을 보냈단 말야~.

허둥지둥 철수했답니다.

응.

지구에서도 투시는 제대로 기능을 하네.

마술을 못 쓰는 사태는 안 일어났다.

애당초 마술을 못 쓰게 된다면 전이도 아예 불가능할 테니까 내가 무사히 도착했던 단계에서 이미 쓸데없는 걱정이었지.

소설 등등을 보면 곧잘 지구에는 마력이 없으니까 마술이 발달하지 않았다는 설정이 나오는데 그렇지도 않은가 봐.

그럼 어째서 마술이 발달하지 않았을까? 몰라.

남몰래 누가 뭔 짓을 하든 말든 내 알 바는 아니잖아.

투시를 못 쓰면 나는 눈을 뜬 채로 다녀야 한다.

저쪽에서는 그나마 얼버무릴 방법이 있을 테지만, 아무리 그래도 여기에서 내 눈을 보여주면 틀림없이 제법 큰 소동이 벌어진다.

그런 사태는 역시 곤란하니까.

선글라스라도 끼는 게 좋기는 할 텐데, 그런 물건은 없단 말이야.

그러니까 대놓고 뻔뻔하게 눈을 감고 다닌다.

수상하다고? 경찰에 신고만 안 하면 괜찮거든!

별로 오래 머무를 예정도 아니고…….

만약에 혹시 오래 머무르게 된다면 그때가 닥치고 나서 대책을 고민하도록 하자.

마침 퇴근 시간대여서 역 앞에는 사람이 무척 많았다.

인파를 피해 다니면서 사람이 없는 방향으로 나아간다.

역 앞에서 주택가로…….

역 앞과 비교하면 사람도 드문드문 보이고 가게도 이제 안 보였다.

거기에서 더욱 안쪽으로…….

무거운 걸음걸이로, 그럼에도 멈추지 않고 걸어 나아갔다.

아주 먼 거리는 아니다.

오히려 가까운 축에 속하겠지만 지금의 나는 가깝다는 게 되레 싫었다.

벌써 도착했잖아.

도착한 곳은 주택과 주택에 가려져서 가만히 자리 잡고 있는 독챗집.

지은 지 10년쯤 됐을 법한 별다른 특징도 없는 단독 주택이다.

명패에 쓰여 있는 이름은 와카바.

문을 열고 현관 앞까지 갔다.

현관 옆쪽에 놓아둔 화분, 거기에서 자라난 관엽 식물의 나무뿌리

틈 사이로 손가락을 집어넣었다.

거기에 열쇠가 있었다.

그 열쇠를 써서 현관문을 열었다.

집 안은 쥐 죽은 듯이 고요했다.

기억에 있는 대로 들어오자마자 곧 2층으로 올라가는 계단이 보였다.

옆쪽에는 1층의 안쪽으로 통하는 복도가 있다.

나는 망설이지 않고 2층으로 올라갔다.

2층으로 올라가서 바로 옆쪽에 있는 문을 연다.

방 안에서 들리는 컴퓨터의 희미한 소리.

화면에는 게임이 비치고 있고 머리 벗겨진 아저씨 캐릭터가 적의 공격을 화려하게 회피한다.

그때마다 컨트롤러에서 들리는 딸깍딸깍 소리가 울려 퍼졌다.

"어서 오세요. 아니면 잘 돌아왔다고 말해주는 게 좋을까요?"

컨트롤러를 쥔 소녀는 돌아보지도 않고 말했다.

나는 곧바로 대답하지 못한 채 소녀의 뒷모습과 게임 화면을 바라봤다.

대머리 아저씨 캐릭터가 적 몬스터를 공격하여 격파.

화면에 퀘스트 클리어라는 글자가 커다랗게 출력됐다.

그때를 기점으로 소녀가 컨트롤러를 내려놓고 고개를 돌린다.

"나는 여기에 오는 게 태어나서 처음이야. 그러니까 어서 오라는 말이 더 정확하지 않을까?"

신기하게도 술술 말이 나왔다.

역시 이유는 안다.

이 소녀를 상대로 말을 조심할 필요는 전혀 없었다.

"처음 뵙겠습니다, 맞지? 진짜 와카바 히이로 씨. 아니면 D라고 불러주는 게 좋겠어?"

고개 돌린 소녀의 얼굴은 지금의 나와 판박이였다.

흑발 흑안이고 머리카락을 내려뜨렸다는 차이는 있을지라도 다른 부분은 거의 같았다.

그리고 살짝 표정이 다르다는 정도.

"처음 뵙겠습니다. 나의 대역 씨."

나의 오리지널에 해당하는 존재는 무표정하게 말을 건넸다.

나는 알게 되는 게 무서웠다.

자신이 모조품이고 가짜라는 진실을 알게 되는 게.

사신은 비웃지 않는다

""잘 먹겠습니다.""

와카바 집 안의 1층 식탁에서 나와 D는 마주 보고 앉은 채 컵라면을 먹고 있었다.

마침 저녁 식사 시간대이기도 했고, D가 뭔가 먹겠느냐고 제안하는 바람에 이렇게 됐다.

그래서 왜 하필 컵라면을 먹고 있냐면 이 집에는 제대로 된 음식이 없기 때문이다.

아~ 으음.

확실히 기억 속에서는 컵라면이라든가 편의점 식품이라든가 제대로 된 식사를 한 적이 없었구나.

실제로도 다를 바 없다는 걸 대놓고 보여주니까 뭐라고 말 못 할 기분이 든다.

앗, 컵라면 맛있어.

저쪽에는 없는 복잡한 맛이 났다.

저쪽의 요리는 향신료가 부족해서 복잡하게 맛을 못 내니까 말이야~.

컵라면의 그야말로 여러 가지를 다 넣었습니다, 라는 맛은 그립다.

뭐, 그립다고 느껴지기는 해도 정작 내 기억은 아니지만…….

서로 말없이 컵라면을 후루룩거렸다.

나도 D도 입이 짧고 먹는 속도가 느리다.

보통 사람의 두 배쯤 시간을 들여 컵라면을 먹었다.

그동안 양쪽 다 침묵.

긴 시간을 말없이 보냈는데도 어색함은 안 느껴졌다.

나는 타인의 감정을 신경 쓰면서 어색해하는 신경 예민한 녀석이 아니고, D를 두고 말하자면 애당초 감정이 있기는 한가 불분명할 지경이니까.

D는 만나고 나서 지금까지 한 번도 표정을 꿈쩍한 적이 없었다.

남 말을 할 처지가 아니라는 자각은 갖고 있는데 D는 나보다 더 하다.

마치 가면을 쓴 사람처럼 감정의 낌새가 전혀 안 느껴졌다.

정말이지 진짜 감정이 없는 게 아니냐는 생각이 들 만큼……

실제로 없을지도 모르고.

예전부터 정체를 알 수 없는 녀석이라고 생각은 했었는데 실물을 눈앞에 두고 보니까 그런 인상이 더욱 강해졌다.

사람은 제아무리 외관을 꾸미더라도 사소한 언동에서 어쩔 수 없이 자신의 본질을 드러내기 마련이었다.

꺼내 놓는 말.

시선의 움직임.

몸짓.

어떤 사소한 요소일지라도 하나하나를 잘 짜맞춰 나가면 자연스럽게 해당 인물의 사람됨을 파악할 수 있었다.

마왕이나 규리규리 같은 초월자여도 이 점은 다르지 않았다.

마왕은 내 병렬 의사 중 하나였던 몸 담당과 융합함으로써 성격이 바뀐 듯 보이지만 어쨌든 본질까지 바뀌지는 않았다.

나와 달리 대책도 없이 선량하면서 고지식한 면모가 고스란히 남았다.

오래 알고 지낼수록 그만큼 누군가의 사람됨을 저절로 느끼게 되고 설령 짧은 시간일지라도 살짝 엿보이는 힌트가 있는 법이다.

그런데 D에게는 아무것도 없다.

꺼내는 말도, 시선의 움직임도, 몸짓도…….

전부가 이해 불가능.

요소요소에서 읽어 낼 결과가 없다.

로봇처럼 무기질적이고 어떤 감정도 보이지 않는 그런 게 아니다.

오히려 반대였다.

동작 하나하나에 피가 통하는 사람의 우아함이 느껴지고 가만히 바라보면 묘하게 마음이 이끌린다.

그래도 거기에 담겨 있는 사고 혹은 감상이 무엇인지 전혀 안 보인다.

뻔히 보이는데도 도대체 어떠한 성질을 갖고 있는가 이해하기가 버겁다.

사람의 모습을 지닌 무엇인가가 사람의 흉내를 내고 있다.

그런 느낌으로 보일 따름이었다.

거기까지 생각이 미쳤을 때 나는 D를 이해하기를 포기했다.

이 녀석은 이해의 대상으로 삼을 수 없다.

억지로 이해하려고 노력해 봤자 시간 낭비로 끝날 뿐이라는 확신이 든다.

모르는 것은 모르는 법.

D는 나에게 있어 이해 불가능한 존재.

그렇게 결론짓고 접촉하지 않으면 머리가 이상해질 것 같았다.

SAN 수치가 깎여 나간다는 게 이런 경우에 해당하는 말이겠구나……

역시나 사신.

대화만 삼깐 나눠도 정신 건강이 악화되는 거야.

""잘 먹었습니다.""

동시에 컵라면을 다 먹어 치운 다음 손을 맞댔다.

"빈 그릇과 젓가락은 싱크대에 넣어 두세요."

시키는 대로 젓가락과 컵라면 용기를 싱크대에 놓은 뒤 둘이서 2층으로 돌아왔다.

D는 그대로 게임기 전원을 켜서 격투 게임을 실행했다.

"자요."

건네주는 것은 아케이드 컨트롤러, 통칭 조이스틱.

D도 같은 물건을 손에 들고 화면의 정면 살짝 옆쪽에 앉는다.

나도 따라서 D와 반대쪽의 화면 앞 살짝 옆쪽에 앉았다.

그렇게 시작되는 대전.

한동안은 딸깍딸깍하는 컨트롤러 소리만 울려 퍼졌다.

대전 결과는, 나의 참패였다! 젠장!

어쩔 수 없잖아!

나는 조이스틱 따위 만져본 적 없단 말이야!

기억 덕분에 사용 방법은 알고 있어도 머리를 몸이 못 따라간다고!

승룡 커맨드가 파동 커맨드로 바뀌어버려!

어째서 백 스텝을 시켰더니 주저앉는 거야?!

큭! 내가 봐도 좀 심하네!

그래도 횟수를 거듭함에 따라 기억과 몸의 어긋남이 수정되면서 살짝이나마 형태가 잡혔다.

커맨드 미스가 점점 줄었고 머릿속에 떠올린 대로 캐릭터를 잽싸게 움직여서 조작할 수 있었다.

그런데도 못 이긴다.

게임을 파고든 이력에서 너무 차이가 났다.

프레임 단위로 캐릭터의 움직임을 파악할 줄 알고, 미래시라도 쓴 게 아니냐고 의문이 들 만큼 정확하게 내 대처를 미리 읽어 낸다.

참고로 나는 미래시를 못 쓴다.

음, 아예 못 쓰는 것은 아니고 제대로 못 쓴다는 말이 정확하겠네.

스킬 미래시는 시스템이 방대한 연산 기능을 구사하여 도출해 내는 정확도 높은 미래 예보다.

그 작업을 나 혼자의 힘으로 실행하려고 들면 연산 능력이 부족하다.

불가능한 건 아닌데 거기에 집중하면 다른 부분이 소홀해진달까, 사실은 거의 아무것도 못 하게 된다.

그러니까 지금 승부에서도 미래시는 못 쓰는 처지인데, D도 미래시는 아마 안 쓰는 분위기거든~.

그뿐 아니라 에너지의 흐름을 보건대 마술 종류의 수단을 전혀 안 쓴다.

즉 맨몸.

마술을 쓰지 않았을 때의 나와 마찬가지로 빈약 상태.

나의 지금 몸뚱이는 틀림없이 D의 몸을 기본 삼아서 만들어졌다.

그렇다면 마술 없는 상태에서 나를 철두철미하게 때려눕히고 있는 저 녀석의 실력은 단순하게 경험의 차이라는 설명이 된다.

도대체 저 빈약한 몸뚱이로 얼마나 파고들어야 이만한 실력을 갖출 수 있는 거야?

전율을 느낄 수밖에 없잖아.

격투 게임 이야기지만!

그대로 심야가 될 때까지 대전을 계속하다가 슬슬 졸음기가 올 무렵에 D가 또 제안했다.

"자고 갈래요?"

패배의 기록만 남겨 두기는 분하니까 제안을 덥석 받아들였다.

부모님이 쓰는 곳으로 설정해 놓은 빈방에 즉석 마이 홈을 실로 만들어 낸 뒤 취침.

내일은 꼭 이긴다!

한 판은 못 이기더라도 하다못해 1라운드만이라도 낚아챌 테다!

⋯⋯어?

내가 뭘 하러 왔더라?

아, 맞다. D를 만나러 왔지.

응응. 이미 만났으니까 목적은 달성한 거야.

그 후에 격투 게임을 하면서 놀아도 어디까지나 내 자유라고 봐야지, 그럼.

……의외로 큰 충격을 받진 않았구나.

D를 만나면 훨씬 거하게 충격을 받는 게 아닐까, 하고 솔직히 불안했거든.

왜냐하면 거기에는 내가 가짜라는 흔들리지 않는 증거가 있을 테니까.

실물을 본 지금은 인정할 수밖에 없다.

나는 진짜 와카바 히이로, D의 모조품이라는 사실을…….

내가 처음으로 D의 존재를 인식했던 계기는 예지 스킬을 획득했을 때.

그때 하늘의 목소리(일단은)가 D의 이름을 알려줬던 게 시작이다.

다음은 규리규리와 처음 조우했을 때.

갑자기 스마트폰이 출현하더니 그다음은 D를 자처하는 목소리가 들려왔었지.

이것이 나와 D의 퍼스트 콘택트.

그 후에도 가끔 간섭을 하고 나섰는데 그때마다 나는 섬뜩함을 느껴야 했다.

도무지 받아들일 수 없는 감각.

그 이유에 생각이 닿은 시기는 신화를 마친 이후…….

신화를 이룸으로써 내 혼은 변혁을 일으켰다.

그때 혼에 달라붙어 있었던 무엇인가를 깨달았다.

나의 근간, 신성 영역에 있었던 무엇인가.

음, 달라붙었다는 표현은 좀 아니구나. 그 무엇인가가 나를 집어삼켜서 나의 존재 전부를 구성하고 있었으니까.

그 무엇인가는, 즉 와카바 히이로의 기억.

본래의 나를 덧칠해서 감춘 뒤 내가 된 존재.

이 자각이 의미하는 바를 알아차리고 말았다.

나는 와카바 히이로의 기억만 갖고 있을 뿐 다른 무엇이었다는 사실을…….

거기까지 생각이 미치자 이제까지 느꼈던 의문 및 위화감이 퍼즐 조각처럼 딱딱 이어졌다.

이름 없음이라고 표시됐던 나.

흡혈 양은 이번 삶의 이름과 전세의 이름이 표시되어 있었는데도 나는 아무리 시간이 흘러도 이름 없음이었다.

와카바 히이로라는 이름은 결국 표시되지 않았다.

스킬 포인트가 낮았던 이유도 이제 납득이 간다.

본래의 나는 생물의 격이 낮았다.

그러니까 혼의 힘이자 일부라고 말할 수 있는 스킬 포인트가 낮았다.

그리고 절정은 D라는 존재와 내 기억의 괴리.

D는 말했다.

D가 있는 교실에서 폭발이 일어났고 거기에 휘말리게 된 다른 학생을 이쪽 세계로 전생시켰다고…….

그리고 내가 기억하는 한 D에 해당하는 인물은 없었다.

나 자신, 와카바 히이로를 제외하고.

돌이켜보면 여러모로 내 기억에는 무시하지 못할 모순이며 결락이 있었지.

부모님 얼굴마저 기억이 안 난다든가.

자기 자신을 밑바닥으로 평가하면서도 얼굴은 미인이라고 인식한다든가.

성격도 역시 기억과 현재 상황에서 명백하게 다른 부분이 있었다.

그리고 나는 D의 정체와 내 정체에 생각이 미쳤다.

교실에는 한 마리의 거미가 집을 만들어 놓았었다.

남학생들이 때려잡으려고 했을 때 오카 쌤이 말려줬다.

그뿐 아니라 생물 담당을 따로 만들어서 돌봐주자는 제안까지 해줬다.

결국 선발된 학생이 엉엉 울면서 거부하는 바람에 실현되지는 못했지만…….

그 거미는 줄곧 교실에 있었다.

주위는 자신보다 훨씬 큰 인간들뿐.

언제 죽어도 이상하지 않은 상황.

대부분의 인간이 나를 기피했고 못마땅하게 여겼다.

그런 와중에 죽을힘을 다 바쳐 삶에 매달렸었다.

교실 안에서 가장 밑바닥의 존재.

그것이 바로 나.

""잘 먹겠습니다.""

다음 날 아침.

구운 식빵과 냉동 반찬 시리즈가 아침 식사 자리에 나왔다.

요리다운 요리를 하지 않고도 제대로 된 식사를 내놓을 수 있는 문명의 이기 만세!

위장이 작은 이 몸에는 많은 양이 안 들어가는 게 괴로울 따름이구나!

D는 먹을 수 있다면 맛이나 양에 별 관심을 갖지 않는다.

식생활에 대한 고집이야말로 나와 D의 가장 큰 차이인지도 모르겠네.

뭐, 대충 이해가 된다.

내가 나로서 명확하게 행동을 시작한 게 엘로 대미궁에서 알껍데기를 깨고 부화한 그때부터였잖아.

형제의 골육상쟁과 마더의 존재감에 압도당한 뒤 「이런 데서 죽을까 보냐!」 하고 분발했던 게 시작이다.

거미의 타고난 생존 본능도 작용했겠지만 그런 시작을 겪었기에 더더욱 삶에 집착하게 된 지금의 내가 있는 셈이다.

그리고 그 후에 굶어 죽을 뻔하다가 형제의 주검을 동족 포식함으로써 「살기 위해서 먹는다!」라는 식탐으로 연결된 거다.

그런 경험이 아니었다면 나도 이토록 밥에 고집을 부리지는 않았을 것이다.

그러고 나서 마이 홈이 불탔던 사건으로 단지 살아 있기만 해서는 안 된다고 나 자신을 다그쳤고…….

그 후에도 이런저런 사건을 겪어서 지금의 내가 있었다.

시작은 진짜 와카바 히이로의 대역이었다.

그래도 저쪽에서 겪은 경험이 지금의 나를 만들어 냈다.

확실히 나는 가짜지만, 그간 쌓아 올렸던 나의 역사는 진짜였다.

그렇게 생각하면 마음이 확 차분해진다.

D를 만나고도 별로 큰 충격을 받지 않았던 이유는 미리 각오를 다져 놓았기 때문이기도 할 테지만, 마음 저변에 나는 나 자신이라는 굳은 신념을 갖고 있었던 덕분인지도 모르겠다.

""잘 먹었습니다.""

후련한 기분으로 아침 식사를 다 마친 뒤 식기를 싱크대에 넣었다.

그리고 2층 방으로 Go~.

게임 시간입니다!

어제와 마찬가지로 대전을 시작했다.

그래도 어제와 다른 부분이 하나.

"게임 하면서 들어주세요."

D가 말을 건넸다.

"여기까지 온 당신에게 처음부터 전부를 가르쳐줄게요."

가르쳐주겠다고 꺼내는 말이 지금 하고 있는 게임 이야기는 아닌 듯했다.

"처음 계기는 알고 있는 대로 용사와 마왕의 차원 마법이 이쪽 세계에 간섭했던 사건이에요."

그러고 보니 저번에 비슷한 얘기를 들은 적이 있었지.

분명히 선대 용사와 마왕이 차원 마법으로 공간을 넘어 뭔가를 시도한 끝에 실패했다던가.

폭주했던 마법이 D, 와카바 히이로가 있는 고등학교 교실에 작렬해서 그 여파로 같은 반 학생들과 교사가 작살났다.

그리고 그들을 D가 저쪽 세계에 전생시켰던 게 전생자.

"전생자 여러분들은 내게 휘말려 든 피해자예요. 내가 청춘 고등학생 놀이를 즐기고 있던 바람에 죄 없는 일반인이 희생되고 말았습니다. 따라서 나는 책임을 지기 위하여 다소의 우대 조치를 더해서 사망자들을 저쪽 세계로 전생시켰고요. 여기까지는 이해가 됐죠?"

잠깐.

뭔 소리야, 청춘 고등학생 놀이라니?

그런 별 볼 일 없는 이유로 사신님께서는 굳이 고등학생 흉내를 냈던 거냐!

그리고 그런 별 볼 일 없는 이유로 고등학교에 잠입했던 D에게 휘말린 전생자들…….

응. 물론 책임지는 게 당연하겠네!

전생자가 너무 가엾고 불쌍하잖아!

"뭐, 여기까지는 괜찮았죠. 불행한 사고였습니다만, 신경 써서 전생할 곳을 알선했고 책임은 다한 셈이니까요. 그러는 편이 더 재미있겠다고 생각했던 것도 부정은 안 하겠어요."

잠깐.

역시 책임 운운은 그냥 둘러댄 말이고 진짜 목적은 재미있을 것 같아서 저질렀다는 뜻이야?

역시 사신이다. 진짜 여러 가지로 너무한다.

"그런데 여기에서 한 가지 문제가 발생했습니다. 내 몫의 생명을 어찌 처리하느냐는 문제였죠."

응? D 몫의 생명?

이해하기 힘든 말이 나왔지만, 잠자코 기다리면 알려줄 테니까 다음 설명을 들어보자.

"나는 와카바 히이로라는 가명을 써서 그 고등학교를 다녔습니다. 위장은 완벽했어요. 호적 따위도 제대로 존재하고요, 혼의 관리 측면에서도 와카바 히이로는 이상 없이 존재하는 인간 취급이었죠."

으응~?

혼의 관리라는 말은 어째 잘 이해가 안 되지만, 호적과 나란히 언급된다는 것은 즉 혼에도 호적과 비슷하게 등록을 하는 체계가 있다는 뜻인가?

알 도리도 없는 하느님 네트워크에서 우리를 관리하고 있었구나!

뭐, 뭣이라~?!

……진짜 농담 안 하고 그럴 수도 있겠다는 생각이 드는 게 무시무시하다.

그리고 아무래도 좋기는 한데 와카바 히이로(若葉 姬色)는 가명이었네.

물론 대충 짐작은 했지만, 자기가 자기 이름에 공주(姬)를 붙이는 건 무슨 센스야?

"내 부하들은 우수하거든요. 혼의 흐름에 조금이라도 위화감이 발생하면 즉각 달려오겠죠. 그렇게 되면 모처럼 내가 업무를 땡땡이, 으흠, 후학을 위해 일반인의 생활을 체험하는 중인데 싫어도 억지로 되돌아가야 해요. 그럼 곤란하잖아요?"

잠깐.

지금 업무를 땡땡이치는 중이라고 말할 뻔했지?

거기에 딴말 갖다 붙여서 수습해 봤자 별 소용이 없지 않아?

싫어도 억지로 되돌아가야 한다니…….

댁이 무슨 가출 소녀냐?!

으음, 끙. 뭔가 머리가 지끈거리는 기분인데, 즉 요컨대 D는 업무를 내팽개치고 빠져나와서 청춘 고등학생 놀이가 어쩌고저쩌고 인간 흉내를 내며 학교에 다녔다는 말이군.

얼씨구나~.

"그 교실에서 죽은 것으로 처리된 인간의 수는 스물여섯 명. 그러나 나는 보다시피 멀쩡하잖아요. 아무러면 나 자신이 저쪽 세계에 실례를 할 수도 없는 노릇인데, 그렇다고 아무 대책도 마련을 안 하면 나는 발각된 뒤 구속당하게 돼요. 사태를 원만하게 수습하기 위해 나를 대신해서 저쪽 세계에 전생하여 혼의 흐름을 인간 한 사람 몫만큼 눈가림할 존재가 필요했어요. 여기까지 말하면 그게 누구였는지 알아듣겠죠?"

아, 넵. 나군요, 넹.

그게, 그러니까~ 음, 그러니까 말이지?

아~ 으음~ 오~.

요컨대 뭐야?

혼의 관리가 어쩌고 그 체계가 저쩌고 잘 모르겠는 부분은 휙 넘겨버리고, 알기 쉽게 정리하면 이렇게 되는 건가?

D는 일거리 땡땡이치고 놀던 와중에 다시 끌려가고 싶지 않아서 대역을 준비하기로 했고 그게 우연히 교실에 같이 있었던 거미, 즉 나였다고······.

김빠진다~!

내 존재 이유가 김빠진다~!

그런 시시한 이유로 내가 태어났던 거야?!

맙소사~.

맙소사~.

맙~소~사~!

"이래 보여도 제법 고생했답니다? 흔한 거미의 혼을 인간으로 위장하기 위해 갖가지 궁리를 짜냈고요, 혹시 모를 사태를 대비하기 위해서 와카바 히이로의 기억을 날조한 뒤 이식했고요. 뭐, 혼의 총량을 인간과 비슷한 수준으로 확대하는 방법은 별 재미가 없을 테니까 그 부분은 거의 늘리지 않고 속이는 방향으로 진행한 탓에 작업량이 늘어났던 건 자업자득이지만요. 그래도 거기까지 손을 쓴 이상, 아무리 금방 죽어버릴 대역이기는 하나 대충 만들어 보낼 수는 없다고 고집을 세운 덕분에, 예상을 대폭 벗어나서 상황이 더욱 재미있어졌으니까 결국은 다 잘된 거죠."

뭘까, 가슴을 펴고 해설해주는 D를 보고 있자니 끓어오르는 이 감정은?

몹시, 몹시도 때려주고 싶습니다.

"본래 거미였으니까 거미 마물로 전생시켰더니 운 좋게도 저쪽 세계의 중요 인물 중 한 명과 인연을 맺을 수 있었죠. 태어난 장소의 환경이 열악했고, 거미 마물이고, 시기가 마침 적당했다는 상당히 엉성한 이유 때문에 엘로 대미궁에 던져 놓았더니 더할 나위가 없도록 잘 들어맞았어요. 그때 그 선택을 했던 나, 굿 잡이에요."

무표정으로 굿 잡 소리를 늘어놓는 D.

몹시, 몹시도 박치기를 날리고 싶습니다.

이야기를 들을 때마다 점점 더 분명해지는 내 탄생 비화의 먹먹함.

저렇게 가슴을 펴고 자기가 뭔가 열심히 했다는 어필을 해 봤자 결국은 일하고 싶지 않다는 이유 때문에 위장 공작을 했던 게 전부잖아?

여름방학 숙제를 하기 싫다는 이유 하나로 엄마한테 「벌써 다 했어」라고 우기는 꼬맹이 같아!

그런 짓은 단순히 시간 끌기밖에 안 되는 데다가 들켰을 때 괜히 더 수습 곤란한 수라장이 펼쳐지는 거 아니야?

이 녀석이라면 충분히 다 알면서도 저질렀을 가능성이 있지만…….

그러는 편이 더 재미있을 것 같았다는 황당한 이유로…….

후유. 결국 거기에 가서 부딪치는구나.

D의 행동 이념은 아마도 그게 전부일 거야.

재미있는가, 아니한가.

실제 속마음은 알 수 없었다.

내가 본 D는 도무지 본성을 알 수가 없어서 뭔 생각을 하는지 전혀 이해가 안 됐다.

진짜 속내는 전혀 다른 생각을 하고 있을지도 모른다.

하지만 겉으로 보여주는 언동은 결국 재미있을 것 같아서 그렇게 했다는 말뿐…….

D가 내심 어떠한 생각을 갖고 있든 간에 겉으로 드러나지 않는 한, 이렇듯 겉에 드러내 놓은 재미가 있고 없고를 따지는 행동 이념만이 내가 이해 가능한 지표.

그것을 근거 삼아서 행동할 수밖에 없다.

그리고 위에 언급한 지표를 근거로 생각했을 때 진짜 뭐라고 할까, 장난치는 것 같았다.

설마 나라는 존재가 태어나게 된 사연이 이리도 김빠지는 이유일 줄은 아무래도 예상 밖이었거든…….

그래도 원래 그런 거 아니겠어?

오히려 이렇게 김빠지고 어처구니없는 이유였기 때문에 더욱 후련한 것 같다는 기분도 든다.

에잇, 전부 될 대로 되어라~!

애당초 네가 별 시시한 이유로 한 짓이었다면 나 역시 자유롭게 저질러주겠어.

그게 말이죠, 나도 여기에 올 때까지 여러모로 고민이 많았거든요.

왜냐하면 D라는 흑막 비슷한 존재가 자기 기억의 일부를 이식해서 만들어 낸 것이 나였잖아.

그러면 나는 도대체 어떻게 만들어졌는가?

진짜 목적은?

내게는 나 자신이 알지 못하는 중요한 역할이 있고 D를 만났을 때 그것이 분명해지는 게 아닌가?

그렇게 된 다음 나는 어떻게 바뀌어버릴까?

그렇게 막연한 미래에 대한 불안을 느꼈다는 거죠.

D라는 초월급 존재가 의미도 없이 나 같은 존재를 만들어 낼 리 없다고 혼자 지레짐작했었으니까.

그런데 웬걸?

뚜껑을 열어 보니까 설마 했었던 의미 없음!

아니, 일단 의미가 있기는 했네.

D가 일을 땡땡이치고 싶어 했다는 김빠지는 이유가……

뭐, 그딴 이유가 있든 없든 뭔 소용이겠어.

어쩌면 내가 태어난 데는 뭔가 중대한 의미가 있지 않을까, 쓸데 없이 벌벌 떨었는데 아주 제대로 헛다리를 짚었다.

최악의 경우 처분당할지도 모른다는 각오를 했던 만큼 낙차가 너무 심해서 탈력감이 장난 아니다.

뭐, D는 유난히 나를 재미있다고 말하면서 마음에 들어 하는 느낌이었으니까 웬만하면 처분은 안 당한다는 희망적 관측은 있었지만…….

그럼에도 나에게 불이익이 될 일이 일어나지는 않을까 생각은 했다.

그런 사태가 없다는 게 기뻐야 할 텐데도 마냥 기뻐할 수가 없네~.

일단, 맞아, 일단은! D가 나를 낳아준 부모 같은 녀석이니까, 지금의 내가 이렇게 살아서 돌아다니는 것도 어떤 의미로 보면 D의 덕분이니까, 뭔가 부탁을 받는다면 쩨쩨하게 안 굴고 수락할 작정이었다.

그래도 이런 김빠지는 이유로 태어났다는 걸 알게 된 지금은 그런 의무감도 사라졌다.

역학 관계상 뭔가 강제당한다면 따를 수밖에 없겠지만 그런 경우가 아니면 내키는 대로 하자.

"그래요. 그러면 되는 거예요."

D에게 품었던 환상이 깨져 나가는 나의 귓가에 무감동한 목소리가 불어 들어왔다.

감정을 짐작할 수 없는 평탄한 목소리.

그렇지만 이때는 왠지 몰라도 만족감이 서린 울림이 묻어 나오는 듯 들렸다.

"당신은 자유롭기에 비로소 빛나는 존재. 나는 당신의 빛을 존중해요."

그럼요, 그게 더 재미있지 않겠어요?

그렇게 이어지는 목소리가 들리는 것 같았다.

오싹, 등줄기에 차가운 감촉이 흐른다.

동시에 머리 안쪽이 찡~ 열기를 띠며 뜨거워졌다.

전부 읽혔다.

내가 D에게 뭔가 요청을 받았을 때 거절하지 않으려고 했던 마음도, 내가 여기에 올 때까지 느껴야 했던 불안도, 전부 다……

전부를 읽고 어떻게 하면 내가 자유로워지는지 모든 계산을 마친 다음에 내 탄생 비화를 차근차근 들려줬다.

D가 나를 사역하자고 들면 얼마든지 가능한데도 그러는 대신 굳이 앞으로도 나를 방목하는 선택지를 골랐다.

아마도 그래야 더 재미있을 테니까.

환상이 깨졌다고?

당찮은 소리!

김빠지는 이유로 태어났다는 것은 변함없겠지만 D는 나를 최대한 배려한 끝에 가장 바람직하게 여겨지는 길로 유도해 냈다.

내 성격을 온전하게 다 이해하지 않는 한 어림도 없는 행위.

D의 심연을 나는 이해할 수 없었지만 겉면에 드러내 놓은 부분만

판단하기에도 내 분별력은 많이 모자랐나 봐.

자신이 즐기고 싶다는 이유 때문에 재미있을 것 같은 방향으로 이끌어 가는 빈틈없는 수완.

무시무시하구나~.

뭐든지 다 가능하기 때문에 아무것도 안 한다.

그래도 손을 썼을 때 더욱 재미있어지겠다고 여겨진다면 주저하지 않는다.

목적을 위해서라면 수단을 가리지 않는 저 태도는 솔직하게 대단하다는 생각이 들었다.

동시에 무섭다는 생각도 들고…….

D는 자기 목적을 위해서라면 어떤 수단이든 다 동원할 테니까.

그리고 D가 동원할 만한 수단이라면 내가 상상 가능한 규모를 분명 뛰어넘는다.

하나의 세계를 멸망시키고도 오히려 한참 여력이 남을 만큼 터무니없는 힘을 D는 갖고 있으니까.

틀림없는 신.

그 힘을 자제하지 않고 행사한다면 도대체 어떤 사태가 벌어질까?

나는 상상도 되지 않을뿐더러 상상하고 싶지도 않았다.

심지어 그 힘이 나에게 쏟아지는 끔찍한 사태는 설령 상상이어도 하기 싫었다.

거기에는 절대적이고 저항할 수 없는 파멸이 있을 테니까.

나는 이제까지 몇 번이고 사선을 넘어왔다고 자부한다.

그래도 D에게 목숨을 위협받는 사태와는 전혀 비교가 되지 않는다.

절대적이다.

그 시점에서 내가 살아남을 수 있는 가능성은 완전히 끝장이 난다.

제아무리 발버둥 친들 결과는 바뀌지 않는다.

그러니까 무섭다.

등골에 고드름을 박아 넣은 것처럼 오싹오싹했다.

아찔하다.

뭐가 아찔하냐면 무섭다는 감정 때문이 아니다.

또 하나의 다른 문제 쪽.

등골은 차갑게 식어 가는데도 머리가 혼자 반대로 뜨거워진다.

공포로 얼어붙은 몸과 정반대로 뜨거워지는 머리가 느끼는 감정은 환희.

D에게 인정받았다는 사실이 기뻤다.

뭐랄까, 두뇌에 뇌 내 마약이 콸콸 쏟아져서 찡~ 울릴 만큼.

아찔하다. 진짜 아찔하다.

내가 인정받는 욕구는 별로 강하지 않다는 게 스스로의 생각이었는데 D에게 인정받는 건 경우가 다르니까.

왜냐하면 어쨌든 간에 D는 나에게 있어 특별한 존재잖아.

D는 달리 말하면 나의 오리지널.

그 사실을 몰랐을 때부터 나는 D에게 기피감을 품고 있었다.

노골적으로 나를 장난감 취급하며 갖고 논다는 티를 냈으니까.

그래도 그런 D의 태도를 나는 상당히 의식했다.

기피감이 강하면 강할수록 내심은 자꾸 의식할 수밖에 없었다.

그리고 기피하면서도 손 닿지 않는 아득하게 우월한 존재로서 줄

곧 우러러봤다.

나는 자유롭게 마음 가는 대로 살고 싶었다.

그러자면 나를 지배하려고 드는 어느 누구도 용납할 수 없다.

그러니까 나의 자유를 침해하려고 들었던 더 강한 존재에게 언제나 저항해왔다.

엘로 대미궁에서 보냈던 서바이벌 생활.

거기에서 내 목숨을 노렸던 수많은 마물들.

지룡 아라바.

마더와의 싸움.

거기에서 만났던 마왕.

포티머스와 규리규리, 그리고 세계의 비화.

해결되지 않은 사안을 포함해서 나는 온 힘으로 내내 저항했다고 자부한다.

그래도 그중에서 유일하게 절대로 손이 닿지 못한다고, 격이 다르다고 애초에 포기했던 존재.

그 녀석이 D.

그런 D에게 인정받았다는 게 나에게 있어 얼마나 큰 의미를 가지는가.

가짜인 내가 진짜에게 인정받는 게 얼마나 큰 위안이 되는가.

스스로 생각했던 것 이상으로 커다란 가치였나 봐.

혹여나 D가 주체라면 속박당해도 괜찮다는 생각이 들 만큼…….

아, 진짜 아찔하다.

이게 사랑인가!

나한테 그쪽 취향은 전혀 없었을 텐데.

그렇다고 남자를 좋아하냐 묻는다면 「응~?」이라는 느낌이 들지만 말야.

뭐랄까, 그쪽 욕구는 희박하달까. 아니면 아예 없달까.

아니, 농담이거든?

아무러면 D와 사랑에 빠진다든가 그럴 리가 없잖아~.

그래도 실제 이렇듯 D에게 꽤나 이끌린다는 것도 사실이다.

환상이 깨졌다는 말이 나오는 시점에서 이미 뒤집어 보면 기대했었다는 뜻이 되는 셈이잖아.

뭐라 표현한담?

결혼을 전제로 하는 맞선 자리에 나가는 사람의 기분과 비슷할 수도 있겠네.

스스로도 뭔 소리를 하는 건가 좀 의미 불명이지만 말이야!

후유. 진정하자, 나.

살짝 감정이 너무 복받쳤잖아.

"아, 이름을 붙여줬던 게 실수였을지도 모르겠네요."

불현듯 D가 얼굴을 바짝 가져다 댔다.

더 붙으면 입술끼리 맞닿을 만큼 가깝다.

"신에게 있어 이름을 붙이는 행위는 중요한 의미를 가지거든요. 대상자는 이름을 붙여주는 부모와 더욱 강한 관계가 돼요. 혼을 속박당한다고 말할 수도 있겠죠."

뭐랏?

그러면 지금 느껴지는 내 형용할 수 없는 감정은 이름을 받은 영향이 나타났기 때문이라는 뜻?

내가 시라오리라는 이름을 받음으로써 나도 모르는 사이에 D한테 속박당했던 건가!

"당신은 자유롭기에 비로소 빛나는 존재. 하지만 자유로운 그 날개를 떼어 내서라도 손안에 두고 싶다는 충동이 들고 말았어요. 비록 모순된 감정일지라도 그만큼 매력적이었던 당신 잘못이에요."

귓가에 대고 속삭이는 목소리가 두뇌를 달콤하게 녹여버린다.

매력적, 매력적…….

머릿속에서 D의 말이 메아리쳤다.

"당신은 내 거예요. 놓아줄 마음은 없어요. 그래도 내 손아귀 안에서는 가능한 한 자유롭게 날아보세요. 그렇게 하면 세계가 종말을 맞이하는 그때까지 마음껏 귀여워해줄게요."

정신을 차렸을 때는 공작 저택의 내 방에 돌아와 있었다.

일단 여기까지 돌아왔던 과정은 기억이 난다.

결국 게임으로 1승도 못 거두고 왕창 깨져서 돌아왔던 기억이…….

선물도 받아 왔는데 그게 포상인가 봐.

그 선물 세트는 공간 마술로 만들어 낸 이공간에 수납해 놨다.

뭐, 나중에 확인하면 되겠지.

공작 저택으로 돌아온 뒤에 나는 침대 위에서 데굴데굴 몸부림쳤다.

뭐랄까, 마치 꿈꾸는 기분으로…….

진짜 아찔하다.

진짜 안 된다.

진짜 뭐랄까, 응, 안 돼.

그런 걸 난봉질이라고 말하는 걸까?

아찔했어, 아찔했다고.

이대로 가면 홀라당 넘어가버려.

게다가 또 홀라당 넘어가도 괜찮겠다는 생각이 불쑥 드는 게 제일 아찔하다고!

이대로 가면 몹쓸 인간 코스로 돌진하는 셈이야.

나는 인간이 아니지만……

응, 도망치자!

이대로 D의 손바닥에서 놀아나다가는 틀림없이 홀딱 포로가 되고 말 거야.

그건 안 된다.

마음을 굳게 먹고 D의 유혹에 저항해야지.

그런데 끝까지 버틸 자신이 없다.

그러니까 도망친다.

D의 손이 안 닿는 곳으로……

그렇다 해도 과연 D를 상대로 완벽하게 도망칠 수 있냐는 문제가 발생한다.

지금은 무리.

힘을 기른 뒤 어떻게든 줄행랑쳐서 따돌릴 방법을 마련해 두지 않는 한 무모하다.

지금 시점에서 내 행동 범위는 결국 여기랑 지구밖에 없잖아.

지구에 있다가는 D의 마수에 흐물흐물 녹아버린다!

그러니까 당분간 여기에서 힘을 쌓도록 하자.

그런 다음에 도망칠 수 있는 계획을 치밀하게 세워야겠지!

"에잇!"

문이 쾅 열리더니 흡혈 양이 성큼성큼 방 안으로 뛰어 들어왔다.

"어디 갔었어?! 또 아무 말 않고 맘대로 혼자 나가버리고! 어디 갈 때는 미리 알려달라고 내가 분명히 말했잖아?!"

우뚝 선 채로 거칠게 콧김을 뿜으며 노여움을 쏟아 내는 흡혈 양.

앗~ 그러고 보니 그런 약속을 아마 했었던가? 안 했었던가?

"다음부터는 꼭, 정말 정말로 어디 나갈 때마다 꼭 말해줘야 돼! 알겠어?!"

아~ 네에, 넵.

그렇겠지.

어디에 가려면 제대로 말을 해주고 가자.

도망치든 뭘 하든 간에……

여기에서 못다 한 일도 이래저래 있으니까 아직은 먼 훗날이 될 테지만.

그때가 오면 제대로 말하고 나서 가도록 하자.

그렇게 결심했다.

Hiiro Wakaba

와카바 히이로

본명은 불명. 진짜 정체는 D라는 이름을 쓰는 신의 일시적인 형상이자 가공의 인물이다. D의 말에 따르면 업무를 내팽개치고 청춘 고등학생 놀이를 하기 위해서 준비했던 가짜 이름과 신분. D의 위치를 노려 헤이신 고등학교의 교실에서 폭발이 발생했었기에 전생자들이 본의 아니게 전생을 하게 된

원흉이기도 하다. 이때 교실에서 함께 폭발에 휘말렸던 거미의 혼에 유희용 삶의 기억을 이식한 것이 시라오리. 와카바 히이로라는 인물이 존재했던 흔적을 남기기 위해서 시라오리가 태어났다. 그 때문에 시라오리가 태어난 시점에서 이미 와카바 히이로라는 존재는 D로부터 시라오리에게 양도되었다고 말할 수도 있겠다. 어쨌든 간에 와카바 히이로라는 인물은 결국 존재하지 않을뿐더러 그 이름을 사칭하는 신이 있을 뿐 바뀐 부분은 없다. 지구에서는 폭발에 휘말려 다른 전생자와 마찬가지로 사망한 것으로 처리됐다.

엘프는 웃는다

"하면 마왕에 맞서 반란을 일으키겠다는 말이군?"

『아무렴. 그 마왕에게 복종한다면 마족은 멸망할 테지.』

전화 건너편에서 거칠게 씩씩거리며 선언하는 어리석은 자.

마족 중 제법 권력을 갖고 있는 남자이지만 분명하게 말하겠는데 소인배에 불과하다.

아그너와는 숫제 비교도 되지 않을 터.

그 남자라면 은근히 신언교 교황을 연상케 하는 구석이 있어 방심할 수 없었다.

지금쯤 놈은 나와 아리엘 양쪽을 모두 따돌릴 만한 책략을 궁리하고 있을 터이다.

분명 이놈이 말한 반란에도 어떠한 방식이든 간에 은밀하게 개입할 테지.

정면으로 닥치는 대신 증거를 남기지 않는 방법으로 움직이기에 귀찮은 녀석이다.

지금 대화를 나누고 있는 남자는 딱히 경계할 필요도 없는 수준.

이리도 만만할 수가 없겠다.

『그런 까닭에 포티머스 공께도 꼭 조력을 부탁드리고 싶군.』

"물론이네. 나 또한 웬 난폭한 인물 하나가 나타나, 오랜 세월에 걸쳐 마족과 엘프가 쌓아왔던 친교에 지장을 주면 유쾌하지 않지."

이 발언에는 나의 본심도 포함되었다.

마족들이 엘프의 호의를 신뢰하게끔 지난날 동안 제법 투자를 했다.

거기에는 마족이 약체화되어 인족 대 마족이라는 구도가 무너지는 사태를 피하고 싶었다는 의도가 있다.

그 구도가 무너진다면 신언교의 교황이 여론을 조작해서 인족의 적대 대상으로 틀림없이 우리 엘프를 내세울 테니까.

마족이 건재한 시절부터 횟수를 거듭하여, 우리 엘프는 악한 족속이라는 의식을 심으려 했던 과거가 있다.

그러한 소문이 퍼질 때마다 엘프는 선량하다는 이미지를 구축함으로써 대항했지만 끝내 마족이 허물어지면 놈의 날조를 감당하지 못할 것이다.

안 그래도 요즘 들어서 마족이 인족을 침공하지 않는 까닭에 놈들의 정보 조작을 완전하게 막아 내는 게 거의 불가능하다.

인족이, 더 정확하게는 신언이 더한 여력을 가질수록 나에게 있어 불리했다.

그러니까 적절하게 마족이 힘을 발휘할 수 있게 도움으로써 인족의 걸림돌 역할을 맡기고 싶을 따름이다.

따라서 원조를 아끼지 않았다.

게다가 당대의 마왕이 하필 아리엘이었다.

그 계집년에게 나를 해칠 힘은 없을 것이다.

하지만 명확하게 나를 적대시하는 녀석을 마족의 수장 자리에 앉혀 놓는 것도 달갑지 않았다.

『오오! 큰 도움이 되겠군! 엘프의 조력을 받을 수 있다면 대체 무엇이 두렵겠소이까!』

훗. 그렇겠지.

엘프가 진짜 전력을 드러냈을 때의 이야기지만…….

물론 이따위 소인배를 위해 진짜 전력을 꺼낼 리 없었다.

적절하게 아리엘의 군사력을 갉아먹어주기만 해도 충분히 남는 장사다.

고작 이따위 소인배가 아리엘을 격파한다는 게 가당키는 한가.

뻔한 현실도 돌아볼 줄을 모르기에 소인배이기는 하군.

"이쪽에서도 가능한 한 협력하지."

『고맙소, 잊지 않으리다!』

진지하게 감사의 뜻을 표시하는 남자의 목소리가 우스워서 못 견디겠다.

이 녀석의 반란은 결코 성공하지 못한다.

그러나 실패할 줄 뻔히 아는 반란에 가담하는 셈이다.

비록 진지한 참전은 아닐지라도 일정의 성과를 올릴 수 있도록, 나 또한 모종의 준비를 할 필요가 있겠군.

이제껏 꺼내 놓기를 망설였던 탓에 아리엘 일당을 방해하려던 시도가 매번 실패로 돌아갔다.

실패에 따른 손실이 신경 쓸 만큼 대단하지는 않지만 아리엘의 주위에 피해가 없다는 것이 마음에 들지 않는다.

이제는 슬슬 녀석의 진영을 뒤흔들어도 좋겠지.

물론 목표는 녀석에게 복종하는 널리고 널린 마족 나부랭이가 아니다.

대체할 수 없는 권속, 녀석이 보호하고 있는 전생자.

그리고 시로.

그것들을 뜻대로 처리하자면 어중간한 전력을 동원해 봤자 우책이 될 테지.

숫자만 많은 양산형은 쓸데없이 소모만 발생시키고 끝날 뿐이다.

손실을 신경 쓰느라 사용을 망설이고, 그 탓에 공연히 손실이 늘어나서야 주객전도.

……별 수 없는가.

어느 정도의 리스크는 감수하고 나 또한 전력을 투입해야겠군.

"그럼 이쪽도 준비를 해야 하기에 이만 실례하지."

『알겠네. 잘 부탁드리겠소.』

통화를 끊고 이제부터 진행할 사안을 검토한다.

나는 앉아 있었던 의자에서 일어나 이동했다.

찾아간 장소에 있는 것은 가지런하게 정렬된 인간형 글로리아.

아직 **메인 파츠**를 장착하지 않았기 때문에 가동 자체는 불가능하지만 전부 항마술 결계 발생 장치를 탑재하고 있다.

"주임."

"넷!"

"이것들 전부, 가동 가능한 상태로 만들어 놔라."

내 말에 이곳을 책임지고 있는 주임은 언뜻 보기에도 얼굴이 핼쑥해졌지만 명령을 무시할 수는 없었다.

"장착할 메인 파츠의 선별은 맡기도록 하지. 좋은 품질을 기대하겠다."

"네, 넷!"

자, 이쪽도 꽤 준비를 갖춰서 치고 들어가도록 하마.

재주껏 멋진 말로를 맞이하여, 비명 소리로 나를 즐겁게 만들어 봐라.

이얏호~! 웬 수수께끼의 흥분 상태로 보내드립니다. 바바 오키나입니다.

이 시리즈도 9권까지 다다랐습니다.

이제 한숨만 더 달리면 두 자릿수의 권차에 돌입합니다.

⑨입니다.

⑨라고 쓰고 무엇을 상상하느냐로 그 사람의 경향을 알 수 있지요.

당구를 상상했던 사람은 리얼충이군요!

당구를 함께 즐길 친구가 있는 사교적인 사람이 분명합니다.

공식적으로 바보 선언을 들은 전적이 있는 얼음 요정을 떠올렸던 사람은 오타쿠군요!

가벼운 수준인지 심각한 지경인지 모르겠습니다만 이 얘기를 알아들은 시점에서 어쨌든 결국 오타쿠 인증 완료입니다.

이레귤러를 배제하러 오는 붉은 기체를 상상했던 사람은 프롬 뇌입니다!

유감스럽게도 당신의 뇌는 코지마에게 싹 오염당한 까닭에 이미 늦었습니다.

또한 이 경향 테스트에는 제 독단과 편견이 다분히 포함되었습니다.

진지하게 받아들이지는 맙시다.

참고로 저는 붉은 요정이 「지나치게 큰 힘을 지닌 대상은 전부 다 부순다」라든가 불가사의한 대사가 제일 먼저 떠올랐습니다.

아무래도 저는 오타쿠이고 게다가 프롬 뇌인가 봅니다.

아무튼 ⑨ 이야기는 이쯤 하지요. 9권의 내용을 조금 언급하자면 당구대처럼 (문제라는) 구멍이 잔뜩 뚫려 있는 세계에서 외모만큼은 얼음 요정과 같은 유녀와 붉은 기체처럼 불타오르는 남자가 싸우는 줄거리를 담고 있습니다.

……아주 틀리지는 않았다는 게 무시무시하구나.

뭐, 그쪽은 8권부터 이어지는 사건이고 진짜 중요한 부분은 녀석의 등장입니다.

녀석이란 누구인가?! 그리고 녀석의 정체는 또 뭘까?!

자세한 진상은 본문에서…….

요런 느낌입니다.

언제부터 이 소설이 미스터리로 바뀌었냐고 묻고 싶지만 틀린 소리는 하지 않았어요.

자, 사전 멘트는 여기까지 하고 이제부터가 진짜 주제입니다.

넵, 여기까지 그냥 다 사전 멘트였어요.

왠지 몰라도 이번 후기는 페이지 수가 평소보다 꽤 많더군요!

쓰고 싶은 말, 하고 싶은 짓, 전부 마음대로입니다!

푸하하! 내 세상에 봄이 왔도다~!

그런데 잠깐~! 처음부터 왠지 흥분 상태였던 이유는 저것 때문이 아닙니다.

중대한 발표가 있어서죠!

거미입니다만, 문제라도? 애니메이션 제작 기획 진행 중!

빰빠라 빰~!

네, 정말이에요. 애니메이션 제작 기획이 진행 중입니다!

와~ 짝짝!

이거, 농담도 몰래카메라도 아니고 진짜 정보입니다.

드디어, 드디어 이때가 오고 말았는가!

서적 출간을 거쳐 글자뿐이었던 이 소설에 키류 선생님의 일러스트가 더해졌습니다.

만화 출간을 거쳐 카카시 선생님의 솜씨 덕분에 약동감 있는 세계가 펼쳐졌습니다.

글자만 갖고는 전달하기 어려운 부분을 키류 선생님과 카카시 선생님 덕분에 시각적으로 직접 어필할 수 있게 됐습니다.

거기에 재차 움직임과 소리가 더해집니다.

거미 양이 화면 안에서 움직입니다!

그리고 말도 합니다!

실제로는 말을 못 하니까 마음속 목소리가 막 새어 나오는 느낌으로 제작되겠지만요.

어쨌든 간에 애니메이션 제작이라는 작가에게 있어 하나의 큰 목표가 되는 행사를 마침내 달성했습니다.

훗, 정말로 나의 시대가 왔군!

앗, 죄송함다. 넘넘 우쭐거렸죠. 잘못했어요.

선행 PV 영상이 먼저 제작됐으니까 그쪽도 꼭 봐주세요.

방영 시기는 아직도 많이 남았습니다만, PV를 보면 요런 느낌이랍니다~ 하고 분위기를 체험할 수 있으실 겁니다.

이제까지 지면으로만 봐야 했던 거미 양이 화면상에서 열심히 돌아다니는 모습을 볼 수 있습니다.

여기부터는 감사 인사를 전하겠습니다.

멋진 일러스트로《거미입니다만, 문제라도?》의 세계를 채색해주고 계시는 키류 츠카사 선생님.

애니메이션 제작까지 노를 저어서 나아갈 수 있었던 것은 키류 선생님의 일러스트 덕분이라고 생각합니다.

이번 표지 일러스트도 멋지게 마무리됐고요, 정말 감사드립니다.

애니메이션이 아닌데도 마치 살아서 움직이는 것처럼《거미입니다만, 문제라도?》를 만화로 그려주고 계시는 카카시 아사히로 선생님.

실제로는 안 움직이는데도 움직이는 광경이 진짜 보이는 것처럼 상상할 수 있는 카카시 선생님의 그림은 굉장하다는 한 마디밖에 뭐라 드릴 말씀이 없습니다.

그렇게 약동감 가득 넘치는 만화판 5권이 동시 발매 중입니다.

그리고 애니메이션 제작에 관련된 많은 분들께.

멋진 PV를 손수 만들어주셔서 정말로 감사합니다.

담당 편집자 W여사를 비롯하여 이 책이 세상에 나올 수 있도록 힘을 더해주셨던 모든 분들께.

이 책을 구입하여 읽어주시는 모든 분들께.

진심으로 감사드립니다.

거미입니다만, 문제라도? 9

1판 1쇄 발행 2018년 11월 20일
1판 6쇄 발행 2021년 10월 7일

지은이_ Okina Baba
일러스트_ Tsukasa Kiryu
옮긴이_ 김성래

발행인_ 신현호
편집부장_ 윤영천
편집진행_ 김기준 · 김승신 · 원현선 · 권세라
편집디자인_ 양우연
관리 · 영업_ 김민원 · 조인희

펴낸곳_ (주)디앤씨미디어
등록_ 2002년 4월 25일 제20-260호
주소_ 서울시 구로구 디지털로 26길 111 JnK디지털타워 503호
전화_ 02-333-2513(대표)
팩시밀리_ 02-333-2514
이메일_ lnovelpiya@naver.com
ㄴ노벨 공식 카페_ http://cafe.naver.com/lnovel11

KUMO DESUGA, NANIKA? Vol.9
©Okina Baba, Tsukasa Kiryu 2018
First published in Japan in 2018 by KADOKAWA CORPORATION, Tokyo.
Korean translation rights arranged with KADOKAWA CORPORATION, Tokyo.

ISBN 979-11-278-4740-1 04830
ISBN 979-11-278-2430-3 (세트)

값 9,800원

고블린 슬레이어 외전: 이어 원 1권

카규 쿠모 지음 | 아다치 신고 일러스트 | 칸나츠키 노보루 캐릭터 원안 | 박경용 옮김

누나가 누나가 아니게 된지 사흘이 지났다. 그래서 그는 움직이기로 했다.
고블린의 습격으로 가장 사랑하는 누나와 마을을 잃은 소년이 있었다.
5년 뒤, 변경 도시의 모험가 길드를 찾아온 소년은 모험가가 된다.
그리고 5년 전, 돌아갈 마을을 잃은 소녀는 과거의 소꿉친구와 만났다.
최하급 클래스, 백자 등급이 된 소년은 장비를 갖추고,
오로지 혼자서 고블린이 둥지를 튼 동굴로 간다—.
이것은, 그가 고블린 슬레이어라고 불리게 되는 이야기.

**대인기 다크 판타지 「고블린 슬레이어」의 전일담.
카규 쿠모 × 아다치 신고가 선사하는 외전 「이어 원」 스타트!**

BOOKS

라이트노벨의 새로운 빛! L북스의 신간은 매월 20일에 발매됩니다. http://cafe.naver.com/lnovel11

고블린 슬레이어 1~7권

카규 쿠모 지음 | 칸나츠키 노보루 일러스트 | 박경용 옮김

"나는 세상을 구하지 않아. 고블린을 죽일 뿐이다."
그 변경의 길드에는 고블린 토벌만 해서
은 등급까지 올라간 희귀한 모험가가 있다…….
모험가가 되어 처음 짠 파티가 괴멸하고 위기에 빠진 여신관.
그때 그녀를 구해준 자가 바로 고블린 슬레이어라 불리는 남자였다.
그는 수단을 가리지 않고, 수고도 마다치 않으며 고블린만을 퇴치한다.
그런 그에게 여신관은 휘둘려 다니고, 접수원 아가씨는 감사하며,
소꿉친구인 소치기 소녀는 기다린다.
그런 가운데 그의 소문을 듣고서 엘프 소녀가 의뢰를 하러 나타났다—.

압도적 인기의 Web 작품이 드디어 서적화!
카규 쿠모 × 칸나츠키 노보루가 선물하는 다크 판타지, 개막!

BOOKS

라이트노벨의 새로운 빛! L북스의 신간은 매월 20일에 발매됩니다. http://cafe.naver.com/lnovel11

최하위 직업에서 최강까지 출세하다 1~2권

카미타니 케이 지음 | 쿠와시마 레인 일러스트 | 안병훈 옮김

최하위 직업인 『저급 마도사』로서
시원치 않은 나날을 보내던 소년 루크.
하지만 어떤 사건을 계기로
그를 둘러싼 환경은 크게 변화하기 시작한다.
그 사건은 「포위섬멸진」이라는 진형을 고안함으로써
그 이름을 전쟁의 역사에 새기게 되는 그의 시작에 불과했다.
머지않아 루크는, 대륙 그 자체는 물론이거니와 역사 그 자체를 뒤흔드는
거대한 소용돌이 속으로 말려들어가게 된다.

**「최하위 직업」에서 「천재 군사」로 출세하는 소년의
좌절과 영광을 그린 이야기가 시작된다.**

라이트노벨의 새로운 빛! L북스의 신간은 매월 20일에 발매됩니다. http://cafe.naver.com/lnovel11

© Kizuka Nero 2016
Illustration: Sinsora
KADOKAWA CORPORATION

두 번째 용사는 복수의 길을 웃으며 걷는다 1~2권

키즈카 네로 지음 | 신소라 일러스트 | 김성례 옮김

무엇을 잘못했을까.
용사로 이세계에 소환되었던 나— 우케이 카이토는 자문자답한다.
아무쪼록 도와 달라고 간청하는 말을 따라서 용사가 된 나는
마왕을 쓰러뜨림으로써 이 세계를 구원했지만……
이제 볼일은 끝났다는 듯이 파티원 모두가 배반했다.
고락을 함께했고 동료라고 여겼던 놈들에게 누명을 씌워진 채
나는 끝내 살해당했다.
죽음을 맞이하는 순간, 나는 구원을 바라는 대신
이것들을 괴롭히고 괴롭힌 끝에 죽어버리겠다고 저주했다.
—정신을 차렸을 때, 나는 이세계에 소환되었던 때로 돌아와 있었다.
배반자에게 살해당했던 기억을 지닌 채.
이놈들 전부 기필코 다 죽여버리겠다!
가장 잔혹한 방법으로, 한 조각의 구원도 없는
고통과 비명의 피 구렁텅이에 빠뜨려서 죽여주겠다!!

—자, 복수를 시작하자.

라이트노벨의 새로운 빛! L북스의 신간은 매월 20일에 발매됩니다. http://cafe.naver.com/lnovel11

치유마법의 잘못된 사용법 1~4권

쿠로카타 지음 | KeG 일러스트 | 송재희 옮김

평범한 고등학생 우사토는 귀갓길에 우연히 만난 학생회장 스즈네,
같은 반 친구인 카즈키와 함께 갑자기 나타난 마법진에 삼켜져
이세계로 전이하게 된다.
세 사람은 마왕군으로부터 왕국을 구하기 위한 『용사』로서 소환된 것이지만
용사 적성을 가진 이는 스즈네와 카즈키뿐, 우사토는 그저 휘말린 것이었다!
하지만 우사토에게 희귀한 속성인 『치유마법사』의 능력이 있다고 밝혀지며
사태는 180도 바뀌게 되고, 우사토는 구명단 단장이라는 여성, 로즈에게 납치되어
강제로 구명단에 가입하게 된다.
그곳에서 우사토를 기다리고 있던 것은 험악한 얼굴의 동료들,
그리고 『치유마법의 잘못된 사용법』을 구사하는
지옥훈련으로 채워진 나날이었다─.

상식 파괴 「회복 요원」이 펼치는
개그&배틀 우당탕 이세계 판타지, 당당히 개막!!

BOOKS

라이트노벨의 새로운 빛! L북스의 신간은 매월 20일에 발매됩니다. http://cafe.naver.com/lnovel11

우리 딸을 위해서라면,
나는 마왕도 쓰러뜨릴 수 있을지 몰라. 1~7권

CHIROLU 지음 | Kei 일러스트 | 송재희 옮김

주워 온 마족 소녀의 보호자, 시작했습니다.
높은 전투 기술과 냉정한 판단력을 무기로
젊은 나이에 두각을 드러내며 인근에 그 이름을 알린 모험가 청년 데일.
어느 의뢰로 깊은 숲 속에 발을 들인 그는
그곳에서 바짝 마른 어린 마족 소녀와 만난다.
죄인의 낙인을 짊어진 그 소녀 라티나를 그대로 숲에 버려두지 못하고
이것도 인연이라며 데일은 그녀의 보호자가 되기로 결심하지만―.
"라티나가 너무 예뻐서 일하러 가기 싫어."
"또 바보 같은 소리야?"
―정신 차리고 보니 완전히 딸바보가 되어 있다?!
실력 있는 모험가 청년과 사정 있는 마족 소녀의 가족 판타지!!

그 가슴 따뜻해지는 이야기가 지금 시작됩니다!!

우로보로스 레코드 1~3권

야마시타 미나토 지음 | 시노 토코 일러스트 | 김성래 옮김

오브닐 백작가의 차남 토리우스는 현대 일본에서 죽음을 맞이한 뒤
검과 마법이 지배하는 판타지 세계에서 새로운 삶을 살아가는 전생자였다.
그의 바람은 단 하나, 「다시는 죽고 싶지 않다.」는 것이었다.
그런 망집에 사로잡힌 그는 경지에 이르면
불로불사마저도 실현시킬 수 있다는 마법 《연금술》에 매달렸다.
하지만 연금술은 과대망상의 허황된 짓거리라고
세간으로부터 업신여김을 당하고 있는 마법이다.
심지어 토리우스가 수행하고 있는 연금술 연구의 내용은
정도(正道)를 벗어나 있었다. 세뇌, 개조, 인체 실험…….
저러한 비정상적인 실험을 수없이 거듭하는 사이에
주위의 두려움과 혐오를 사게 되지만, 그는 전혀 아랑곳하지 않는다.
모든 것은 불로불사의 실현을 위해.
노예 메이드 유니와 함께 토리우스는 자신의 길을 나아간다…….

살기 위해서라면 어떤 짓이라도!!
인간의 욕망, 불로불사를 향한 진정한 다크 판타지!!

라이트노벨의 새로운 빛! L북스의 신간은 매월 20일에 발매됩니다. http://cafe.naver.com/lnovel11

© Junpei Inuzuka 2017
Illustration Katsumi Enami

이세계 식당 1~4권

이누즈카 준페이 지음 | 에나미 카츠미 일러스트 | 박정원 옮김

직장가와 인접한 상점가 한구석.
문에 고양이가 그려진 가게 「양식당 네코야」.
그곳은 창업한 이래 50년간 직장인들의 배고픔을 달래 온 곳으로,
양식당이라지만 이외의 메뉴도 풍부하다는 점이 특징인 지극히 평범한 식당이다.
그러나 「어떤 세계」 사람들에게는 특별하고 유일무이한 공간으로 탈바꿈한다.
「네코야」에는 한 가지 비밀이 있다.
정기 휴일인 매주 토요일, 「네코야」는 「특별한 손님」들로 북적거린다.
딸랑딸랑 방울 소리와 함께 찾아오는, 출신, 배경, 종족조차도 제각각인 손님들.
그들이 원하는 것은 세상 어디에서도 찾아보기 힘든 신기하고 맛있는 음식들.
사실 직장인들에게는 자주 먹어 익숙한 메뉴지만
「토요일의 손님」 = 「어떤 세계 사람들」에게는 듣도 보도 못한 음식들뿐.
경이롭고 특별한 요리를 내놓는 「네코야」는 「어떤 세계」 사람들에게 이렇게 불린다.
—「이세계 식당」.

**그리고 딸랑딸랑 방울 소리는
이번 주에도 변함없이 울려 퍼진다.**

라이트노벨의 새로운 빛! L북스의 신간은 매월 20일에 발매됩니다. http://cafe.naver.com/lnovel11